Ullste

ÜBER DAS BUCH:

1778 entwickelt sich der amerikanische Unabhängigkeitskampf zu einem allgemeinen Aufbäumen gegen die britische Herrschaft in Nordamerika. Zu dieser Zeit erhält der bisherige Leutnant Richard Bolitho sein erstes selbständiges Kommando und damit die Chance, seine Fähigkeiten zu beweisen. Vom Flottenstützpunkt Antigua aus segelt seine Korvette *Sparrow* als Begleitschutz für einige Versorgungsschiffe nach New Jersey. Ein Kaperschiff greift den Konvoi an, und die *Sparrow* sowie ein Teil der übrigen Schiffe entgehen nur knapp der Vernichtung.
In New Jersey erhält der junge Kommandant seinen nächsten Einsatzbefehl: Er soll eine versprengte Kompanie Soldaten mit seinem Schiff aufnehmen. Nur durch überlegene Seemannschaft gelingt es Bolitho, seine *Sparrow* vor einer französischen Fregatte zu retten und die Soldaten zu evakuieren. Auf dem Rückweg nach Antigua gerät die *Sparrow* in einem Hurrikan vom Kurs ab und stößt auf die schwer beschädigte *Royal Ann.*

DER AUTOR:

Alexander Kent kämpfte im Zweiten Weltkrieg als Marineoffizier im Atlantik und im Mittelmeer und erwarb sich danach einen weltweiten Ruf als Verfasser spannender Seekriegsromane. Seine marinehistorische Romanserie um Richard Bolitho machte ihn zum meistgelesenen Autor dieses Genres neben C. S. Forester. Seit 1958 sein erstes Buch erschien *(Schnellbootpatrouille)*, hat er über vierzig Titel veröffentlicht, von denen die meisten bei Ullstein vorliegen. Sie erreichten bisher weltweit eine Gesamtauflage von etwa 20 Millionen und wurden in 14 Sprachen übersetzt. Alexander Kent, dessen wirklicher Name Douglas Reeman lautet, lebt in Surrey, ist Mitglied der Royal Navy Sailing Association und Governor der Fregatte *Foudroyant* in Portsmouth, des ältesten noch schwimmenden britischen Kriegsschiffs.

Alexander Kent

Klar Schiff zum Gefecht

Richard Bolitho –
Kapitän des Königs

Roman

Ullstein

maritim
Ullstein Buch Nr. 23932
im Verlag Ullstein GmbH,
Frankfurt/M – Berlin
Titel der Originalausgabe:
Sloop of War I
Aus dem Englischen
von Herwig Schubert

Neuauflage

Umschlaggestaltung:
Hansbernd Lindemann
Umschlagillustration von:
Montague Dawn/ *Calm Sea*
Entnommen dem Buch *Maler der See*
von Jörgen Bracher, Michael North
und Peter Tamm
Koehlers Verlagsgesellschaft, Herford

Printed in Germany 1996
Gesamtherstellung:
Ebner Ulm
ISBN 3 548 23932 3

Juli 1996
Gedruckt auf alterungs-
beständigem Papier mit
chlorfrei gebleichtem Zellstoff

Die Deutsche Bibliothek –
CIP-Einheitsaufnahme

Kent, Alexander:
Klar Schiff zum Gefecht : Richard
Bolitho, Kapitän des Königs ; Roman /
Alexander Kent. [Aus dem Engl. von
Herwig Schubert]. – Neuausg. –
Frankfurt/M ; Berlin : Ullstein, 1996
(Ullstein-Buch ; Nr. 23932 :
Maritim)
Lizenz der Franckh'schen
Verl.-Handlung Keller, Stuttgart
ISBN 3-548-23932-3
NE: GT
Vw: Reeman, Douglas [Wirkl. Name]
→ Kent, Alexander

Vom selben Autor
in der Reihe
der Ullstein Bücher:

Feuertaufe (23687)
Strandwölfe (23693)
Kanonenfutter (22933)
Zerfetzte Flaggen (23192)
Die Entscheidung (22725)
Bruderkampf (23219)
Der Piratenfürst (23587)
Fieber an Bord (23930)
Des Königs Konterbande (23787)
Nahkampf der Giganten (23493)
Feind in Sicht (20006)
Der Stolz der Flotte (23519)
Eine letzte Breitseite (20022)
Galeeren in der Ostsee (20072)
Admiral Bolithos Erbe (23468)
Der Brander (23927)
Donner unter der Kimm (23648)
Die Seemannsbraut (22177)
Mauern aus Holz, Männer aus Eisen (22824)
Das letzte Riff (23783)
Dämmerung über der See (23921)

Außerdem 24 moderne
Seekriegsromane sowie drei Romane
über die Familie Blackwood

Inhalt

I Ein Traum geht in Erfüllung

Das elegante weiße Gebäude über der Küstenstraße lag nur wenige hundert Schritte von den belebten Hafenkais entfernt, dennoch war Richard Bolitho schon, eine Minute, nachdem er die Pier verlassen hatte, schweißdurchnäßt. Durch das weite Rund von English Harbour hatte der leichte Hauch einer Brise geweht, aber hier, da die Mittagssonne steil über dem Klosterhügel stand und die Insel Antigua in flimmerndem Dunst gebadet lag, gab es keine Erleichterung.

Dennoch schritt Bolitho rascher aus. Er spürte seine zunehmende Erregung, und wieder gewahrte er in sich dieses Gefühl traumhafter Unwirklichkeit, das ihn seit seiner Ankunft vor einer Woche beherrschte. Die Ereignisse hatten sich so sehr überstürzt, daß er es kaum begreifen konnte. Die Ursprünge seines Seins schienen ihm fremd geworden. Er kam sich vor wie ein Zuschauer, der einen anderen Menschen beobachtet.

Staub und Sand bedeckten seine neuen Schuhe, als er über breite Torwege durch gepflegte Gärten auf das Gebäude zuging. Wäre die Flagge nicht gewesen, die reglos am Mast hing, hätte es der Wohnsitz eines reichen Kaufmanns oder Reeders sein können. Aus der Anzahl der farbigen Diener, die zwischen den Blumen und Stauden arbeiteten, schloß er, daß der ehemalige Besitzer wahrscheinlich mit afrikanischen Sklaven gehandelt hatte.

In der schattigen Veranda war es nach der heftigen Sonnenglut fast kalt. Ein rotgesichtiger Sergeant der Marineinfanterie stand Bolitho gegenüber und musterte ihn lässig vom Scheitel bis zur Sohle.

»Kommen Sie bitte hier herein, Sir!«

Sein Ton, wenn auch nicht gerade unfreundlich, war der eines Mannes, der an den Umgang mit Seeoffizieren, an ihr Kommen und Gehen so gewöhnt war, daß ihn nichts und niemand mehr aufregen konnte.

Bolitho betrat einen kleinen Raum und hörte die Tür hinter sich zuschlagen. Zum ersten Mal seit langer Zeit war er ganz allein. Und allein stand er nun vor dem wichtigsten Schritt seines Lebens.

Er zwang sich, sehr langsam zum Fenster zu gehen. Unter seinem Blick breitete sich der Hafen wie ein riesiges Gemälde aus. English Harbour, Hauptquartier und Bollwerk der Seemacht Englands in Westindien und der Karibischen See! Jeder Schiffstyp schien hier vor Anker zu liegen. Mächtige Zweidecker im tiefen Hafenbecken hatten die Sonnensegel ausgespannt und jede Geschützpforte geöffnet, um auch den leisesten Atem einer Brise einzufangen. Schnittige Fregatten, plumpe Frachtschiffe und eine ganze Ansammlung vieler kleiner Schiffe, von Briggs bis zu Schonern; dazwischen zahllose Ruderboote, die wie Wasserspinnen die weite Bucht durchquerten.

Irgendwo im Haus brüllte ein Mann, und Füße polterten über einen Flur. Bolitho riß seine Augen von den Schiffen los und schritt zu einem Wandspiegel hinüber. Er war sich plötzlich bewußt, was die nächsten Minuten bringen oder nehmen konnten.

Noch immer nicht konnte er sich an die Veränderung seiner Erscheinung gewöhnen. Niemals zuvor war ihm aufgefallen, daß eine Uniform das Äußere eines Mannes so sehr wandeln konnte, ohne das Innere zu berühren. Vor wenigen Wochen war er noch Zweiter Leutnant auf der *Trojan* gewesen, einem Linienschiff mit achtzig Kanonen. Drei Jahre lang hatte er in ihrem überfüllten Rumpf gelebt, gearbeitet und war beinahe dort gestorben.

Von seinem ursprünglichen Rang als Vierter Leutnant war er durch Tod und Beförderung seiner nächsten Vorgesetzten aufgestiegen. Er hatte sich an die *Trojan* gewöhnt, wenn er auch stets gegen die Sehnsucht ankämpfen mußte, sich von ihrer Schwerfälligkeit zu befreien, um ein selbständigeres Betätigungsfeld für seine Ideen zu finden.

Wie jeder Mann an Bord hatte er hart arbeiten müssen. Durch den Aufstand in Amerika wurden alle Kriegsschiffe dringender als je zuvor gebraucht. Als die Rebellion um sich griff und einige Andeutungen ihrer wirklichen Ziele in der Flotte durchsickerten, wurde die *Trojan* von einem Krisenherd zum anderen befohlen.

Es schien unglaublich, daß ungeordnete Männerbanden zu Armeen zusammengeschweißt werden konnten. Armeen, die stark und schlagkräftig genug waren, um einige der besten Truppen Englands außer Gefecht zu setzen. Aber wie die meisten seiner Kameraden hatte Bolitho fest geglaubt, daß die Streitigkeiten durch einen Kompromiß beigelegt werden könnten. Das war vor sechs Monaten, im Oktober 1777, als die Nachricht von der Übergabe Burgoynes über die Briten hereinbrach. Über Nacht, so schien es, hatte sich die Rebellion zu einem neuen, bösartigen Konflikt ausgeweitet. Die Engländer standen in ihren weit verstreuten Stützpunkten amerikanischen Revolutionsarmeen gegenüber, die durch eine ganze Flotte französischer und spanischer Kaperschiffe Rükkendeckung erhielten. Ohne beträchtliches Risiko konnte kein Nachschubschiff mehr allein segeln. Sogar Truppentransporte waren nicht mehr vor den Freibeutern sicher.

In dieser Zeit wechselnder Angriffs- und Rückzugsgefechte war die Veränderung in Bolithos Leben eingetreten. Die *Trojan* hatte vor der Küste Puerto Ricos eine hübsche Brigg gejagt, deren Laderäume mit Konterbande und Schießpulver für die Amerikaner vollgestopft waren. Zwischen zwei langgestreckten Sandbänken gefangen und durch die beeindruckende Artillerie der *Trojan* bedroht, hatte sich der Kapitän zur Übergabe entschlossen.

Der Erste Offizier der *Trojan* wurde auf seinem eigenen Schiff dringend gebraucht, da die meisten anderen Offiziere erst kürzlich an Bord kommandiert worden waren und nur wenig Erfahrung besaßen. So traf Bolitho das Los, die Prise zu übernehmen mit dem Befehl, die Beute nach Antigua zu segeln und dort neue Instruktionen abzuwarten. Es war wie der Anfang eines schier unmöglich erscheinenden Traumes. Aufregende Erlebnisse, die Freiheit, nach eigenen Entschlüssen zu handeln und zu segeln, ohne daß ihn sein Kapitän beobachten konnte. Die kleine Brigg schien ihm grenzenlose Möglichkeiten anzubieten, wenn er auch wußte, daß all dies nicht ewig dauern würde.

Das Schicksal aber hatte andere Pläne. Nach einigen Tagen sichteten sie eine andere, größere Brigg. Sie war gut geführt und stärker bewaffnet als auf solchen Schiffen üblich. Es gab keinen Zweifel, dieser Segler war ein Freibeuter, der offensichtlich zu einem Treffen mit der Prise herankreuzte.

Zu langen Überlegungen blieb keine Zeit. Der Gegner würde alle seglerischen und artilleristischen Möglichkeiten von Bolithos kleiner Prisenbesatzung weit übertreffen. Sinnlos zu kämpfen und zu sterben war ebenso undenkbar wie widerstandslos die Flagge zu streichen.

Doch alles lief so einfach ab, daß es nun im Rückblick wie ein Teil jenes unglaubhaften Traumes erschien. Scheinbar um Depeschen zu übergeben, manövrierten sie an den ahnungslosen Freibeuter heran, gingen längsseit, und als beim Zusammenprall Segel und losgeschlagene Spieren auf die Decks beider Schiffe herabstürzten, enterten sie die feindliche Brigg. Eine knatternde Musketensalve, wildes Gebrüll der Enterer, und schon war das Schiff trotz vierfacher Überlegenheit genommen. Die Leute der *Trojan* waren mit dieser Kampfesweise vertraut. Nicht so die Besatzung des Kaperschiffes, dessen Kapitän zum ersten Mal als Kommandant fuhr.

So kam es, daß Bolitho mit zwei Prisen in Antigua einlief. Da sich der Landkrieg so zum Schlimmen gewendet hatte und die Ereignisse auf See sich dermaßen verwirrend und entmutigend entwickelten, wirkte seine siegreiche Ankunft unter dem Donnern der Hafenbatterie wie ein belebendes Heilmittel. Händeschütteln mit einem Konteradmiral, lächelnde Begrüßungen dienstälterer Kapitäne – Bolitho war durch diesen herzlichen Empfang verblüfft.

Nachdem er die beiden Prisen den Docks übergeben hatte, wurde ihm eine Kammer in einem abgetakelten Schiff, der *Oktavia*, zugewiesen. Die *Oktavia* war ursprünglich ein stattlicher Zweidecker gewesen, doch nachdem sie im Jahr zuvor in einem Hurrikan fast gesunken wäre, diente sie nun als Wohnschiff. Junge Offiziere, die auf neue Kommandos warteten, vertrieben sich dort die Zeit mit Kartenspiel, Schlaf oder betranken sich bis zur Bewußtlosigkeit. Beförderungen und Versetzungen, Seegerichte oder die letzten Vorbereitungen zur Heimreise eines im Kampf verstümmelten Seemannes, all das hatte die alte *Oktavia* gesehen.

Tag um Tag verging, und Bolitho begann zu glauben, er sei vergessen worden. Bald würde die *Trojan* einlaufen, und er müßte wieder in ihre festgefügte Gemeinschaft zurückkehren. Er lebte von einem Tag auf den anderen. Er hoffte, obwohl er nicht mehr wagte, allzuviel zu hoffen.

Die Befehle, die ihm dann endlich durch einen untadeligen Flaggleutnant überbracht wurden, waren kurz und verblüffend. Mit Einwilligung der Oberkommandierenden wurde Richard Bolitho zum Kommandanten mit dem entsprechenden Rang und allen dazugehörenden Vorteilen ernannt. Die Beförderung erhielt ab sofort Gültigkeit. Außerdem habe er sich mit allen entsprechenden Ausrüstungsstücken und Rangabzeichen zu versehen und innerhalb von zwei Tagen im neueingerichteten Gebäude des Hauptquartiers zu melden.

Er starrte sein Bild im Spiegel an. Heute!

In Antigua konnte man für Geld offenbar alles bekommen, selbst in so kurzer Zeit. Und jetzt, anstelle seiner verblichenen Leutnantsuniform, betrachtete er die breiten blauen Rockaufschläge und die einzelnen goldenen Streifen an den Ärmeln, die ihn als Kapitän auswiesen. Auf dem Stuhl hinter ihm schimmerte sein goldbetreßter Hut im hereinsickernden Sonnenlicht. Alles, was er trug, die weiße Weste und die Kniehosen, eine enge Halsbinde, die staubigen Schuhe, ja sogar der Degen, den er so sorgfältig ausgesucht hatte, alles war so neu, daß es wie geliehener Putz aussah. Er wagte nicht an den Kaufpreis und an die Schmiergelder zu denken, die nötig gewesen waren, um alles in so kurzer Zeit zu beschaffen. Ein Vorschuß auf sein wohlverdientes Prisengeld hatte, wenigstens für den Augenblick, ausgereicht. Er strich über die Locke schwarzen Haares, die widerspenstig über seinem rechten Auge hing. Die tiefe, grausige Narbe darunter, die bis zu seinem Haaransatz lief, fühlte sich so heiß an, als ob nicht Jahre, sondern erst einige Wochen vergangen wären, seit er mit einem Entermesser niedergehauen worden war.

Trotz seiner inneren Spannung mußte er über sich selbst lächeln. Wohl hatte er erst den niedrigsten Rang der Kommandantenlaufbahn erhalten, aber er hatte den ersten großen Schritt getan. Einen Schritt, der ihm sowohl Ruhm als auch Schande bringen konnte, den er aber gleich seinen Vätern mit Sorge und Ungeduld erwartet hatte.

Wieder hallten Schritte im Flur. Er brachte seine Halsbinde in Ordnung und rückte den neuen Degen an seiner Hüfte zurecht. Wieder erschien ihm sein Spiegelbild wie das eines Fremden. Die Uniform, die aufrechte Haltung, in der er seinen Körper wie zur Parade gestrafft hielt, stellten mehr Sicherheit zur Schau, als er sich je zugetraut hatte.

Die Schritte verhielten vor der Tür, und mit einer einzigen raschen Bewegung griff Bolitho nach seinem Hut und klemmte ihn unter einen Arm. Er versuchte, das Klopfen seines Herzens, das ihm wie ein Hammer gegen die Rippen schlug, nicht zu beachten. Sein Mund war wie ausgedörrt, obwohl er den Schweiß wie warmen Regen zwischen seinen Schulterblättern hinabrinnen fühlte.

Richard Bolitho war zweiundzwanzig Jahre alt und hatte seit seinem zwölften Lebensjahr in der königlichen Marine gedient. Aber nun, da er wie gebannt die vergoldete Türklinke anstarrte, fühlte er sich eher wie ein furchtsamer Fähnrich denn wie ein Mann, der im Begriff stand, das begehrteste Geschenk zu empfangen, das ein Marineoffizier erhalten konnte. Ein eigenes Kommando!

Der Sergeant der Marineinfanterie blickte ihn hölzern an.

»Sind Sie bereit, Sir? Kapitän Colquhoun möchte Sie jetzt sprechen.«

»Ich bin bereit, danke!«

Der Sergeant musterte ihn mit der leisen Andeutung eines Lächelns. »Er wird sich darüber freuen, davon bin ich überzeugt, Sir.«

Bolitho hörte kein Wort. Er folgte dem Sergeant und schritt hinaus in den Flur und in eine andere Welt.

Kapitän Vere Colquhoun erhob sich kurz hinter seinem großen Schreibtisch, machte eine Geste, als ob er Bolitho die Hand reichen wollte, und sank dann in seinen Sessel zurück.

»Bitte, setzen Sie sich, Bolitho.«

Er saß mit dem Rücken zum Fenster, so daß es unmöglich war, seinen Gesichtsausdruck zu erkennen. Aber als sich Bolitho nun auf einem schmalen, hochlehnigen Stuhl zurechtsetzte, spürte er deutlich den prüfenden Blick des anderen Mannes.

»Sie haben eine gute Beurteilung«, sagte Colquhoun. Er öffnete einen Leinenumschlag und überflog mit raschen Blicken die beigefügten Papiere.

»Wie ich sehe, wurden Sie im Jahr 74 zum Leutnant ernannt.« Er schaute rasch auf. »Ja?«

»Ja, Sir, auf der Fregatte *Destiny*.«

Bolitho hatte lange genug in der Marine gedient, um zu wissen, daß Unterredungen mit Vorgesetzten sich ein gute Weile hinziehen konnten. Jeder verfuhr auf seine eigene Art und Weise, aber für den Untergebenen schien alles auf ein Baumeln an dem dünnen Faden ungewisser Erwartung hinauszulaufen. Er versuchte, Colquhouns gesenkten Kopf nicht zu beachten, und zwang sich statt dessen, sich im Zimmer umzusehen. Weiße Wände und ein buntgekachelter Fußboden. Einiger schwere, dunkle Möbelstücke und ein Tisch, der unter vielen schönen Karaffen beinahe verschwand. Colquhoun schien ein Mann zu sein, der sein Leben zu genießen wußte. Bolitho wandte den Blick wieder seinem neuen Vorgesetzten zu. Er mochte etwa dreißig Jahre alt sein, und trotz des blendenden Gegenlichts bemerkte Bolitho dessen feingeschnittene Züge und ein schmales, angriffslustiges Kinn. Sein Haar war blond und gemäß der augenblicklichen Mode zum Nacken zurückgekämmt. Seine Hand erschien trotz des Dienstes auf dem Marinestützpunkt auffallend blaß.

»Ihr Kapitän spricht gut von Ihnen.« Colquhoun raschelte mit den Papieren. »Recht gut.«

Bolitho versuchte, die Trockenheit in seiner Kehle nicht durch Schlucken zu verraten. Kapitän Pears von der *Trojan* hatte ihm seine Beurteilung an Bord der Prise mitgegeben. Hätte er von seinem späteren Glück in dem Gefecht mit dem Kaperschiff gewußt, wäre sein

Bericht vielleicht noch günstiger ausgefallen. Alles kam ihm nun sehr sonderbar vor. In den drei Jahren an Bord des Linienschiffes hatte er seinen Kapitän niemals wirklich verstanden. Manchmal hatte er geglaubt, Kapitän Pears könnte ihn nicht leiden und hätte seine Anstrengungen allenfalls geduldet. Aber jetzt auf diesem Schreibtisch und unter den Augen eines neuen Vorgesetzten zeigten Pears' Worte ihn in einem anderen Licht.

»Danke, Sir!«

»Hmph!« Colquhoun erhob sich und machte einige Schritte gegen den Tisch hin, besann sich dann aber eines anderen, ging zum Fenster und starrte, wie in Gedanken verloren, zum Ankerplatz hinunter.

»Ich habe Befehl, Ihnen Ihre Einsatzorder zu übergeben. Für Sie wird es nun darauf ankommen, Ihren Wert zu beweisen. Statt um Ihren eigenen Vorteil zu kämpfen, werden Sie Befehlen zu gehorchen haben.«

Bolitho wartete. Es war unmöglich, diesen Mann zu durchschauen. »Seit der militärischen Katastrophe bei Saratoga im vergangenen Jahr haben wir Anzeichen beobachtet, die auf wachsende französische Hilfe für die Amerikaner schließen lassen. Ursprünglich schickten sie Nachschub und militärische Berater, dann Freibeuter, Glücksritter und Söldner.« Colquhoun stieß die Worte zwischen schmalen Lippen hervor.

»Nun aber tritt ihre Absicht offen zutage, die Amerikaner für ihre eigenen Angelegenheiten auszunützen, um Gebiete wiederzugewinnen, die sie im Siebenjährigen Krieg verloren haben.«

Bolitho umfaßte den Griff seines Degens und versuchte, äußerlich ruhig zu bleiben. Irgendwo dort drunten im Hafen wartete ein Schiff auf seinen neuen

Kapitän. Mochte es alt oder gerade erst vom Stapel gelaufen sein, groß oder als Flotteneinheit völlig unbedeutend, es sollte sein eigenes Schiff sein. Und hier mußte er sich zur Ruhe zwingen und Colquhouns Betrachtungen über den Krieg zuhören. Bolitho hatte von Anfang an in diesem Krieg gekämpft, und Colquhoun war, wie er von einem Offizierskameraden auf der *Oktavia* erfahren hatte, erst vor sechs Monaten aus England herübergekommen.

In gleichmütig trockenem Ton fuhr Colquhoun fort: »Da wir aber die Seewege und Versorgungsrouten beherrschen, können weder die Franzosen noch der verdammte Papst uns hindern, auf dem Festland überall die Kontrolle zurückzugewinnen.«

Er wandte sich langsam um. Die Sonne blitzte auf den goldenen Tressen seines Rockes. »Stimmen Sie mir zu?«

Bolitho wandte sich in seinem Stuhl um: »Ich bin ganz Ihrer Meinung, Sir. Aber . . .«

»Aber ist kein Wort, das mir zusagt«, schnappte Colquhoun. »Entweder Sie stimmen zu, oder Sie lehnen ab.«

»Ich denke, es sollte mehr getan werden, um die Kaperschiffe in ihren Stützpunkten aufzuspüren und zu vernichten, Sir.« Er unterbrach seine Worte und wartete auf eine bissige Bemerkung. Dann redete er weiter: »Wir haben zu wenig Schiffe für den Geleitschutz. Jeder von zwei oder mehr Schiffen energisch geführte Angriff auf Nachschubeinheiten kann eine einzelne Eskorte zum Teufel schicken.«

»Wahrhaftig, Sie überraschen mich!«

Bolitho biß sich auf die Lippen. Er hatte sich hinreißen lassen. Vielleicht hatte Colquhoun gehofft, daß einer seiner Freunde oder Schützlinge das neue Kommando erhalten würde, und betrachtete Bolitho nun als Eindringling. Wo auch immer die Ursache liegen mochte, an einer gewissen Feindseligkeit schien kein Zweifel zu bestehen.

»Ich habe natürlich von Ihrer Familie gehört, Bolitho. Seefahrerrasse. Keiner von euch hat sich jemals gefürchtet, Kopf und Kragen zu riskieren. Auch jetzt brauchen wir hier draußen die besten Offiziere, die wir kriegen können.« Er wandte sich plötzlich dem Fenster zu. »Kommen Sie her!«

Bolitho ging quer durch den Raum zu seinem Vorgesetzten und schaute auf die vor Anker liegenden Schiffe hinunter.

»Sieht ziemlich eindrucksvoll aus, nicht wahr?« Colquhoun stieß die Luft aus seinen Lungen. Es klang wie ein Seufzer. »Aber draußen auf See in alle vier Windrichtungen zerstreut sind sie nur eine Handvoll. Die Franzosen in unserem Rücken bedrohen England. Wir sind weit über unsere Sicherheitsgrenzen hinaus angespannt.« Mit einer weiten Handbewegung deutete er über den Hafen hin. Dort unten wurde eine Fregatte überholt. Stark gekrängt lag sie auf einer Seite. An ihrem Kiel wimmelte es von Arbeitern, ihre nackten Rücken glänzten im Sonnenlicht wie Mahagoni.

»Die *Bacchante*, sechsunddreißig Kanonen«, sagte Colquhoun sachlich. »Mein Schiff! Zum ersten Mal, seit ich das Kommando übernommen habe, kann ich die notwendigen Reparaturen unter der Wasserlinie durchführen lassen.«

Bolitho warf ihm einen raschen Blick zu. Seit seinen ersten und einzigen Erfahrungen auf der kleinen, mit achtundzwanzig Kanonen bestückten *Destiny* hatte er immer davon geträumt, einst eine Fregatte zu befehligen. Auf solch einem wendigen und schnellen Schiff alles außer den mächtigen Linienschiffen mit allem Schneid eines jungen Kapitäns anzugreifen! Welch eine verlockende Vorstellung.

Aber Colquhoun schien nicht in diese Rolle zu passen. Er war zart gebaut und hatte das blasse, empfindliche und gute Aussehen eines echten Aristokraten. Seine Kleidung war von hervorragendem Schnitt, und der Degen an seiner Hüfte mochte an die zweihundert Guineen wert sein.

Colquhoun hob seinen Arm. »Schauen Sie dorthin. Hinter meinem Schiff können Sie den Rest unsrer Flottille ausmachen. Mit diesen paar Schiffen soll ich Patrouillen fahren, den Feind auskundschaften. Depeschen überbringen und jedem weichlichen Kaufmann die Tränen aus den Augen wischen, wenn ein verdächtiges Segel über dem Horizont auftaucht. Fünfmal so stark sollten meine Streitkräfte sein, und selbst dann würde ich mir noch mehr wünschen.«

Mit einem prüfenden Blick wandte er sich Bolitho zu, der auf das blinkende Wasser hinunterstarrte.

»Drei Korvetten«, sagte Bolitho langsam. Dahinter sah er einen winzigen, bewaffneten Schoner. Sollte dies sein Schiff sein? Er schluckte hart. »Und ein Schoner.«

»Richtig.« Colquhoun ging zum Tisch und ergriff eine schwere Karaffe. Während er sie gegen die Sonne hielt, fuhr er fort: »Sie erhalten die *Sparrow*, Bolitho. Achtzehn Geschütze und erst zwei Jahre alt.« Er musterte ihn flüchtig. »Nach meiner Fregatte das beste Schiff unter meinem Kommando.«

Bolitho konnte ihn nur anstarren.

»Ich weiß nicht, was ich sagen soll, Sir.«

Der andere zog eine Grimasse. »Dann sagen Sie eben nichts!« Er goß zwei Gläser Brandy ein.

»Ich zweifle nicht an Ihrer Befähigung zum Seeoffizier, Bolitho. Ihre letzte Beurteilung ist mir Beweis genug. Gehorchen und Befehle auszuführen, ohne zu fragen, ist jedoch nur die eine Seite. Leute zu führen, ihr Geschick und ihr Leben in der Hand zu halten, ohne sie jemals aus dem Griff zu lassen, ist aber etwas ganz anderes.«

Er bot ihm ein Glas an. »Auf Ihr erstes Kommando, Bolitho. Ich wünsche Ihnen noch mehr von jenem Glück, das Sie auf Ihrem Weg ins Jahr 78 begleitet hat. Denn das kann ich Ihnen versprechen, Sie werden es dringend brauchen!«

Der Brandy brannte wie Feuer, aber Bolitho wirbelte immer noch so sehr der Kopf, daß er es kaum bemerkte. Eine neue Korvette! Die beste in Colquhouns Flottille! Ein Traum! Würde er nicht im nächsten Augenblick an Bord der *Oktavia* erwachen, und der heutige Tag würde erst beginnen?

»Ihr Vorgänger auf der *Sparrow* ist kürzlich gestorben«, sagte Colquhoun mit ruhiger, gleichmütiger Stimme.

»Oh, das tut mir leid, Sir!«

»Hm.« Colquhoun betrachtete ihn gedankenvoll. »Fieber, sein Erster Leutnant ist zu jung im Dienstrang, selbst für ein nur vorübergehendes Kommando.« Er zuckte die Achseln. »Durch Ihre Ankunft genau im rechten Augenblick, durch die Gnade unseres hochverehrten Admirals und natürlich, Bolitho, auch durch Ihre augenscheinlichen Qualitäten für dieses Kommando fiel die Wahl sofort auf Sie, eh?« Kein Lächeln erhellte seine Züge.

Bolitho schaute zur Seite. Es schien ihm sicherer zu sein, wenn er sich von vornherein darauf einstellte, daß Colquhoun keinen Sinn für Humor besaß.

»Ich will mein Bestes tun, Sir.«

»Selbstverständlich.« Colquhoun zog seine Uhr aus der Tasche und klickte den Deckel auf. »Die Besatzung der *Sparrow* ist vollzählig. Ich werde Ihre Prisenbesatzung auf andere Schiffe, wo sie dringend gebraucht wird, verteilen müssen. Es sei denn, Sie hätten irgendeinen besonderen Mann, von dem Sie sich nicht trennen möchten.«

»Ja, Sir, einen. Ich bin Ihnen sehr dankbar.«

Colquhoun seufzte. »Sie sind eine sonderbare Mischung. Es handelt sich wohl um einen Mann aus Cornwall?«

»Jawohl, Sir!«

»Nun gut ...« Er sprach den Satz nicht zu Ende. Statt dessen sagte er: »Ich habe ein Boot angefordert. Es wird Sie in einer halben Stunde abholen. Bis dann werden Ihre Dokumente fertig sein.«

Bolitho wartete. Er wußte nicht, ob er sich noch andere Ratschläge anzuhören hätte.

Colquhoun schien seine Gedanken zu erraten und meinte ruhig: »Von Zeit zu Zeit werden Sie schriftliche Instruktionen erhalten. Aber man wird Ihnen nur sagen, was Sie zu tun haben. Wie Sie die Befehle ausführen und Erfolg erzielen, wird einzig und allein Ihre Bürde bleiben.« Er wandte sich wieder dem Fenster zu, seine Augen ruhten auf der gekrängten Fregatte. »Ich hatte bisher vier Kommandos. Das erste war natürlich das aufregendste, aber soweit ich mich erinnere, auch das einsamste. Ich konnte meine Kameraden in der Offiziersmesse nicht mehr um Hilfe bitten. Auch außerhalb meiner Dienststunden konnte ich keine Freiheit finden. In früheren Jahren hatte ich geglaubt, ein Kapitän sei so etwas wie ein Gott, der auf die Erde gesandt sei, um Befehle zu erteilen und die Durchführung mit all den Schwierigkeiten und Sorgen seinen Untergebenen aufzuhalsen. Jetzt weiß ich es besser. Auch Sie werden das noch erfahren.«

Bolitho griff nach seinem Hut. »Ich werde versuchen, mich daran zu erinnern, Sir.«

Colquhoun blickte an ihm vorbei. »Das werden Sie nicht tun! Sie werden denken, daß Sie alles besser wissen als alle anderen. So ist das eben, und so muß es auch wohl sein. Aber irgendwann unterwegs, zwischen den Zähnen eines Orkans oder im Feuer feindlicher Breitseiten oder meinetwegen auch in den Kalmen, wenn Ihre Leute auf dem Schiff vor Durst fast wahnsinnig werden, dann, Bolitho, werden Sie die wahre Bedeutung der Kommandogewalt erfahren. Wenn Sie Hilfe und Rat am nötigsten brauchen, werden Sie allein sein. Wenn alle anderen zu Ihnen aufs Achterdeck hinaufschauen und Sie die Macht über Leben oder Tod in Ihren Händen halten, dann, glauben Sie mir, werden Sie die Verantwortung eines Kapitäns kennenlernen.« Nach einer kurzen Pause fügte er noch hinzu: »Sie können im Zimmer neben dem Eingang warten.«

Die Unterredung war beendet.

Bolitho schritt zur Tür, seine Augen waren auf die Silhouette seines Vorgesetzten im hellen Viereck des Fensters gerichtet. Dieser Augenblick erschien ihm so wichtig, daß er sich jede Einzelheit einprägen wollte, sogar die Möbel und die wohlgefüllten Karaffen.

Dann schloß er die Tür hinter sich und kehrte in das

Wartezimmer zurück. Als er auf seine Uhr schaute, bemerkte er, daß er sich erst seit zwanzig Minuten in diesem Haus aufhielt.

Gegen den Fensterrahmen gelehnt, starrte er zu den kleinen Schiffen hinunter, die im entfernteren Teil des Hafenbeckens vor Anker lagen. Er versuchte, seine Korvette zwischen den anderen Segelern auszumachen. Wie würde sich sein Schiff auf See bewähren? Wie würde seine Besatzung über ihn denken?

Endlich öffnete sich die Tür, und ein älterer Leutnant blickte herein. »*Sparrow*, Sir?«

Bolitho sah den versiegelten Umschlag in den Händen des Mannes und holte tief Luft.

Er nickte. »Ja.«

Der Leutnant neigte den Kopf und lächelte. »Ihre Befehle, Sir! Das Boot ist bereits unterwegs und nähert sich der Pier. Wenn die *Trojan* hier eintrifft, werde ich mich um Ihre Sachen kümmern.« Er zuckte die Achseln. »Ich bin jedoch nicht sicher, ob sie jemals bei Ihnen ankommen.«

Bolitho grinste, unfähig, seine äußere Ruhe zu bewahren.

»Verkaufen Sie alles in meinem Namen, ja? Helfen Sie mit dem Erlös einigen verwundeten Seeleuten, die auf ihre Heimreise nach England warten.«

Als Bolitho in das Sonnenlicht hinaustrat, zog der Leutnant eine stahlgefaßte Brille aus der Tasche und blickte ihm nach. Dann schüttelte er sehr langsam den Kopf. Ein bemerkenswerter junger Mann, dachte er, hoffentlich würde er so bleiben.

Nach der schattigen Kühle im Hauptquartier empfand Bolitho die Sonnenglut greller als zuvor. Als er die Küstenstraße entlangging, beschäftigten sich seine

Gedanken kaum noch mit seiner Unterredung mit Colquhoun. Schon begann er sich zu fragen, was ihm sein neues Kommando wohl bringen mochte. Endlich würde er mehr Selbständigkeit besitzen, Freiheit von dem täglichen Gleichmaß von Signalen und Anforderungen, die seinen Aufgabenbereich auf der mächtigen *Trojan* ausgemacht hatten.

An einer Straßenbiegung blieb er stehen und beschattete seine Augen, um das Boot zu beobachten, das schon nahe der Pier heranstrich. Er fröstelte trotz der Hitze und begann, rascher als zuvor auszuschreiten. Für jeden anderen war es nur eines der vielen Boote, das im Auftrag seines Schiffes unterwegs war, aber für ihn bedeutete es viel mehr. Eine erste Berührung mit einigen seiner Leute, *seiner* Leute. Er sah die wohlbekannte Gestalt Stockdales neben einigen seiner neu erstandenen Habseligkeiten auf der Pier stehen und spürte einen plötzlichen Anflug von Wärme. Bolitho war überzeugt, daß es Stockdale gelungen wäre, auf eigene Faust zu ihm an Bord zu kommen, auch wenn Colquhoun ihm keinen einzigen Mann seiner Prisenbesatzung zugestanden hätte. In seinen weiten weißen Hosen, seiner blauen Jacke, muskulös und untersetzt, erinnerte er ihn an eine unzerstörbare Eiche. Auch er beobachtete mit zusammengekniffenen Augen und kritischer Aufmerksamkeit das herangleitende Boot.

Als Bolitho ein blutjunger Leutnant auf der Fregatte *Destiny* gewesen war, hatten sich ihre Wege zum ersten Mal gekreuzt. Er war mit dem undankbaren Auftrag, Rekruten für das Schiff zusammenzutrommeln, an Land geschickt worden. Ohne Hoffnung auf großen Erfolg hatte er mit seinen Seeleuten vor einer kleinen Schenke haltgemacht. Mit dem Hintergedanken, vor seinem nächsten Versuch, Freiwillige anzuwerben, etwas Ruhe und Erfrischung zu finden, hatte er hier sein Hauptquartier eingerichtet. Das alte Verfahren, von Dorf zu Dorf und von Schenke zu Schenke zu trotten, hatte sich kaum geändert. Als Ergebnis brachte man gewöhnlich nur ein paar Kerle zusammen, die für den harten Dienst auf einer Fregatte zu jung waren, oder man erwischte einen Haufen alter Seeleute, die an Land weder Erfolg noch Glück gefunden hatten und die nun in die Umgebung zurückkehrten, der sie auf immer abgeschworen hatten.

Stockdale gehörte nicht zu denen. Er war Preisboxer und stand mit entblößtem Oberkörper geduldig wie ein Ochse vor dem Wirtshaus, während sein scharfäugiger Ausrufer jedermann aufforderte, einen Kampf zu wagen und eine Guinee zu gewinnen.

Müde und durstig war Bolitho in die Schenke getreten und ließ seine kleine Abteilung für einige Augenblicke allein. Was kurz darauf geschah, war nicht ganz klar, aber als er wildes Fluchen hörte, in das sich das laute Gelächter der Seeleute mischte, rannte er hinaus und sah, wie einer seiner Männer die Guinee in seine Tasche steckte. Der rasende Ausrufer schlug Stockdale mit dem Ende einer Kette über Kopf und Schultern. Der siegreiche Seemann war ein mächtiger Kanoniersmaat, der gewohnt war, seine Autorität mit brutaler Gewalt zu behaupten. Es stellte sich nie heraus, ob er Stockdale ein Bein gestellt oder einen glücklichen Faustschlag gelandet hatte. Eines aber war sicher. Niemals wieder erlebte Bolitho, daß Stockdale in einem fairen oder unfairen Kampf geschlagen wurde. Als er seine Leute wieder antreten ließ, bemerkte er, daß Stockdale immer noch dastand und die ungerechte

Bestrafung ohne Gegenwehr hinnahm, obwohl er seinen Peiniger mit einem einzigen Faustschlag hätte umbringen können.

Angewidert von diesem Anblick und gleichzeitig ärgerlich über sich selbst, hatte er Stockdale aufgefordert, in den Dienst des Königs zu treten. Die stumme Dankbarkeit des Preiskämpfers war fast ebenso peinlich gewesen wie das Grinsen auf den Gesichtern der Seeleute. Aber Bolitho hatte bei dem verdutzten, ungläubigen Gesichtsausdruck des Marktschreiers eine gewisse Genugtuung empfunden, als Stockdale wortlos sein Hemd anzog und den abmarschierenden Werbern folgte.

Wenn Bolitho geglaubt hatte, daß die Geschichte hiermit zu Ende wäre, so wurde er bald eines anderen belehrt. Stockdale fügte sich in das Leben auf See, als ob er dazu geboren wäre. Stark wie zwei Männer, war er doch freundlich und geduldig, und wann immer Bolitho in Gefahr geriet, war er in seiner Nähe. Damals, als Bolitho, vom Hieb eines Entermessers getroffen, niedersank, war es Stockdale gewesen, der seine Bootsmannschaft, die in Panik davongerannt war, wieder sammelte, die Angreifer niederkämpfte und seinen bewußtlosen Leutnant in Sicherheit brachte. Als Bolitho von der Fregatte auf die *Trojan* abkommandiert wurde, hatte es Stockdale fertiggebracht, ebenfalls versetzt zu werden. Er war Bolithos Ordonnanz, im Gefecht Geschützführer, und auf der aufgebrachten Brigg brauchte er die gefangene Besatzung nur anzuschauen, um sich augenblicklich Achtung zu verschaffen. Er sprach sehr wenig und mit heiserer, wispernder Stimme. Seine Stimmbänder hatten in all den Jahren, da er landauf, landab in den

Schaubuden auf Jahrmärkten kämpfte, Schaden genommen.

Und dann, als Bolitho befördert wurde, hatte Stockdale schlicht gesagt: »Sie werden einen guten Bootssteuerer nötig haben, Sir«, er zeigte sein träges, schiefes Grinsen, »was für ein Schiff man Ihnen auch geben wird.«

So blieb Stockdale bei ihm. Bolitho hatte keinen Augenblick daran gezweifelt. Er wandte sich um, als Bolitho auf die Pier hinausschritt, und legte die Hand an seinen Hut.

»Alles fertig.« Er ließ seine Augen über Bolithos neue Uniform gleiten und nickte mit offensichtlicher Genugtuung.

»Nicht weniger, als Sie verdient haben, Sir.«

Bolitho lächelte. »Das müssen wir erst beweisen.«

Mit eingezogenen Rudern glitt der Kutter sanft gegen die Pfähle. Ein Seemann kletterte mit einer Leine auf die Pier.

Stockdale bückte sich nieder und hielt das schwankende Dollbord mit einer Faust fest. Sein Blick ruhte auf den bewegungslos sitzenden Ruderern. »Ein feiner Tag für den neuen Anfang, Sir«, meinte er mit heiserer Stimme.

Ein schlanker Fähnrich erhob sich im Kutter und zog weit ausholend seinen Hut. Er war ein gutaussehender, etwa achtzehnjähriger junger Mann, braungebrannt wie ein Eingeborener.

»Mein Name ist Heyward, Sir.« Er wand sich unter Bolithos kühlem Blick. »Ich – ich wurde geschickt, um Sie an Bord zu bringen.«

Bolitho nickte. »Danke, Mr. Heyward. Unterwegs können Sie mir über das Schiff berichten.«

Er wartete, bis Stockdale und der Fähnrich seine Seekiste und seine Taschen im Boot verstaut hatten, dann sprang er auf die Achterbank hinunter.

»Vorne abstoßen! Riemen bei!«

Heyward schien sich der Nähe seines neuen Kapitäns sehr bewußt zu sein. »Ruder an!«

Wie ausgebleichte Knochen hoben und senkten sich die Riemen mit regelmäßiger Genauigkeit. Bolitho blickte rasch über die beiden Reihen der Ruderer hin. Sie waren sauber in Paradehemden und weiße Hosen gekleidet und sahen kräftig und gesund aus. Manche Leute behaupteten, man könne ein Schiff immer nach seinen Booten beurteilen. Bolitho war anderer Meinung. Es gab Kapitäne, die ihre Boote wie Schaustücke pflegten, während an Bord ihrer Schiffe die Leute kaum besser als Tiere lebten.

Die Gesichter der Ruderer – die gewöhnlichen, bekannten Seemannsgesichter – blieben verschlossen und ausdruckslos, um Bolithos prüfendem Blick nicht aufzufallen. Sicherlich war jeder neugierig auf den neuen Kapitän. Für den Seemann war sein Kapitän kaum viel weniger als Gott. Er führte sie und konnte seine Geschicklichkeit im Kampf zu ihren Gunsten anwenden. Genausogut aber konnte er ihr Leben in eine tägliche Hölle verwandeln, und es gab niemand, der sich ihre Proteste und Beschwerden anhörte.

»Seit drei Tagen liegen wir hier vor Anker, Sir«, sagte der Fähnrich unsicher.

»Und vorher?«

»Patrouillendienst vor Guadeloupe. Wir sichteten eine französische Brigg, aber sie ist uns entkommen, Sir.«

»Wie lange dienen Sie schon auf der *Sparrow*?«

»Zwei Jahre, Sir, seitdem sie auf der Themse bei Grennwich in Dienst gestellt wurde.«

Stockdale straffte seinen Oberkörper. »Da liegt sie, Sir, genau backbord voraus.«

Bolitho saß aufrecht im Heck. Er wußte, daß ihn jedermann anstarren würde, sobald er seine Augen vom Kutter abwandte. Kaum konnte er seine Erregung verbergen, als er zu der Korvette hinüberspähte, die jetzt hinter einem schweren Transportschiff in Sicht kam. Sie lag bewegungslos über ihrem Spiegelbild in der See. Ihre Flagge tupfte einen roten Farbfleck auf die dunstverhangenen Hügel des Hinterlandes.

Bolitho hatte während seiner Dienstzeit viele Korvetten gesehen. Gleich den Fregatten waren sie überall und immer im Einsatz. Als Mädchen für alles, als die Augen der Flotte, waren sie in allen Marinestützpunkten üblich. Aber Bolitho bemerkte im ersten Augenblick, daß diese Korvette sich von allen anderen unterschied. Von den sanft kreisenden Masttopps bis zur Linie der geöffneten Geschützpforten war sie eine vollkommene Schönheit, eine hochgezüchtete Miniaturfregatte, ein Schiff, das sich nach der freien See zu sehnen schien.

»Steuern Sie rund ums Schiff«, hörte sich Bolitho sagen.

Als die Pinne herumschwang, war sich Bolitho der Stille bewußt, die nur durch das Spülen des Heckwassers und das rhythmische Knarren der Riemen gebrochen wurde. Er fühlte sich ganz allein, als ob er diesen Augenblick mit niemand teilte. Wie ein schräggeneigter schwarzer Finger glitt der lange Klüverbaum der Korvette über seinen Kopf hin, und ein paar Sekunden lang starrte er zur Galionsfigur unter dem Bugspriet hinauf. Ein mannsgroßer Sperling mit zornig aufgerissenem Schnabel und kampfbereit ausgebreiteten Schwingen hielt in seinen Klauen ein vergoldetes Büschel von Eichenblättern und Eicheln. Bolitho vermochte seine Augen nicht von der Figur loszureißen, bis das Boot den Bug umrundet hatte und unter der Steuerbord-Ankerklüse vorbeiglitt. Nie hatte er geglaubt, daß ein Sperling so kriegerisch dargestellt werden könnte.

Er war überrascht, als sein Blick auf die Geschützmündung in der ersten Stückpforte fiel.

»Wir führen einen Zweiunddreißigpfünder an jeder Seite des Bugs, Sir«, sagte Heyward respektvoll. »Dann haben wir auf dem Geschützdeck noch sechzehn Zwölfpfünder.« Er zog sich etwas zurück, als Bolitho sich nach ihm umwandte. »Verzeihung, Sir, ich wollte mich nicht aufdrängen.«

Bolitho lächelte und berührte seinen Arm. »Ich bin nur etwas überrascht. Für ein so kleines Schiff scheint die *Sparrow* recht schwere Artillerie an Bord zu haben.« Er schüttelte seinen Kopf. »Diese beiden Buggeschütze müssen schon so manchem Feind einen Schock versetzt haben. Auf Korvetten sind sonst doch eher Neunpfünder üblich.«

Der Fähnrich nickte, doch blieben seine Augen auf den Schiffsrumpf gerichtet. Mit gespannt zusammengekniffenen Lippen paßte er den rechten Augenblick zur Wende ab.

»Ruder Steuerbord!«

Der Kutter schwang in einem engen Bogen herum und glitt auf das Fallreep zu. Viele Köpfe waren über dem Schanzkleid aufgereiht, und Bolitho sah eine blauweiße Offiziersuniform neben der Einstiegspforte und eine Gruppe von Seeleuten beim Hauptmast.

»Riemen hoch!«

Das Boot trieb gegen das Fallreep, wo der Bugmann mit genau abgemessener Bewegung seinen Bootshaken ansetzte.

Bolitho erhob sich im Heck, er wußte, daß alle Augen auf ihn gerichtet waren, daß Stockdales erhobene Hand bereit war, ihn zu stützen, falls er das Gleichgewicht verlieren sollte. Er dachte an den neuen Degen an seiner Hüfte, aber er wollte nicht nach unten schauen, um sich zu vergewissern, daß er ihm beim Hinaufklettern über die lose schlackernde Jakobsleiter nicht zwischen die Beine geriet.

Mit einem raschen Atemzug griff er zu und zog sich aus dem Kutter hoch. Er war fast auf alles vorbereitet gewesen, doch als er mit Kopf und Schultern in der Schanzkleidpforte auftauchte, brachte ihn das durchdringende Schrillen der Bootsmannspfeifen beinahe aus der Fassung. Mehr als alles andere schien ihm dieser Salut des Schiffes an seinen Kapitän zeigen zu wollen, welch großen Schritt er mit seiner Beförderung vom Leutnant zum Kommandanten getan hatte.

Es fiel ihm sehr schwer, in diesen kurzen, gedrängten Augenblicken alles aufzufassen und zu begreifen. Die gezogenen Säbel, die Bootsmannsmaaten mit den Silberpfeifen an den Lippen, die halbnackten Seeleute auf den Planken und hoch oben in den Wanten. Er spürte, wie sich das Deck unter seinen Füßen leise hob und senkte. Die Veränderung, die dieses Schiff für ihn brachte, überwältigte ihn aufs neue. Nach der Schwerfälligkeit der *Trojan* mit ihrem gewaltigen Gewicht an Geschützen und Spieren schien diese Korvette lebendig zu sein.

Als Bolitho seinen Hut abnahm, trat ein Offizier auf ihn zu.

»Willkommen an Bord, Sir! Mein Name ist Graves; Zweiter Leutnant.«

Bolitho blickte ihn forschend an. Der Leutnant war jung und schlank, aber in seinen düsteren Gesichtszügen herrschte die Vorsicht eines viel älteren Mannes.

Mit einer halben Wendung wies er über das Deck hin. »Wir alle hoffen, daß Sie sich hier wohl fühlen.«

»Und der Erste Leutnant?« fragte Bolitho.

Graves blickte weg. »Auf dem Flaggschiff, Sir. Er hatte eine Verabredung.« Rasch wandte er sich wieder Bolitho zu. »Ich bin überzeugt, es soll keine Respektlosigkeit sein.«

Bolitho nickte. Graves' Erklärung war zu schnell, zu glatt. War es die Äußerung eines Mannes, der die Aufmerksamkeit des Kapitäns auf das Verhalten eines abwesenden Offiziers lenken wollte, indem er ihn entschuldigte?

Graves sprach schnell weiter: »Dies ist Mr. Buckle, der Steuermann, Sir, und Mr. Dalkeith, unser Schiffsarzt.« Seine Stimme folgte Bolitho, während er die Reihe der dienstälteren Deckoffiziere abschritt.

Bolitho prägte sich jedes Gesicht ein, hielt sich aber von näherem Kontakt zurück. Der würde ohnehin bald genug notwendig werden, aber nun war der Eindruck, den er selbst auf die Leute machte, viel wichtiger. Er stand an der Achterdeckreling und starrte auf das Geschützdeck hinunter. Die *Sparrow* maß über dieses Deck hundertundzehn Fuß in der Länge, war aber mit dreißig Fuß fast so breit wie eine Fregatte. Kein

Wunder, daß sie für ihre Größe eine so schwere Bewaffnung tragen konnte.

»Lassen Sie die Leute achtern antreten, Mr. Graves.«

Als der Befehl gegeben war und die Männer sich auf Deck versammelten, zog Bolitho sein Offizierspatent aus der Tasche und breitete es auf der Reling aus. Das Holz fühlte sich unter seinen Händen heiß an.

Wieder warf er einen Blick auf die Gesichter unter ihm. Wie brachten all die Leute es nur fertig, auf so engem Raum zusammen zu leben? An Bord der *Sparrow* waren hundertundfünfzehn Mann zusammengepfercht, aber nun, da sie sich alle unter dem Achterdeck drängten, schienen es noch einmal so viele zu sein.

Graves legte die Hand an seinen Hut. »Alles anwesend, Sir.«

»Danke«, antwortete Bolitho, mit gleicher Förmlichkeit. Dann begann er mit fester Stimme zu lesen.

Das Schreiben war an Richard Bolitho, hochwohlgeboren, adressiert und befahl ihm, sofort an Bord zu gehen, um Verantwortung und Befehlsgewalt als Kapitän auf Seiner Britannischen Majestät Korvette *Sparrow* zu übernehmen.

Während seine Stimme über das Deck hallte, hörte er einen der Männer ein- oder zweimal husten und da und dort einen Fuß scharren. Auf einer in der Nähe liegenden Korvette bemerkte er einen Offizier, der sein Fernglas auf ihn gerichtet hatte.

Bolitho faltete das Patent zusammen und steckte es in die Tasche. »Ich möchte jetzt in meine Kajüte gehen, Mr. Graves.«

Er setzte seinen Hut auf und ging langsam zu einer mit Segeltuch bezogenen Luke vor dem Besanmast. Er bemerkte, daß das Ruderrad ungeschützt lag. Ein schlechter Platz bei Sturm oder Kugelhagel, dachte er.

Hinter seinem Rücken erhob sich Stimmengemurmel, als die Leute entlassen wurden, und in der dumpfen Luft hing der fettige Geruch aus der Kombüse. Er war froh, daß er sich vor der Eitelkeit, eine Rede zu halten, gehütet hatte. Trotzdem, dies war ein so kostbarer Tag, daß er ihn in irgendeiner Weise gern mit der ganzen Besatzung geteilt hätte.

In seiner Erregung hatte er die Zeit ganz vergessen. Nun, da er die Leiter zum Geschützdeck hinunterstieg und hinter Graves' gebückter Gestalt nach achtern ging, freute er sich noch mehr, daß er sich auf das förmliche Herunterlesen seiner Ernennungsurkunde beschränkt hatte. Natürlich wäre es möglich gewesen, die Männer in der Sonne stehen zu lassen, um ihnen eine schwülstige Rede zu halten. Aber er hätte es als Unrecht angesehen, seine Leute damit von ihrer wohlverdienten Mahlzeit abzuhalten.

Er schnappte nach Luft, als sein Kopf gegen einen Decksbalken krachte.

Graves wirbelte herum: »Verzeihung, Sir!« Er schien zu fürchten, Bolitho würde ihm die fehlende Stehhöhe übelnehmen.

»In Zukunft werde ich mich vorsehen!« Er trat in die Heckkajüte. Einen Augenblick lang stand er bewegungslos. Voll Entzücken betrachtete er die zierlich schräg geneigten Heckfenster, die von einer Seite zur anderen reichten und die Bucht mit der Landzunge wie ein schimmerndes Panorama vor seinen Augen ausbreitete. Die Kajüte war geschmackvoll in blassem Grün gemalt, die Täfelung mit Blattgold hervorgehoben. Den Fußboden bedeckte schwarzweiß kariertes

Segeltuch, und zu beiden Seiten standen solide gearbeitete Möbel. Vorsichtig hob er seinen Kopf und bemerkte, daß er zwischen den Decksbalken gerade noch aufrecht stehen konnte.

Graves sah ihn bekümmert an. »Ich fürchte, daß Sie nach einem Linienschiff dies alles hier ein bißchen beengt finden.« Bolitho lächelte.

»Wenn Sie gegessen haben, lassen Sie mir die Logbücher bringen, Mr. Graves. Außerdem möchte ich irgendwann heute ohne Förmlichkeiten mit den Offizieren sprechen.« Er bemerkte die Wachsamkeit in den Augen des Leutnants und fuhr nach einer kurzen Pause fort: »Den Ersten Leutnant mit eingeschlossen.«

Graves bückte sich unter der Tür hindurch, und Bolitho kehrte sich wieder seiner Kajüte zu.

»Beengt nach einem Linienschiff«, hatte Graves gesagt. Er wirbelte seinen Hut quer durch die Kabine auf die Sitzbank unter den Fenstern, schnallte den Degen ab und ließ sich in einen grünsamtenen Sessel fallen. Er brach in schallendes Gelächter aus.

Beengt! Er sprang auf und duckte sich beim Gehen unter die Decksbalken. Nach der Offiziersmesse der *Trojan* war dies hier ein Palast!

Bolitho setzte sich neben seinen Hut und schaute sich in der hübschen, fröhlich wirkenden Kajüte um.

Und dies alles gehörte nun ihm!

II Freiheit

Es war später Nachmittag, als Bolitho endlich überzeugt war, alles Greifbare über das Schiff gelesen zu haben. Heuer- und Bestrafungslisten, Logbücher, Abrechnungen über Waren und Proviantrückzahlungen – die Liste schien endlos. Aber nicht einen Augenblick hatte er sich gelangweilt. Der neue Rock hing über einer Stuhllehne, seine Halsbinde hatte er gelockert und das Hemd aufgeknöpft. Alle Einzelheiten in den Büchern hatten ihn gefesselt.

Oberflächlich betrachtet, hatte sein Vorgänger, Kapitän Ransome, ein tüchtiges und vorbildlich geführtes Schiff befehligt. Im Strafregister waren all die üblichen Anklagen und Bestrafungen für kleine Vergehen aufgezeichnet. Es gab einige Fälle von Trunkenheit und nur wenige von unbotmäßigem Verhalten und Gehorsamsverweigerung. Als schlimmstes Verbrechen war die Handgreiflichkeit eines Seemanns angeführt, der während des Geschützdrills einen Bootsmann niedergeschlagen hatte.

Ransome hatte zu Beginn seines Kommandos ganz besonderes Glück gehabt. Da das Schiff auf der Themse in Dienst gestellt wurde, hatte er sich von den angeworbenen Seeleuten die besten aussuchen können. Er hatte beim Zusammenstellen seiner Besatzung viel weniger Schwierigkeiten gehabt als die meisten anderen Kapitäne. Männer von einlaufenden Kauffahrern, von Schiffen, die zur Überholung auf Dock gelegt wurden, kamen zu ihm an Bord.

Im Gegensatz zu der offensichtlich guten Stimmung auf dem Schiff stand eine ganze Reihe ungünstiger Berichte in den Logbüchern. Die *Sparrow* war in zwei Jahren, seitdem sie England verlassen hatte, nur einmal in ein Gefecht verwickelt worden, und auch dies nur als zweitrangige Verstärkung einer Fregatte, die einen Blockadebrecher angegriffen hatte. Kein Wunder, daß Fähnrich Heyward auf die Bemerkungen Bolithos über die Buggeschütze hin etwas peinlich berührt war.

Vermutlich hatte er die Worte seines neuen Kapitäns für Kritik an der fehlenden Kampferprobung gehalten.

Dann gab es da noch eine Liste von Leuten, die zur Beförderung auf andere Schiffe versetzt worden waren. Die freigewordenen Dienststellen waren durch Männer aufgefüllt worden, die Ransome in seinem persönlichen Logbuch als freiwillige einheimische Siedler bezeichnete.

Bolitho hatte sich lange bei den täglichen Berichten des verstorbenen Kapitäns aufgehalten. Seine Äußerungen waren sehr knapp, und man konnte aus ihnen unmöglich irgendwelche Schlüsse über diesen Mann ziehen. Immer wenn Bolitho von Zeit zu Zeit die Logbücher beiseite schob und sich in der Kajüte umschaute, beschäftigen sich seine Gedanken mit Ransome. Offensichtlich war er ein fähiger Offizier gewesen, ein Mann von vornehmer Herkunft und dementsprechend guten Beziehungen. Doch schien die Kajüte in Widerspruch zu diesem geistigen Porträt zu stehen. Sie war allzu elegant und bequem und paßte darum nicht in die Vorstellungen, die Bolitho von einem Kriegsschiff hatte.

Er seufzte und lehnte sich im Sessel zurück, als Fitch, sein Kajütsdiener, hereintappte, um die Reste der Mahlzeit abzutragen. Die schräg hereinflutenden Sonnenstrahlen fielen auf seinen schmächtigen Körper.

Fitch war ein elender Kerl, der in seiner glücklosen Vergangenheit bereits des Diebstahls überführt worden war. Aber während er den Urteilsspruch des Schwurgerichts erwartete, hatte die rechtzeitige Ankunft eines Kriegsschiffes ihn vor Deportation oder gar noch Schlimmerem gerettet. Er diente ohne Freude in der Flotte und betrachtete sein Leben auf See lediglich als Strafabbuße. Doch schien er wenigstens ein brauchbarer Diener zu sein, und vielleicht fühlte er sich bei dieser Arbeit einigermaßen wohl. Seine Stellung ersparte ihm die Anstrengungen und Gefahren an Deck, und vorausgesetzt, daß sein jeweiliger Herr kein Unmensch war, hatte er wenig zu befürchten. Bolitho beobachtete ihn, wie er das Geschirr auf ein Tablett lud. Das Mahl war ausgezeichnet gewesen. Es hatte kalte Zunge mit frisch vom Land eingekauftem Gemüse gegeben, und der Bordeaux – die letzte Flasche aus Ransomes Vorrat, wie Fitch betrübt erklärte – war ein seltener Genuß gewesen.

»Hat Ihr letzter Kapitän«, – Bolitho sah, wie der Mann erstarrte –, »hat Kapitän Ransome irgendwelche Anweisungen wegen seines persönlichen Besitzes an Bord hinterlassen?«

Fitch senkte die Augen. »Mr. Tyrell hat sich bereits darum gekümmert, Sir. Die Sachen wurden auf ein nach England bestimmtes Transportschiff gebracht.«

»Er muß wohl ein ziemlich bedeutender Offizier gewesen sein?« Bolitho haßte es, jemand auf diese Art auszufragen, aber er fühlte, daß er irgendeine Beziehung – und sei sie noch so klein – zu dem Mann brauchte, der das Schiff vom Tage des Stapellaufs an befehligt hatte.

Fitch biß seine Lippen. »Er war ein strenger Kapitän, Sir. Er paßte auf, daß die Leute ihre Arbeit taten. Er war glücklich, wenn sie gehorchten, wenn nicht« – er zuckte seine ärmlichen Schultern –, »dann pflegte er ziemlich zu fluchen.«

Bolitho nickte. »Sie können gehen.«

Es war sinnlos, aus Fitch mehr herausholen zu wollen. Sein elendes Leben war nur mit äußeren Dingen beschäftigt: Essen und Trinken, eine warme Koje oder eine blitzschnelle Verwünschung, wenn sein Verhalten nicht den Anforderungen seines Herrn entsprach.

Über seinem Kopf stampften Füße, und er mußte sich zurückhalten, um nicht zu den Heckfenstern zu laufen oder auf einen Stuhl zu steigen und durch das Skylight über dem Tisch zu spähen. Er dachte an seine alten Kameraden in der Offiziersmesse auf der *Trojan*. Ob sie ihn wohl vermißten? Wahrscheinlich nicht. Durch seine Beförderung entstand eine Lücke, und so konnte ein anderer auf der Leiter der Dienstränge eine Sprosse höher klimmen. Er mußte über sich selbst lächeln. Es würde wohl einige Zeit brauchen, bis er in seine neue Rolle hineingewachsen wäre. Zeit und Wachsamkeit!

Jemand klopfte an die Tür. Mr. Buckle, der Steuermann, trat ein. »Haben Sie einen Augenblick Zeit, Sir?«

Bolitho deutete auf einen Stuhl. Auch dies war so anders als auf einem großen Kriegsschiff. In der Besatzung gab es keine Marineinfanterie, und Besucher der Kapitänskajüte schienen nach Belieben kommen und gehen zu können. Vielleicht hatte Ransome zu solchen Formlosigkeiten ermutigt.

Er beobachtete Buckle, wie er sich auf seinem Stuhl zurechtsetzte. Der Steuermann war ein untersetzter, vierschrötiger Mann mit ruhigen Augen und dunklen Haaren. Mit vierzig Jahren war er das älteste Besatzungsmitglied auf dem Schiff.

»Ich möchte Sie nicht stören, Sir«, begann Buckle.

Er rückte verlegen auf seinem Stuhl. »Aber da der Erste Leutnant nicht an Bord ist, sollte ich vielleicht die Beförderung eines Seemannes mit Ihnen besprechen.«

Bolitho hörte schweigend zu, während Buckle alle Punkte aufzählte, die für einen Mann namens Raven sprachen. Es war nur eine interne Angelegenheit, aber Bolitho war sich ihrer Wichtigkeit voll bewußt. Zum ersten Mal stand er als Kapitän den Fragen seiner eigenen Mannschaft gegenüber.

Buckle fuhr fort: »Verzeihung, Sir, ich dachte, wir könnten ihn auf Bewährung zum Steuermannsmaat befördern.«

»Wie lange sind Sie schon Steuermann, Mr. Buckle?«

»Erst seit ich auf diesem Schiff bin, Sir.« Buckles klare Augen blickten kühl. »Vorher war ich Steuermannsmaat auf der alten *Warrior* mit vierundsiebzig Geschützen.«

»Sie haben sich auf Ihrem Posten bewährt, Mr. Buckle.« Er versuchte, aus dem Dialekt auf die engere Heimat des Mannes zu schließen. Vielleicht London oder etwas östlicher, Kent vielleicht.

»Wie segelt die *Sparrow*?«

Buckle schien die Antwort abzuwägen.

»Sie ist ziemlich schwer für ihre Größe, Sir, vierhundertunddreißig Tonnen. Aber je stärker der Wind, desto lebendiger wird das Schiff. Erst in einem wirklichen Sturm müssen Sie die Royalsegel wegnehmen lassen.« Er runzelte die Stirn. »In einer Flaute kann sie eine ganz verflixte Tochter des Teufels sein.« Er machte eine unbestimmte Handbewegung. »Sie haben sicher die kleinen Lücken im Schanzkleid neben jeder Stückpforte gesehen, Sir?«

Bolitho hatte sie nicht bemerkt.

»Ich bin nicht ganz sicher«, sagte er langsam.

Buckle lächelte zum ersten Mal. »In einer Flaute kann man einen Riemen durch jedes dieser Löcher stecken, Sir. Sie müssen nur alle Mann an Deck haben und jeden Kerl an die Riemen schicken, dann können Sie aus der *Sparrow* immer noch einen oder zwei Knoten herausholen.«

Bolitho blickte weg. Beim Lesen der Logbücher und der Schiffslisten hatte er nicht halb soviel erfahren. Leichter Ärger überkam ihn, weil sein Erster Leutnant noch immer nicht da war. Es war üblich, daß der abgehende Kapitän oder doch jedenfalls der Erste Offizier den neuen Kommandanten an Bord einwiesen und ihm Verhalten und Schwächen des Schiffes erläuterten.

»Sie werden die *Sparrow* bald in den Griff bekommen, Sir, sie ist trotz allem ein wunderbares Schiff.«

Bolitho schaute ihn gedankenvoll an. Dem Steuermann konnte man nichts vormachen. Dennoch, genau wie Graves schien auch er sich zurückzuhalten. Vielleicht wartete er darauf, daß der neue Kapitän seine Stärke oder Schwäche verriet.

Er bemühte sich, kühl zu antworten. »Wir werden sehen, Mr. Buckle.« Als er aufblickte, bemerkte er, daß ihn der Steuermann mit plötzlicher Besorgnis beobachtete, und fügte kurz angebunden hinzu: »Sonst noch etwas?«

»Nein, Sir.« Buckle erhob sich.

»Gut, ich denke, daß die Einsatzbefehle in Kürze eintreffen. Ich erwarte, daß das Schiff seeklar ist.«

Der Steuermann nickte. »Aye, Sir, seien Sie ohne Sorge.«

Bolitho wurde etwas freundlicher. Möglicherweise

ließ ihn nur seine eigene Unsicherheit so barsch seinem Steuermann gegenüber auftreten. Gewiß würde er Buckles führende Hand noch sehr brauchen, bis er das rechte Gefühl für sein Schiff bekäme. »Ich zweifle nicht, daß ich mit Ihrem Verhalten ebenso zufrieden sein werde, wie es Kapitän Ransome war.«

Buckle schluckte verlegen. »Jawohl, Sir.« Seine Augen schweiften durch die niedrige Kajüte. »Danke, Sir.«

Als sich die Tür hinter dem Steuermann schloß, strich Bolitho über seine Haare. Kaum waren ein paar Stunden vergangen, seit er unter dem Geschrill der Pfeifen an Bord gekommen war, und schon fühlte er zweispältige Gedanken in sich erwachen.

Alles war so anders als in seinem früheren Leben. Damals konnte man sich mit seinen Kameraden besprechen, die Schwächen seines Kapitäns bloßlegen und ihn ordentlich verfluchen. Aber von heute an konnte nur ein einziges Wörtchen einen Mann verletzen oder ihn selbst um seine eigene Sicherheit bangen lassen. Buckle war achtzehn Jahr älter als Bolitho, doch beim ersten Anschein eines Unwillens hatte er sich beinahe geduckt.

Er schloß die Augen und versuchte, sein weiteres Verhalten festzulegen. Der Versuch, sich allzu beliebt zu machen, würde eine Narrheit bedeuten. Hielt er sich aber in Disziplinarfragen zu sehr an strikte Regeln, so war er ein Tyrann. Er mußte an Colquhouns Worte denken und lächelte bekümmert. Bis man die luftige Höhe von Colquhouns Dienstrang erreicht hatte, war man vor nichts sicher.

Über der Kajütsdecke hörte er einen Anruf und eine laute Antwort vom Wasser her, dann schrammte ein

Bootskörper längsseit, und Füße stampften auf den Decksplanken. Es kam Bolitho fast unwirklich vor, daß auf dem Schiff, auf seinem Schiff, alles seinen gewohnten Gang ging, während er hier allein am Tisch saß. Er seufzte wieder und starrte den Stapel von Papieren und Büchern an. Es würde länger dauern, alles in Ordnung zu bringen, als er zuerst gedacht hatte. Wieder klopfte es an die Tür, und Graves trat gebückt ein, zog seinen Hut und klemmte ihn unter den Arm.

»Das Wachboot war soeben längsseit, Sir.« Er überreichte Bolitho einen schwer versiegelten Leinenumschlag. »Vom Marinestab, Sir.«

Bolitho legte ihn achtlos auf den Tisch. Zweifellos seine Einsatzbefehle, und er war sich bewußt, daß er nicht so handeln durfte, wie er es sich wünschte. Wie gerne hätte er den Umschlag ungeduldig aufgerissen, um zu erfahren, was von ihm verlangt wurde.

Er bemerkte, daß Graves sich in der Kajüte umschaute und seine Augen rasch über den abgelegten Rock, den Hut auf der Fensterbank und endlich über sein aufgeknöpftes Hemd gleiten ließ.

»Wollen Sie, daß ich hier warte, Sir?«

»Nein, ich werde Sie über den Inhalt der Papiere unterrichten, sobald ich genügend Zeit hatte, sie durchzusehen.«

Graves nickte. »Ich erwarte den letzten Wasserleichter, der zu uns herauskommen soll. Ich habe den Küfer an Land geschickt, damit es schneller geht, aber . . .«

»Dann kümmern Sie sich bitte weiterhin darum«, lächelte Bolitho.

Er wartete, bis der Zweite Offizier gegangen war. Dann erbrach er die Siegel.

Bolitho war noch immer mit den sorgfältig niedergeschriebenen Befehlen beschäftigt, als er Stimmen im Durchgang vor der Tür hörte. Er erkannte Graves' Stimme, höflich und zurückhaltend, dann sprach jemand anderer, zuerst ruhig, dann ärgerlich losbrechend. »Nun, wie in drei Teufels Namen sollte ich das wissen? Sie hätten signalisieren können, Sie verdammter Narr!«

Einen Augenblick lang herrschte Stille, dann klopfte es abermals an. Der Erste Leutnant trat ein. Er sah ganz anders aus, als Bolitho erwartet hatte. Colquhoun hatte gesagt, er sei zu jung, um das Kommando zu übernehmen. Doch dieser Mann war etwa zwei Jahre älter als Bolitho. Groß, breitschultrig, mit tief gebräuntem Gesicht, stand er vor ihm. Sein dichtes, kastanienbraunes Haar wischte zwischen den Decksbalken über die Kajütsdecke, so daß er den niedrigen Raum ganz auszufüllen schien.

Bolitho blickte ruhig zu ihm auf. »Mr. Tyrell?«

Der Leutnant nickte kurz. »Sir!« Er holte tief Luft. »Ich muß mich für mein spätes An-Bord-Kommen entschuldigen. Ich war auf dem Flaggschiff.«

Bolitho senkte die Augen. Tyrell sprach etwas gedehnt, ein sicheres Zeichen, daß der Mann in den amerikanischen Kolonien geboren und aufgewachsen war. Er wirkte wie ein nur halb gezähmtes Tier, und sein rasches Atmen verriet den Ärger, der immer noch in ihm brodelte.

»Unser Einsatzbefehl wurde soeben überbracht«, sagte Bolitho leichthin.

Tyrell schien nicht zu hören. »Ich war in persönlichen Angelegenheiten von Bord, Sir. Ich hatte keine Zeit, es anders einzurichten.«

»Ah ja!«

Bolitho wartete und beobachtete den Mann, der unruhig zu den Heckfenstern hinstarrte. Er hatte eine sonderbare Art zu stehen. Ein Arm hing an seiner Seite herunter, der andere war auf den Degengriff gestützt. Er sah ganz entspannt aus, doch aufmerksam wie jemand, der auf einen Angriff gefaßt war.

»Es wäre mir lieber gewesen, wenn ich bei meinem Kommandoantritt den Ersten Offizier an Bord getroffen hätte.«

»Ich habe Käptn Ransomes sterbliche Überreste an Land bringen lassen, damit sie mit seinem Besitz nach Hause befördert werden. Da Sie, Sir, den Befehl noch nicht übernommen hatten, fühlte ich mich frei zu handeln, wie ich es für richtig hielt.« Er schaute Bolitho ruhig an. »Ich war an Bord des Flaggschiffs, um mich, wenn möglich, auf ein anderes Schiff versetzen zu lassen. Es wurde abgelehnt.«

»Sie glaubten, daß Ihre Fähigkeiten unter anderem Kommando passender eingesetzt werden könnten. War das der Grund?«

Auf Tyrells Gesicht erschien ein zurückhaltendes Lächeln. Es veränderte ihn im Augenblick von einem ärgerlichen Mann in einen Menschen mit auffallendem Charme und der angeborenen Unbekümmertheit eines Kämpfers.

»Es tut mir wirklich leid, Sir. Nein, das war es nicht. Sie wissen zweifellos, daß ich das bin, was der verstorbene Käptn Ransome als einheimischen Kolonisten zu bezeichnen pflegte.« Bitter fügte er hinzu: »Obwohl es schien, daß wir, als ich vor einen Jahr an Bord kam, alle auf der gleichen Seite gegen die Rebellen standen.«

Bolitho horchte auf. Es war eigenartig, daß er sich niemals um die Gefühle von Leuten wie Tyrell gekümmert hatte, um die Einstellung guter amerikanischer Familien, die loyal zur britischen Krone sich als erste gegen die plötzliche Erhebung im eigenen Lande gestellt hatten. Als sich aber der Krieg ausweitete und die Briten hart um die Herrschaft, ja schließlich um ihre Existenz kämpfen mußten, waren die loyalen Amerikaner, wie Tyrell, plötzlich die Außenseiter geworden.

»Wo sind Sie zu Hause?« fragte er ruhig.

»Virginia, in der Grafschaft Gloucester. Mein Vater kam von England herüber, um einen Küstenschifffahrtshandel zu gründen. Als der Krieg begann, war ich Käptn auf einem seiner Schoner. Seitdem stehe ich im Dienst des Königs.«

»Und was ist mit Ihrer Familie?«

Tyrell blickte weg. »Weiß Gott, ich habe nichts mehr von ihnen gehört.«

»Wollten Sie sich auf ein Schiff versetzen lassen, das näher Ihrer Heimat stationiert ist? Um zu jenen Leuten zurückzukehren, die Sie jetzt als Ihre Landsleute betrachten?« Bolitho gab sich keine Mühe, die Schärfe in seinem Ton zu verbergen.

»Nein, Sir! Das ist's nicht.« Er hob einen Arm und ließ ihn wieder sinken. Seine Stimme wurde böse. »Ich bin Offizier des Königs, gleichgültig, was Ransome auch glauben mochte – der verflucht Kerl.«

Bolitho stand auf. »Ich möchte nicht, daß Sie so von Ihrem letzten Kapitän reden!«

Eigensinnig antwortete Tyrell: »Käptn Ransome ist in seinem Sarg im Laderaum eines Transportschiffes gut aufgehoben. Seine Witwe in ihrem großen Londoner Haus wird um ihn weinen und den Kriegsdienst anklagen, der ihn um sein Leben gebracht hat.« Er lacht kurz auf: »Fieber, hieß es offiziell.« Sein Blick irrte durch die Kabine. »Schauen Sie sich all das hier an, Sir! Von Weiberhänden eingerichtet. Wir sind kaum eine Meile gesegelt, ohne daß er irgendein verdammtes Weibsstück zur Gesellschaft an Bord hatte.« Er schien sich nicht mehr zurückhalten zu können. »Das ist die Art von Fieber, die ihn letzten Endes umgebracht hat. Ich bin verdammt froh, ihn los zu sein, wenn sie mich fragen sollten.«

Bolitho setzte sich. Wieder war ihm der Boden unter den Füßen ins Wanken geraten. Frauen hier in dieser Kajüte! Er hatte gelegentlich von solchen Dingen auf größeren Schiffen gehört. Aber auf der kleinen *Sparrow,* die so wenig Sicherheit bot, wenn sie in ein Gefecht verwickelt wurde, war das undenkbar.

Tyrell beobachtete ihn zornig. »Ich mußte es Ihnen erzählen, Sir. Das ist so meine Art. Aber ich will Ihnen noch mehr sagen. Wenn ihn nicht Krankheit erledigt hätte, so hätte ich selbst ihn umgebracht.«

Bolitho blickte scharf auf. »Dann sind Sie ein Narr. Wenn Sie keine andere Stärke haben als die in Ihren bloßen Händen, dann werde ich es sein, der um Ihre Versetzung bittet, und damit keinen Fehler machen.«

Tyrell starrte auf einen Punkt hinter Bolithos Schulter.

»Würden Sie sich vielleicht so ruhig verhalten, Sir, wenn eine der Frauen Ihre Schwester gewesen wäre?«

Die Tür öffnete sich einen Zoll weit, und Stockdales zernarbtes Gesicht spähte herein. Auf einer Hand balancierte er ein kleines Silbertablett, auf dem zwei Gläser und eine Karaffe standen.

Mühsam preßt er die Worte heraus: »Dachte, Sie könnten eine kleine Erfrischung brauchen, Sir.« Er beobachtete die beiden Männer und fügte hinzu: »Zur Feier des Tages.«

Bolitho wies auf den Tisch und wartete, bis Stockdale gegangen war. Immer noch wortlos füllte er die beiden Gläser. Er spürte, daß Tyrells Augen jeder seiner Bewegungen folgten. Ein schlechter Start! Für sie alle beide. Wenn es überhaupt noch möglich war, etwas wiedergutzumachen, dann mußte es sofort geschehen, in dieser Minute. Wenn Tyrell aus seiner Kapitulation Nutzen zog, dann war nicht abzusehen, wohin das noch führen würde.

Er reichte ihm ein Glas und sagte mit großem Ernst: »Ich habe zwei Schwestern, Mr. Tyrell. Als Antwort auf Ihre Frage wage ich zu sagen, daß auch ich nicht ruhig geblieben wäre.« Er lächelte, als er die plötzliche Überraschung in des Leutnants Augen bemerkte. »Ich nehme an, Sie schlagen einen Trinkspruch auf uns beide vor, eh?«

Tyrell hob sein Glas und stieß mit Bolitho an. »Dann lassen Sie uns auf einen neuen Anfang trinken, Sir!«

Bolitho hielt sein Glas ganz ruhig. »Und keine Versetzung?«

»Nein, Sir.«

»Dann also auf einen neuen Anfang.« Er nahm einen Schluck und fügte hinzu: »Das ist gut für Sie, Mr. Tyrell. Wir werden morgen segeln und zur Küstenflottille stoßen.« Er machte eine Pause, als er die plötzliche Verzweiflung in den Zügen des anderen sah.

»Nicht sehr weit von der Küste Marylands.«

»Gott sei Dank«, sagte Tyrell. »Ich weiß, daß ich ein Narr bin. Aber endlich wieder vor dieser Küste zu segeln verändert für mich die Welt.«

Bolitho stellte sein Glas ab. »Schön, ich möchte gegen Ende der ersten Hundewache unsre Offiziere ganz zwanglos hier sehen.« Er bemühte sich sorgfältig, wieder in steifem Ton zu sprechen. Für den Augenblick hatte jeder von ihnen beiden genug von seinem Innern gezeigt. »Inzwischen könnten Sie mich auf einem Inspektionsgang durch das Schiff begleiten. Und ich möchte alles sehen, gut oder schlecht.«

Tyrell nickte. »Gewiß, Sir.« Ein leichtes Grinsen huschte über sein Gesicht. »Ich habe so ein Gefühl, daß unsre *Sparrow* fliegen wird wie nie zuvor.« Er trat zur Seite, bis Bolitho seinen Rock übergeworfen und sein Hemd zugeknöpft hatte. »Wollen Sie mir nun bitte folgen, Sir?«

Als sie auf das Geschützdeck ins Sonnenlicht hinaufstiegen, blickte Bolitho auf Tyrells breite Schultern und unterdrückte ein Seufzen. Sollte jeder Tag solch einen Willenskampf mit sich bringen, so wäre sein Kommando eine ständige Prüfung.

»Fangen wir bei der Steuerbordbatterie an, Mr. Tyrell.«

Der Erste Leutnant blieb unter dem Niedergang vom Achterdeck einen Augenblick stehen. »Wie Sie sagten, Sir. Alles.« Er grinste wieder. »Gutes und Schlechtes.«

Stockdale räumte das Rasierbecken auf und schielte nach dem Frühstück, das unberührt auf dem Kajütstisch stand. Auf Deck und im ganzen Schiff zitterte die Luft vor Lärm und Aufregung. Einer Landratte kämen die Arbeiten und Vorbereitungen zum Seeklarmachen verwirrend und halb verrückt vor. Aber für das geübte Auge hatte jeder Mann seinen Platz und seine genau bestimmte Aufgabe. Das meilenlange Tauwerk, jeder Fetzen Segel erfüllten einen entscheidenden Zweck, wenn ein Schiff in See gehen und tadellos manövrieren sollte.

Bolitho stand in der Kajüte und blickte durch das Heckfenster auf den zunächst liegenden Landstreifen hinaus. Der Morgen war hell, über den Hügeln spannte sich der Himmel sehr blaß, reingewaschen und klar. Er konnte das Gebäude des Marinestabes über der Küstenbatterie ausmachen. Die Flagge dort hing nicht mehr träge am Mast, sondern hob sich und flatterte im frischen Nordostwind. Er empfand es fast als körperlichen Schmerz, sich hier in der Kajüte einzuschließen und gierig den genauen Zeitpunkt zu erwarten, an dem er es für richtig hielt, an Deck zu gehen.

Stimmen dröhnten über das Oberdeck, und Schatten wischten geschäftig über das Skylight. Ab und zu konnte er das mißtönende Quieken einer Fiedel und das verzerrte Gebrüll eines Matrosensongs hören, während die Männer um das Ankerspill stampften.

In den vergangenen Stunden, ja fast die ganze Nacht lang, hatte er sich in seiner Koje herumgeworfen und den Schiffsgeräuschen gelauscht, dem Knarren im Rigg und in den Decksbalken. Seine Gedanken hatten versucht, alles Ungewohnte auf einem fremden Schiff zu erfassen. Trotz aller Arbeit würde ihn jeder Mann heute morgen beobachten, der Kommandant auf dem Achterdeck des Flaggschiffs ebenso wie irgendein unbekannter Leutnant, der Bolitho wahrscheinlich haßte, weil er die goldene Chance gehabt hatte, allen anderen vorgezogen worden zu sein.

»Ihr Kaffee, Sir!« Stockdale blieb zögernd am Tisch stehen. »Er ist immer noch heiß.«

Bolitho fuhr ärgerlich herum, weil er in seinen ruhelosen Gedanken gestört worden war. Aber beim Anblick von Stockdales besorgtem Gesicht verflog aller Zorn. Immer wieder war es das gleiche.

Er setzte sich an den Tisch und versuchte sich zu entspannen. Stockdale hatte recht. Sollte er irgend etwas vergessen haben, so war es nun zu spät. Man konnte auch allzuviel in seinen Kopf hineinpressen. Das würde dann nur die Gedanken verwirren und verwischen.

Bolitho schlürfte seinen Kaffee und starrte auf das kalte Fleisch. Er konnte es nicht anrühren. Sein Magen rebellierte ohnehin schon in besorgniserregender Weise. Die übereinandergeschichteten Scheiben Schweinefleisch wären sicher mehr als genug, um ihn vollends aus dem Gleichgewicht zu bringen.

Stockdale spähte durch die Fenster. »Es wird eine gute Überfahrt werden, Sir. Lange genug, um diese Burschen richtig einzuschätzen.«

Bolitho blickte zu ihm auf. Stockdale mußte seine Gedanken erraten haben. Zusammen mit einer anderen Korvette sollten sie für zwei fette Transportschiffe, die Nachschub für die Truppen in Philadelphia geladen hatten, Geleitschutz geben. Zweitausend Meilen, meist auf offener See, würden ihm reichlich Gelegenheit geben, sich und seine Mannschaft zu prüfen.

Am vergangenen Abend hatte er sich in der winzigen Messe mit seinen Offizieren getroffen. Außer Tyrell waren alle schon seit der Indienststellung in Greenwich an Bord. Bolitho war ein wenig eifersüchtig auf ihre offenkundige Vertrautheit mit der *Sparrow*. Die beiden achtzehnjährigen Fähnriche waren als unerfahrene Novizen an Bord gekommen. Sie waren auf der *Sparrow* erwachsen geworden und warteten nun voll Hoffnung auf ihre Beförderung. Schade, dachte er, daß sie erst Fähnriche waren. Sie könnten zu sehr um die Gunst ihres Kapitäns wetteifern. In einem größeren Schiff mit vielen Bewerbern würde die Rivalität unter den »jungen Herren« weniger aufdringlich sein.

Buckle hatte während ihres formlosen Zusammenseins wenig gesprochen. In seiner Zurückhaltung hatte er sich auf Fragen der Navigation beschränkt. Zweifellos war er neugierig, wie sich sein neuer Kapitän auf See verhalten würde.

Robert Dalkeith, der Wundarzt, war ein sonderbarer Mensch. Er war zwar noch jung, aber bereits plumper und schwerfälliger, als es für seine Gesundheit gut sein konnte. Über seinen vollkommen kahlen Schädel hatte er eine hellrote Perücke gestülpt. Aber er schien gebildet und in seinem Beruf viel geschickter zu sein, als es sonst auf Kriegsschiffen üblich war, und Bolitho kam zu der Ansicht, daß in ihm mehr steckte, als er nach außen hin zeigte.

Lock, der Zahlmeister, ein linkischer, doch freundlicher, dürrer Stecken von einem Mann, vollendete die Versammlung.

Graves war später hereingekommen und hatte ziemlich viel Aufhebens von seinem Verdruß mit den Wasserleichtern gemacht. Er redete viel von den Schwierigkeiten, an Land Schauerleute zu finden. In der Tat, die Aufzählung all seiner Ärgernisse war schier endlos. Endlich hatte ihn Tyrell fröhlich unterbrochen. »So eine Gemeinheit, Hector. Ausgerechnet Sie wurden auserwählt, als geschundener Märtyrer dazustehen.«

Als alle in Tyrells Lachen einfielen, hatte Graves die Stirn gerunzelt und sich zu einem dünnen Lächeln gezwungen.

Bolitho lehnte sich zurück und starrte zum Skylight hinauf. Er war sich über Graves immer noch nicht im klaren. Zweifellos war er ein harter Arbeiter! Ransomes Speichellecker? Er konnte nicht herausfinden, wann sich die verborgene Antipathie zwischen Tyrell und Graves entwickelt haben mochte. Aber sie war deutlich spürbar.

»Herr Kapitän?«

Bolitho fuhr aus seinen Gedanken auf und wandte sich zur Tür. Dort stand Fähnrich Bethune. Seinen Hut hatte er unter einen Arm geklemmt, seine freie Hand klammerte sich an das Heft seines Entermessers. Er war ein pausbäckiger, handfester junger Kerl, und sein Gesicht war über und über mit Sommersprossen bedeckt.

»Was gibt's?«

Bethune schluckte. »Sir, Mr. Tyrell läßt respektvoll melden, daß die Transportschiffe Anker gelichtet haben. Auf der *Fawn* wurde das Vorbereitungssignal gehißt, Sir.« Er schaute sich neugierig in der Kajüte um.

Bolitho nickte ernsthaft. »Ich werde gleich an Deck sein.« Er zwang sich in scheinbarer Gelassenheit, noch einen Schluck Kaffee zu nehmen. Fast wurde ihm übel davon. Die *Fawn* war die andere Korvette, die zum Geleitzug bestimmt war. Auf ihr fuhr außer ihrem Kapitän noch Colquhoun als höchster Offizier.

Der Fähnrich stand immer noch in der Kajüte. »Ich bin auch aus Cornwall, Sir«, brachte er linkisch heraus.

Trotz seiner Anspannung mußte Bolitho lächeln. Anscheinend hatte der Wettbewerb zwischen den Fähnrichen bereits begonnen.

»Ich werde versuchen, es nicht gegen Sie zu verwenden, Mr. Bethune.« Er schaute weg, als der Bursche aus seiner Kajüte rannte.

Dann stand er auf, nahm seinen Hut aus Stockdales Hand und schritt mit kurzem Nicken hinaus in die blendende Sonne.

Die Decks schienen überfüllter denn je. Vom heiseren Gebrüll ihrer Unteroffiziere gehetzt, liefen die Seeleute hin und her. Als Bolitho das Achterdeck erreichte, sah er zwei plumpe Transportschiffe schwerfällig auf die Landzunge zutreiben. Ihre braungegerbten Segel flappten und wogten in der Brise.

Tyrell tippte an seinen Hut. »Anker ist kurzstag, Sir.«

»Danke.«

Bolitho schritt zur Backbordseite und schaute zur *Fawn* hinüber. Er konnte ein Gewimmel von Männern an ihrem Ankerspill und die Kette, die sich nun fast senkrecht vom Bugspritins Wasser straffte, erkennen.

Als er das Deck überquerte, gab er sich große Mühe, die Seeleute nicht zu beachten, die auf ihren Stationen bereitstanden. Hinter der Landzunge zeichnete sich vor dem hartblauen Horizont ein bewegter Streifen kleiner Schaumkronen ab. Draußen vor dem geschützten Ankerplatz würde gutes Segelwetter herrschen. Bolitho blickte auf die trägen Strömungswirbel, die um das nächste Frachtschiff kreiselten, und biß sich auf die Lippen. Zuerst mußte er von all den Schiffen freikommen.

»Das Signal auf der *Fawn* ist ganz deutlich zu erkennen, Sir.«

Bethune klammerte sich an die Wanten und hatte ein Teleskop an das Auge gepreßt, obwohl Colquhouns Signal auch ohne Fernrohr klar auszumachen war.

»Klar beim Ankerspill!«

Tyrell rannte zur Reling und hielt seine großen Hände trichterförmig an den Mund. »Stagsegel losmachen!«

Neben den beiden Rudergängern stand Buckle. Er ließ Bolitho nicht aus den Augen.

»Es brist mächtig auf, Sir!«

»Ja.«

Von der Reling starrte Bolitho auf seine Besatzung hinunter. Er erblickte Graves, der die Leute am Ankerspill überwachte, und Fähnrich Heyward mit seiner Abteilung am Fuß des Großmastes.

»Signal, Sir! Anker auf!«

»Toppsgasten aufentern! Marssegel losmachen!«

Er trat zurück und beobachtete die Seeleute, die in den Wanten hinaufbrandeten und über die schwankenden Rahen liefen. Ihre Körper hoben sich schwarz vom Himmel ab. Tyrell sagte sehr wenig, und Bolitho sah, daß die Toppsgasten auch ohne Befehle von Deck aus ihre Arbeiten beherrschten. Während die losen Segel an den Rahen donnerten und ein anhaltendes Beben durch das Schiff lief, bemerkte er, wie auf der *Fawn* die Masten schon vor dem Heck herumschwenkten und die Vormarssegel sich mit Wind füllten.

»Signal, Sir. Beeilen Sie sich!«

Bethune setzte sein Fernglas ab und versuchte Bolithos Blick zu meiden.

»Klar bei Brassen!«

Er versuchte, sich um Colquhouns letztes Signal nicht zu kümmern. Vielleicht wollte er ihn nur zu irgendeiner Torheit anstacheln, vielleicht war das so seine Art. Aber nichts durfte und sollte ihm diesen Augenblick verderben.

Vom Vorschiff schrie jemand: »Anker frei, Sir!«

Die *Sparrow* schwoite schräg leewärts, und vor dem Klüverbaum glitt die Landzunge vorbei. Immer mehr Tuch schlug donnernd an den Rahen und spannte sich im Wind, während das Schiff Fahrt aufnahm. Blöcke klapperten und ächzten, und die Seeleute bewegten sich wie Affen hoch über Deck.

Bolitho wandte sich Buckle zu.

»Gehen Sie auf Backbordbug. Lassen Sie dann das Großsegel setzen, damit wir uns von der Landzunge gut freisegeln können.«

Er begegnete dem Blick des Steuermanns. »Setzen Sie auch Fock- und Besansegel. Wir wollen versuchen, den Vorsprung der *Fawn* zu verringern.«

Augenblicke später standen alle Unter- und Marssegel voll in der Morgenbrise. Rasch glitt die *Sparrow* an einem vor Anker liegenden Zweidecker vorüber, der die Vizeadmiralsflagge am Vorschiff führte. Bolitho blickte zu Tyrell hinüber und sah ihn eine rasche Grimasse schneiden. Er würde vielleicht noch Grund haben, seinen Antrag auf Versetzung zu bedauern!

Sie preschten zwischen zwei ankernden Westindienfahrern hindurch und weiter die Fahrrinne entlang, auf die lockende See hinter dem Kap zu. Kleine Boote dümpelten achteraus im schäumenden Kielwasser, und als Bolitho vom Kompaß aufblickte, sah er, daß sie gegenüber der *Fawn* schon eine halbe Kabellänge aufgeholt hatten.

Buckle schaute den Schiffsarzt an, der sich mit einer Hand an den Besanwanten anklammerte und mit der anderen seine gräßliche Perücke festhielt.

Er zwinkerte mit den Augen. »Wir haben einen rechten Käptn an Bord, Mr. Dalkeith.«

Dalkeith verzog keine Miene, als Bolitho sich nach ihm umdrehte, dann antwortete er: »Unser armer Ransome hätte sich nie getraut, so schneidig auszulaufen, eh?« Er grinste anzüglich. »Meinen Sie nicht auch, daß er um diese Morgenstunde ziemlich müde gewesen wäre?«

Beide lachten.

Bolithos Stimme brachte sie mit einem Ruck zum Schweigen. »Lachen Sie gefälligst später, Mr. Buckle, Backbord voraus liegt eine Jolle. Wenn Sie die in Sichtweite des Flaggschiffs über den Haufen segeln, dann werden Sie in einer ganz anderen Tonart lachen!«

Er kehrte zur Reling zurück, als Buckle sich nach seinen Rudergängern herumwarf.

Die Spitze der Landzunge lag bereits querab, und er fühlte den Vordersteven jetzt in die erste sanfte Woge hineinpflügen. Unter dem Druck der Segel neigte sich das Deck noch schräger.

»Anker ist festgelascht, Sir«, schrie Tyrell. Gischt hatte ihm das Hemd durchnäßt, über sein Gesicht perlten Wassertropfen, aber ein breites Grinsen stand in seinen Zügen.

Bolitho nickte. »Gut. Sehen Sie zu, daß jetzt der Außenklüver besser getrimmt wird, er sieht aus wie ein Fetzen dreckiger Wäsche.«

Aber er konnte nicht so streng bleiben. »Bei Gott, die *Sparrow* fliegt, oder nicht?«

Er blickte nach oben zu den viereckigen Segeln und hart angebraßten Rahen hinauf. Der Stander im Masttopp knallte wie eine Kutscherpeitsche. So oft zuvor hatte er all das schon gesehen, aber nun kam es ihm einmalig vor.

»Von der *Fawn*, Sir«, rief Bethune.

»Beziehen Sie Station in Luv.«

Bolitho lächelte ihm zu. »Bestätigen.«

Und für alle Männer auf dem Achterdeck fügte er hinzu: »Ein großartiger Morgen heute.«

Vom Niedergang aus beobachtete Stockdale Bolithos Freude und fühlte sich zutiefst glücklich. Er ließ seine Augen über die Toppsgasten schweifen, die eilig wieder auf das Deck hinunterglitten. Sonnenverbrannt und gesund, scherten sie sich um nichts. Mit einem Elfenbeinzahnstocher säuberte er seine unregelmäßigen Zähne. Sein Käpitän hatte in den vergangenen Jahren mehr erlebt, als sie alle wußten. Er betrachtete die geraden Schultern Bolithos, der ruhelos an der Luvseite auf und ab schritt. Mit der Zeit würden sie das schon noch herausbekommen.

III Der Freibeuter

Bolitho öffnete seine Augen und starrte einige Sekunden lang auf die gelöschte Lampe, die über seiner Koje schaukelte. Er konnte keinen Schlaf finden, obwohl er während der Nacht öfter an Deck gewesen war und bleierne Müdigkeit auf seinen Gliedern lastete. Hinter dem Vorhang, der sein Schlafabteil von der Kajüte trennte, sah er das bleiche Licht der Morgendämmerung. Das träge Pendeln der Laterne und unbehagliches Knarren der Balken verrieten ihm, daß nur eine leichte Brise wehte. Er versuchte sich zu entspannen und fragte sich, wie lange es wohl noch dauern mochte, bis er es sich abgewöhnt hätte, jeden Morgen mit der Dämmerung aufzuwachen, bis er sein neues Alleinsein genießen konnte.

Oben auf dem Achterdeck tappten Füße, und er vermutete, daß nun bald die neue Wache an Deck kommen mußte. Zwei Wochen waren vergangen, seitdem der Geleitzug in Antigua Anker gelichtet hatte, und sie hatten erst die Hälfte der vorausberechneten Strecke absegeln können. Tausend Seemeilen hatten sie inzwischen auf offener See zurückgelegt, und wenn sie sich nicht jede Meile gegen widrige Winde erkämpfen mußten, so dümpelten sie hilflos in nervenzerreißenden Flauten. Kaum verging eine Stunde, ohne daß die Seeleute an Deck gerufen wurden. Ständig mußten sie Segel setzen oder wegnehmen oder, in der Hoffnung, den letzten Hauch einer Brise einzufangen, die Rahen trimmen. Dann wieder zwang sie eine hohnlachende heftige Böe zum Reffen.

Buckles düstere Voraussagen über die Segeleigenschaften der *Sparrow* bei schwachem Wind hatten sich als nur allzu wahr erwiesen. Immer wieder war das Schiff mit flappenden Segeln und nervenzerrüttendem Ächzen und Klappen im Rigg abgetrieben, während sie bei abflauendem Wind im hohen Seegang schlingerten. Mit Fluchen und harter Arbeit war die *Sparrow* zwar immer wieder auf ihre Position gebracht worden, doch meist begannen noch vor Ende der Wache alle Mühen aufs neue. Seitdem die Korvette im Einsatz war, hatte die Besatzung meist Erkundungs- und Patrouillenfahrten unternommen, und nun mußte sie sich an das Elend des Geleitschutzsegelns über lange Strecken gewöhnen. Die beiden Transportschiffe machten ihr die Arbeit nicht gerade leicht. Die Frachtkapitäne schienen die Notwendigkeit, in geschlossener Formation zu segeln, nicht begreifen zu wollen. Wenn der Konvoi durch eine heftige Bö zerstreut wurde, vergingen meist viele Stunden, bis die trägen, schweren Schiffe mit Drängen und Drohen endlich wieder auf ihre Position getrieben waren. Die barschen Signale Colquhouns hatten lediglich erreicht, daß der Kapitän der *Golden Vleece*, einer der großen Transporter, in törichter Widerspenstigkeit alle Befehle mißachtete. In vielen Fällen hatte er sich überhaupt nicht um die Signale gekümmert und so die *Fawn* gezwungen, ihren Posten an der Spitze des Geleitzuges zu verlassen und ihre Anweisungen mit lautem Brüllen von Schiff zu Schiff durchzusetzen.

Bolitho kletterte aus seiner Koje und ging langsam durch die Kajüte. Unter seinen bloßen Füßen spürte er, wie sich die *Sparrow* leise anhob und dann wieder in ein Wellental hinunterglitt. Der Rudergänger versuchte, die Schiffsbewegungen, die vom üblichen Klappern der Blöcke und dem langgezogenen Quäken des Ruders begleitet waren, zu stützen.

Bolitho stemmte seine Hände auf das Sims der Heckfenster und starrte auf die leere See hinaus. Die beiden Transporter mußten – wenn sie überhaupt noch beisammen waren – irgendwo steuerbord voraus segeln. Sein Auftrag lautete, sich in Luv der schwerbeladenen Schiffe zu halten, so daß die *Sparrow* zu jedem verdächtigen fremden Schiff hin abfallen konnte und die größtmöglichen Segelvorteile hatte, bis sich herausstellte, ob es Freund oder Feind war.

Tatsächlich hatten sie bereits dreimal ein unbekanntes Segel gesichtet. Da es weit achteraus über der Kimm erschien, konnten sie nicht sehen, ob es jedesmal dasselbe Schiff war. Jedenfalls hatte sich Colquhoun geweigert, zur Erkundung zurückzusegeln. Bolitho konnte seine Abneigung, die wertvollen Transportschiffe zu verlassen, gut verstehen. Denn wenn die Geleitschützkräfte aufgesplittert waren, konnte der Wind in seiner Launenhaftigkeit den wirklichen Feind mitten unter sie bringen. Andererseits konnte er sich jedesmal, wenn der Ausguck das fremde Schiff meldete, eines unguten Gefühls nicht erwehren. Das sonderbare Segel war wie ein Irrlicht. Sollte es ein Feind sein, so konnte er methodisch dem kleinen Konvoi folgen und auf die passende Stunde zum Angriff warten.

Die Tür öffnete sich, und Fitch schlich mit zwei Kannen herein. In einer dampfte Kaffee, in der anderen schwappte Bolithos Rasierwasser. Im blassen Morgenlicht sah der Diener magerer und kränklicher aus denn je, und wie gewöhnlich waren seine Augen abgewandt, während er die erste, so nötige Tasse Kaffee eingoß.

»Wie schaut's oben an Deck aus?«

Fitch hob kaum seine Augen. »Mr. Tilby meint, daß es wieder ein glutheißer Tag werden wird, Sir!«

Tilby war der Bootsmann. Er war ein riesiger, unordentlicher Schrank von einem Kerl, der die lästerlichsten Reden führte, die Bolitho in seiner zehnjährigen Laufbahn auf See gehört hatte. Aber seine Wetterkenntnisse, seine Voraussagen, was die nächste Dämmerung bringen würde, hatten noch nie versagt.

Unter sengender Sonne würden die Seeleute, die an Deck kaum Schatten und Kühlung finden konnten, nun wieder stundenlanger Pein ausgesetzt sein, bis sich der Abend über das Meer senkte. Überhaupt war es ein Wunder, wie sie alle zusammen in diesem kleinen Schiffsrumpf leben konnten. Bei all den Vorräten, Ersatzspieren, Pulver und Blei, bei den zahllosen Notwendigkeiten, die ein Schiff auf hoher See brauchte, konnten manche Leute kaum einen Platz für ihre Hängematte finden. Dazu noch mußte die *Sparrow*, wenn sie unterwegs war, die vielen Kabellängen der Ankertrosse sauber unter der Back stauen. Einige hundert Faden dreizehnzölligen Hanftaus für die Hauptanker und hundert Faden achtzölliger Trosse für den Warpanker nahmen mehr Platz weg, als fünfzig Mann selbst bei äußerster Beschränkung brauchten.

Wenn aber ein Schiff, nur auf die eigenen Hilfsmittel angewiesen, überleben wollte, dann mußte die Besatzung solche Unbequemlichkeiten ertragen.

Er trank seinen Kaffee. Wenn der Wind doch wenigstens ein bißchen auffrischen und durchstehen wollte. Das würde den Überdruß vertreiben und die Sklavenarbeit im Rigg erleichtern helfen. Und er fände Gelegenheit, die Geschützmannschaften zu drillen. Während der ersten Tage auf See hatten sie nur wenige Geschützübungen abhalten können, und doch war ihm die eigenartig gleichgültige Haltung aufgefallen, die er schon vorher bei den Kanonieren bemerkt hatte. Vielleicht hatten sie schon so lange nicht mehr im Gefecht gestanden, daß sie das Exerzieren am Geschütz nun lediglich als etwas ansahen, das man eben zu erdulden und von einem neuen Kapitän zu erwarten hatte. Sie waren leidlich schnell, wenn auch etwas steif gewesen. Sie hatten vom Ausrennen bis zum Richten und Zielen alle Befehle ausgeführt, aber wieder und wieder hatte Bolitho gespürt, daß es irgendwo gewaltig haperte. Wenn die Mannschaften durch die offenen Pforten auf die leere See hinausblickten, hatte er ihre Gleichgültigkeit gespürt. Ihre schlaffen Bewegungen schienen ihre Einstellung deutlich zu machen: Es gab keinen Feind zu beschießen, was zum Teufel sollte das dann alles!

Er hatte Tyrell deswegen zur Rede gestellt, aber der Erste Leutnant hatte fröhlich gesagt: »Verdammt, Sir, das heißt doch nicht, daß sie nicht wacker kämpfen können, wenn die Stunde gekommen ist.«

Bolithos scharfe Antwort richtete eine neue Schranke zwischen ihnen auf, und für den Augenblick wollte er es auch dabei belassen.

Kapitän Ransome mußte die Korvette als sein persönliches Eigentum angesehen haben, als seine Yacht vielleicht. Manchmal, wenn Bolitho in der Nacht von Deck herunterkam, wo er eine enttäuschende Stunde lang zugesehen hatte, wie die Leute schon wieder die Segel reffen mußten, dann hatte er sich Ransome mit irgendeiner Frau in der Kajüte vorgestellt. Oder er mußte an Tyrell denken, der auf dem Achterdeck auf und ab schritt und sich schier in Stücke riß, wenn er an seine Schwester nur ein paar Fuß unter ihm dachte. Er hatte diese Sache seit Tyrells erstem Ausbruch nicht mehr zur Sprache gebracht, aber er fragte sich doch, wie die Geschichte wirklich verlaufen sein mochte und was nach Ransomes plötzlichem Tod mit dem Mädchen geschehen sei.

Stockdale kam mit dem Rasierbecken herein. Er blickte Fitch an und zischelte: »Hol das Frühstück für den Käptn.«

»Wieder ein klarer Morgen, Sir«, wandte er sich dann an Bolitho. Er wartete, bis sich sein Kapitän setzte, und hielt dann das Rasiermesser prüfend gegen das Licht. Er schien mit der Schneide zufrieden zu sein.

»Was wir brauchen, ist eine richtige frische Brise.« Er zeigte seine unregelmäßigen Zähne. »Die würde ein paar von diesen jungen Grünschnäbeln mächtig herumhetzen.«

Bolitho entspannte sich, als das Messer präzise über sein Kinn schabte. Stockdale sprach wenig, aber er schien immer den Nagel auf den Kopf zu treffen.

»Im nächsten Monat werden wir wieder Hurrikan-Jahreszeit haben«, antwortete Bolitho zwischen den Messerstrichen. »Ich hoffe, das wird Sie dann zufriedenstellen, Stockdale.«

»Haben wir alles schon mitgemacht«, grunzte der mächtige Bootsführer. »Wir werden's wieder mitmachen – und überleben, damit wir's weitererzählen können.«

Bolitho gab auf. Anscheinend konnte nichts das ungeheure Vertrauen brechen, das Stockdale selbst zwischen den Zähnen eines Hurrikans in die Wundertätigkeit seines Kapitäns setzte.

Von oben erklangen Stimmen. Dann hörte er Füße die Niedergangsleiter herunterspringen.

Es war Fähnrich Heyward, untadelig wie immer, obwohl er lange Nachtstunden an Deck zugebracht hatte.

»Herr Kapitän!« Er sah, daß Stockdale mit dem Rasiermesser in der Luft verhielt.

»Mit aller Hochachtung von Mr. Graves. Soeben hat die *Fawn* signalisiert: Segel im Nordosten.«

Bolitho griff nach dem Handtuch. »Schön, ich komme gleich rauf.«

Stockdale stellte das Rasierbecken weg. »Dasselbe Schiff, Sir?«

»Ich glaube kaum.« Bolitho schüttelte den Kopf. »Selbst wenn es wie ein Bluthund hinter uns her wäre, es hätte uns in der Nacht nicht überholen können.« Er rieb sich kräftig das Gesicht ab. »Aber auf dieser öden See ist jedes gesichtete Schiff eine willkommene Abwechslung.«

Als er auf das Achterdeck hinaustrat, hatten sich Tyrell und fast alle Offiziere dort schon versammelt. Beim Großmast waren Seeleute mit Bimssteinen und Schwabbern zum »Rein-Schiff-Machen« angetreten. Andere warteten an den Pumpen oder starrten verschlafen zu den kaum voll stehenden Segeln hinauf.

Graves tippte an seinen Hut. »Der Ausguck im Großtopp hat noch nichts gesehen, Sir.«

Bolitho nickte und schritt zum Kompaß. Er zeigte Nordwest zu Nord, als ob er seit ewigen Zeiten in dieser Richtung festgenietet wäre. Es war kaum überraschend, daß die *Fawn* das Segel zuerst gesehen hatte. An der Spitze des Geleitzugs und etwas steuerbord vor den Transportern fahrend, lag sie auf günstigerer Position. Bolitho hätte es gern anders gesehen. Immer schien die *Fawn* schneller als die *Sparrow.* Durch das Kreuz und Quer von Stangen und Wanten hindurch und etwas steuerbord von dem letzten Transportschiff konnte er die andere Korvette sehen. Sie kreuzte unbeholfen in der schwachen westlichen Brise. Obwohl sie an den hart angebraßten Rahen jeden Fetzen Segel gesetzt hatte, machte sie kaum Fahrt.

Plötzlich erscholl ein Schrei aus dem Topp.

»Wahrschau an Deck! Segel steuerbord querab!«

Tyrell überquerte das Deck und wandte sich an Bolitho: »Was meinen Sie, Sir? Eins der unsrigen?«

»Oder so ein verdammter Yankee«, warf Graves bösartig dazwischen.

Bolitho sah den Blickabtausch und fühlte die Feindschaft zwischen den beiden.

»Meine Herren«, sagte er ruhig, »wir werden es bald wissen.«

»Signal von der *Fawn*, Sir«, rief Fähnrich Bethune. »Bleiben Sie auf Position.«

Behaglich meinte Graves: »Die *Fawn* haut ab. Sie geht über Stag und klemmt sich einen Soldatenfurz unter den Schwanz.«

»Entern Sie auf, Mr. Graves«, sagte Bolitho. »Ich möchte alles wissen, was Sie an diesen Segeln entdekken können.«

Graves starrte ihn an. »Ich habe einen guten Mann im Ausguck oben.«

»Und jetzt möchte ich einen guten Offizier oben haben, Mr. Graves«, sagte Bolitho mit Entschiedenheit. »Ein erfahrenes Auge, nicht nur einen scharfen Blick.«

Graves stakte steif zu den Luvwanten und begann nach kurzem Zaudern aufzuentern.

»Das mag ihm jetzt guttun«, meinte Tyrell sehr ruhig.

Bolitho blickte über die Männer auf dem Achterdeck hin.

»Vielleicht, Mr. Tyrell. Wenn Sie aber glauben, daß ich meine Autorität benütze, um kleinlichen Haß unter Ihnen zu nähren, dann muß ich Sie eines anderen versichern.« Er dämpfte seine Stimme. »Wir kämpfen gegen einen Feind, nicht untereinander.«

Dann nahm er ein Fernrohr aus der Halterung und schritt zum Besanmast. Er glich mit den Beinen die unangenehmen Schiffsbewegungen aus, richtete das Teleskop auf die *Fawn* und führte es dann sehr langsam die Kimm englang. Minuten vergingen, und dann plötzlich, als das fremde Schiff über eine große Woge glitt, sah er seine Bramsegel wie rosafarbene Muscheln in den ersten Sonnenstrahlen schimmern. Es lag auf einem konvergierenden Kurs sehr hoch am Wind.

Seine Rahen waren so hart angebraßt, daß sie fast parallel zum Rumpf standen.

»Fregatte, Sir«, schrie Graves von oben, und dann nach einer Pause, während der alle zu seiner winzigen schwarzen Silhouette vor dem Himmel hinaufschauten, »englische Bauart!«

Bolitho stand schweigend. Englische Bauart, vielleicht. Aber wer stand jetzt hinter ihren Kanonen? Er beobachtete, wie die *Fawn* langsam herumschwenkte. Ihr Stander im Topp drehte sich und spielte teilnahmslos im schwachen Wind. Wieder flogen Signalflaggen an ihren Rahen hoch.

»Von der *Fawn*, Sir«, rief Bethune. »Erkennungssignal.« Er suchte in seinem Signalbuch. »Es ist die *Miranda*«, Sir. Zweiunddreißig Kanonen, Kapitän Selby.«

»Sicher kommt sie aus England«, sagte Buckle zu den Männern auf dem Achterdeck.

Schon wurde das Licht stärker, und hellere Farbtöne spielten über die See. Bolitho spürte die ersten warmen Sonnenstrahlen auf seinem Gesicht. Aus England! Wahrscheinlich dachte nun jeder Mann auf der *Sparrow* an diese beiden Worte, alle außer Tyrell und den amerikanischen Siedlern. Aber alle anderen würden sich nun die längst vergangenen Tage in der Heimat ausmalen, eine Farm oder ein Dorf, irgendein Wirtshaus an einem See oder in einem Fischereihafen, vielleicht das Gesicht einer Frau oder das Greifen einer Kinderhand, bevor die Werber zupackten.

Bolitho ertappte sich, wie das große Steinhaus unterhalb von Pendennis Castle daheim in Falmouth vor seinen Augen auftauchte. Dort würde nun sein Vater auf ihn warten. Und er würde sich fragen, was wohl aus ihm und seinem Bruder Hugh geworden sei.

Wie alle Vorfahren der Bolithos war sein Vater Seeoffizier gewesen. Aber nun, da er einen Arm und seine Gesundheit eingebüßt hatte, war er gezwungen, an Land zu leben. Doch immer würden seine Augen über die Schiffe und die See schweifen, die ihn nicht mehr brauchen konnten.

»Von der *Fawn*, Sir. An alle! Beidrehen!«

Anscheinend war sich Colquhoun über die Herkunft des Schiffes im klaren. Zum ersten Mal mußten die Transportschiffe nicht aufgefordert werden, den Signalen zu gehorchen. Offenbar waren auch sie auf Nachrichten aus der Heimat neugierig.

Bolitho schob das Teleskop zusammen und übergab es einem Bootsmannsmaat.

»Mr. Tyrell, lassen Sie wie befohlen beidrehen und Segel kürzen.« Er wartete, bis der Leutnant den Befehl an die Toppsgasten weitergegeben hatte, die nun in den Wanten aufenterten, dann fügte er hinzu: »Diese Fregatte ist hart gesegelt worden, sie muß wohl mit wichtigem Auftrag unterwegs sein.«

Er hatte das Schiff beobachtet, als es sich hoch am Wind zu dem unordentlichen Haufen der Konvoischiffe heraufgequält hatte. Er hatte die großen Schrammen an seinem Rumpf bemerkt, wo die See wie mit einem riesigen Messer die Farbe abgeschabt hatte. Seine Segel waren an vielen Stellen ausgebessert und mit Flicken besetzt worden. All das deutete auf eine schnelle Reise hin.

»Die *Miranda* hat wieder ein Signal gesetzt, Sir«, rief Bethune. Er lehnte sich in die Wanten und versuchte, sein großes Fernrohr still zu halten. »An *Fawn.* Bitte Kapitän an Bord!«

Wie immer erfolgte sofort die rasche Antwort der

Fawn. Ihr großes Beiboot war innerhalb weniger Minuten ausgeschwenkt. Bolitho konnte es sich ausmalen, wie Colquhoun zum anderen Schiff eilte und wie dort die Offiziere verblüfft sein würden, wenn sie bemerkten, daß er höher im Dienstrang stand als ihr eigener Kapitän. Was für Folgen das Zusammentreffen auch haben mochte, es mußte sich um eine dringende Angelegenheit handeln und nicht nur um den Austausch von Klatsch, wie es bei solchen Gelegenheiten auf hoher See oft vorkam.

Bolitho rieb sich das Kinn. »Ich gehe nach unten, rufen Sie mich, wenn irgend etwas geschieht.«

In der Kajüte wartete Stockdale schon mit Rock und Degen auf ihn. Mit breitem, schiefem Grinsen murmelte er: »Dachte, Sie würden das jetzt brauchen, Sir.«

Fitch hielt sich am Tisch fest und versuchte mit gespeizten Beinen die Bewegungen der Korvette auszugleichen, die nun ohne die stützende Wirkung der Segel schwer in den Wogen rollte. Mit resigniertem Blick in seinem kränklichen Gesicht starrte er das Frühstück an, das er gerade hereingebracht hatte.

Bolitho lächelte. »Keine Angst, später werde ich schon Zeit finden, das zu essen.«

Es war sonderbar, daß allein schon das Auftauchen eines fremden Schiffes und der erste Hauch leiser Erregung ihm den Appetit zurückgegeben hatten. Während Stockdale ihm den Degen umgürtete und den Rock reichte, goß er sich etwas Kaffee hinunter.

Vielleicht hatte die *Miranda* einen Feind gesichtet und brauchte nun Hilfe, um ihn angreifen zu können. Vielleicht war der Krieg zu Ende oder ein anderer Krieg irgendwo in der Welt ausgebrochen. Er erwog eine schier endlose Reihe von Möglichkeiten.

Bolitho blickte auf und sah Tyrell durch das offene Skylight herunterspähen.

»Herr Kapitän, der Gig der *Fawn* legt von der Fregatte ab.«

»Danke.« Bolitho verbarg, so gut er konnte, seine Enttäuschung.

»Das ging aber schnell!«

Als Tyrell verschwunden war, fügte er ruhig hinzu: »Wir werden nun genug Zeit zum Frühstücken haben.«

Doch er hatte sich geirrt. Gerade als er seinen Degen ablegte, erschien Tyrells Gesicht wieder im Skylight. Seine Stimme dröhnte in der engen Kajüte. »Signal von der *Fawn*, Sir! Kapitäne umgehend an Bord kommen!«

Mit einem Satz verschwand Stockdale aus der Kajüte. Heiser krächzend rief er nach der Bootsbesatzung, die Tilby, der Bootsmann, vorsorglich bereits an Deck zusammengestellt hatte.

In irrsinniger Eile wurde das Boot außenbords geschwenkt und längsseit gefiert. Ohne an Würde oder Vorsicht zu denken, stürzte sich Bolitho über das Schanzkleid ins Heck der Gig hinunter. Sein Degen klapperte gegen das Dollbord und ließ ihn fast auf die Köpfe der Ruderer stolpern.

»Riemen bei, Ruder an!« brüllte Stockdale und flüsterte dann leise, doch mit drohendem Unterton: »Denkt dran, meine Schönen, wenn einer von euch einen Schlag verpatzt, werde ich ihm gewaltig einheizen!«

Das Boot schien über die See zu fliegen. Als Bolitho endlich seine gelassene Haltung zurückgewonnen hatte und achteraus blickte, war die *Sparrow* schon eine

Kabellänge entfernt. Sie lag beigedreht im blassen Sonnenschein und schlingerte fürchterlich in der Dünung. Ihre Segel flappten und schlugen haltlos.

Trotz seiner Besorgnis und der ruhelos jagenden Gedanken fand Bolitho Zeit, sein Schiff zu bewundern. Früher hatte er oft die Achterkajüte eines vorübersegelnden Kriegsschiffes angestarrt und über den Kapitän, der sie bewohnte, nachgedacht, welch ein Mensch er wohl war und welche Fähigkeiten er besaß. Und nun konnte er immer noch nicht so recht daran glauben, daß die Heckkajüte der *Sparrow* seine Kajüte war und daß sich andere nun über ihn selbst ihre Gedanken machten.

Er wandte sich wieder nach vorn und sah, wie die Umrisse der *Fawn* sich vor die träge dümpelnde Fregatte schoben. Bei der Pforte im Schanzkleid bewegten sich mehrere Männer, um ihn mit allen Förmlichkeiten zu empfangen. Er lächelte vor sich hin. Selbst im Rachen der Hölle war es undenkbar, daß ein Kapitän, mochte er auch noch so jung sein, ohne die angemessene Ehrenbezeigungen behandelt wurde.

An der Pforte erwartete ihn Maulby, der Kommandant der *Fawn.* Er war sehr hager, und hätte er sich nicht stark vornübergeneigt gehalten, so wäre er um einiges länger als sechs Fuß gewesen. Bolitho fand, daß für solch einen Mann das Leben zwischen den niedrigen Decks einer Korvette sehr unbequem sein mußte.

Maulby schien einige Jahre älter als er zu sein und hatte eine lässige, gedehnte Art zu sprechen. Doch schien er einigermaßen umgänglich und hieß ihn an Bord seines Schiffes willkommen.

Als sie sich unter das Achterdeck bückten, meinte

Maulby: »Der kleine Admiral schien ziemlich aufgeregt zu sein.«

Bolitho blieb stehen und starrte ihn an. »Wer?«

Maulby zuckte schlacksig die Achseln. »In der Flottille nennen wir Colquhoun immer unseren kleinen Admiral. Er hat so eine Art, sich als solcher aufzuführen, ohne den entsprechenden Dienstrang zu haben.« Er lachte, seine gebeugten Schultern berührten die Decksbalken, und es sah aus, als ob er das Oberdeck mit seinem Körper stützte. »Sie machen aber ein entsetztes Gesicht, mein Freund!«

Bolitho grinste. Er fand, daß Maulby ein Mann war, den man vom ersten Augenblick an gern haben mußte und dem man trauen konnte. Aber niemals zuvor hatte er beim ersten Zusammentreffen zweier Untergebener solche Reden über ihren Vorgesetzten gehört. Auf manchen Schiffen hätte das zu einer Katastrophe geführt.

»Nein, Sie haben mich erfrischt und aufgeheitert«, antwortete er. Die Heckkajüte war so groß wie seine eigene, doch sonst gab es keine Ähnlichkeit. Sie war einfach, ja spartanisch. Er erinnerte sich an Tyrells Zorn, seinen bitteren Angriff gegen den »weiblichen Geschmack«.

Colquhoun saß am Tisch, hatte sein Kinn in die Hand gestützt und starrte auf einige soeben geöffnete Depeschen.

Ohne aufzusehen, sagte er: »Nehmen Sie beide Platz, ich muß mich noch mit dieser Angelegenheit befassen.«

Maulby zwinkerte Bolitho bedeutungsvoll zu.

Bolitho blickte weg. Maulbys unbekümmerte Haltung ihrem Vorgesetzten gegenüber war beängstigend. »Der kleine Admiral!« Es paßte gut auf Colquhoun.

Maulby schien die Fähigkeit zu besitzen, sich lässig zu geben, ohne daß man ihm etwas vormachen konnte. Bolitho hatte bemerkt, wie flink sich seine Leute über das Geschützdeck bewegten, wie klar Befehle weitergegeben und befolgt wurden. Bolitho hatte die anderen Kapitäne der Flottille noch nicht getroffen. Wenn sie alle solch ausgefallene Vögel waren wie Maulby, dann war es kein Wunder, daß Colquhoun Zeichen von Überlastung zeigte. Vielleicht fielen solch eigenwillige Charaktere auf kleinen Schiffen auch mehr auf. Er dachte an Pears auf der alten *Trojan*, an seine zerfurchten Züge, die sich niemals, unter keinen Umständen, je verändert hatten. Im Sturm von einer Leeküste, unter feindlichem Feuer, beim Auspeitschen oder Befördern eines Matrosen, immer war er zurückhaltend geblieben, und stets hatte er jenseits persönlicher Kontakte gestanden. Bolitho fand es unmöglich, sich Maulby – seine Gedanken zögerten – oder sich selbst mit solch himmelhohen, gottähnlichen Kräften ausgestattet vorzustellen.

Colquhoun unterbrach mit scharfer, schneidender Stimme seine Gedanken. »Der Kapitän der *Miranda* hat ernste Nachrichten gebracht.« Er hielt seinen Blick noch immer auf die Depeschen gesenkt. »Frankreich hat einen Bündnisvertrag mit den Amerikanern unterzeichnet. Das bedeutet, daß General Washington die volle Unterstützung regulärer französischer Truppen und eine mächtige Flotte zur Verfügung haben wird!«

Bolitho fuhr in seinem Stuhl herum. Diese Neuigkeiten machten ihn betroffen. Die Franzosen hatten schon vorher viel für ihre neuen Verbündeten getan.

Aber dies bedeutete, daß der Krieg nun ganz offen geführt wurde. Es bewies auch, daß die Franzosen stärkeres Vertrauen in die Siegeschancen der Amerikaner setzten.

Colquhoun stand rasch auf und starrte durch die Heckfenster. »Die *Miranda* hat Depeschen und geheime Nachrichten für das Oberkommando in New York an Bord. Sie lief von Plymouth zusammen mit einer Brigg aus, die Duplikate der Depeschen nach Antigua bringen sollte. Kurz nachdem die Schiffe den Kanal passiert hatten, gerieten sie in einen Sturm, und seitdem ist die Brigg verschollen.«

»Von den Franzosen geschnappt, Sir?« fragte Maulby ruhig. Colquhoun fuhr zu ihm herum. Seine Stimme klang unerwartet zornig.

»Was zum Teufel macht das aus? Geschnappt oder gesunken, entmastet oder von Würmern aufgefressen, für uns macht das keinen Unterschied, oder?«

Plötzlich erkannte Bolitho die Ursache seines Angriffs. Wäre Colquhoun in Antigua geblieben, bis sein eigenes Schiff fertig überholt gewesen wäre, dann hätte Maulby das Kommando über den Geleitzug gehabt. Der Kapitän der *Miranda*, der höher im Dienstrang stand als Maulby, mußte seine Neuigkeiten auf schnellstem Wege nach New York bringen. So hätte er Maulby befohlen, Anordnungen zu treffen, damit die Depeschen ohne Verzögerung nach Antigua gebracht würden. Niemand hätte sich auf das Überleben der Brigg verlassen und Tatenlosigkeit damit entschuldigen können. Durch eine Wendung des Schicksals oder durch Colquhouns Auftrag, den Befehl über seine Schiffe auf See zu behalten, hatte der Kapitän der *Miranda* die Entscheidung an ihn weitergeben können.

In ruhigerem Ton fuhr Colquhoun fort: »Wir haben Mitteilung erhalten, daß die Franzosen schon seit Monaten Schiffe ausgerüstet haben. Vor einigen Wochen lief von Toulon eine ganze Eskadron aus und schlüpfte durch unsere Patrouillen bei Gibraltar.« Er blickte von einem zum anderen. »Sie könnten nun hier in Richtung auf Amerika unterwegs sein – irgendwo –, das ist alles, was wir wisssen. Der Teufel soll sie holen.«

In der langsamen Prozession durchlaufender Dünungswogen hatte sich die *Fawn* leicht gedreht. Durch die schwankenden Fenster konnte Bolitho nun die beiden Transportschiffe sehen. Riesig und ungeschlacht, warteten sie mit backgebraßten Rahen auf das nächste Signal. Jeder Transporter war bis unter die Decksplanken mit dringend notwendigen Vorräten für die Armee in Philadelphia vollgestopft. In der Hand des Feindes wären sie eine ungeheure Beute. Diese Erkenntnis mußte in Colquhouns Gedanken wohl Vorrang haben.

Colquhoun begann wieder zu sprechen. »Die *Miranda* hat zugestimmt, bei dem Geleitzug zu bleiben, bis wir auf das Küstengeschwader treffen. Aber bei diesem verdammten Wetter kann das noch einige Wochen dauern.«

Bolitho stellte sich vor, wie Colquhoun in seinen Gedanken die Distanzen wie von einer Seekarte ablas. Welch anödende Aussichten, die ganze weite Strecke, all die vielen Meilen nach Antigua zurücksegeln zu müssen, um dort wieder den Oberbefehl über seine kleinen Seestreitkräfte übernehmen zu können.

»Darf ich vorschlagen, daß ich bei den Transportern bleibe, Sir«, sagte Maulby gedehnt. »Zusammen mit der *Miranda* werden wir ziemlich sicher sein.« Er blickte Bolitho an.

»Sie könnten dann auf der *Sparrow* nach English Harbour zurücksegeln, die Neuigkeiten dem Admiral übergeben und unsere eigenen Schiffe für weitere Aufträge bereithalten.«

Colquhoun starrte ihn mit ausdruckslosen Augen an.

»Diese verdammte, behagliche Selbstzufriedenheit unserer Regierung! Schon seit Jahren braut sich diese verteufelte Geschichte zusammen, und während die Franzosen Schiff um Schiff vom Stapel gelassen haben, hat man unsere aus Sparsamkeit verrotten lassen. Ließen wir morgen die Kanalflotte auslaufen, so wären meiner Meinung nach kaum mehr als zwanzig Linienschiffe in der Lage, in See zu gehen!«

Er bemerkte die Überraschung seiner Offiziere und nickte heftig. »O ja, meine Herren, während Sie hier draußen standen und dachten, daß beim Einsatzbefehl alles bereit wäre, mußte ich den Mund halten und die ganze Schweinerei mit ansehen.« Er schlug mit der Faust auf den Tisch. »Für eine ganze Reihe von Stabsoffizieren sind politische Macht und Wohlleben wichtiger als die Instandhaltung der Flotte.«

Er setzte sich schwer nieder. »Ich muß mich entschließen!«

Die Tür öffnete sich einen Spaltweit, und ein Fähnrich schaute mit verängstigtem Gesicht herein. »Signal von der *Miranda*, Sir. Sie bittet um Anweisungen für . . .« Er kam nicht weiter.

»Sagen Sie ihr, sie soll sich gefälligst um ihre eigenen Angelegenheiten kümmern.« Colquhoun funkelte ihn zornig an. »Es ist meine Entscheidung!«

Bolitho schaute zu Maulby hinüber. Zum ersten Mal in seinem Leben konnte er ermessen, was es bedeutete, die Verantwortung eines Kommandos zu haben. Was Colquhoun auch immer entschied, es konnte sowohl richtig als auch falsch sein. Eines jedenfalls hatte Bolitho begriffen: Wenn man eine richtige Entscheidung getroffen hatte, heimsten oft andere den Erfolg ein. Hatte man aber falsch entschieden, dann mußte man die Schuld allein tragen.

Plötzlich sagte Colquhoun: »Lassen Sie ihren Schreiber kommen, Maulby. Ich will neue Befehle für« – er blickte Bolitho an–, »für die *Sparrow* diktieren.«

Er schien seine Gedanken laut auszusprechen. »Ich zweifle nicht an Ihren Fähigkeiten, Bolitho, aber Sie haben keine Erfahrung. Ich werde auf Kapitän Maulbys *Fawn* bleiben, bis ich weiß, was sich in der nächsten Zeit ereignen wird.«

Als der Schreiber hereinschlüpfte, winkte ihn Colquhoun sofort zu sich an den Tisch.

»Sie, Bolitho, werden bei den Transportern bleiben. Der Kapitän der *Miranda* hat den Oberbefehl, und Sie werden ihm nach Kräften gehorchen. Ihre Befehle werden Ihnen gestatten, zur Flottille zurückzukehren, sobald die Transportschiffe abgeliefert sind.« Er machte eine Pause und wiederholte matt: »Abgeliefert sind.«

Bolitho stand auf. »Jawohl, Sir.«

»Gehen Sie nun, und lassen Sie mich die Order abfassen.«

Maulby nahm Bolithos Arm und begleitete ihn auf das Geschützdeck. »Ich glaube, der kleine Admiral hat Sorgen, mein Freund.« Er seufzte. »Ich hatte gehofft, ich könnte ihn auf meinem Schiff loswerden und Ihnen zuschieben.« Dann fuhr er mit kurzem Grinsen fort: »Es gibt keine Gerechtigkeit auf dieser Welt!«

Bolitho sah seine Gig in der Dünung auf und nieder gleiten. Stockdale beschattete seine Augen und wartete darauf, wieder zur *Fawn* herangerufen zu werden.

»Die Nachrichten sind schlecht, aber sie kommen nicht unerwartet. Die Heimlichkeiten haben nun wenigstens ein Ende.«

Maulby nickte nachdenklich. »Nicht sehr angenehm für das Lamm, das gerade verschlungen wird.«

Bolitho starrte ihn an. »Es ist doch sicher nicht so ernst?«

»Ich bin da nicht so sicher. Was die Franzmänner heute tun, werden die verdammten Spanier morgen nachahmen. Wir werden bald die ganze Welt am Hals haben.« Er runzelte die Stirn. »In einer Hinsicht hat unser kleiner Admiral schon recht. Es scheint, daß unsre Regierung von Dämonen befallen ist, die darauf aus sind, uns alle verrückt zu machen.«

Der Erste Leutnant eilte auf sie zu und überreichte einen frisch versiegelten Umschlag.

Maulby klapste Bolitho auf die Schulter und sagte fröhlich: »Denken Sie manchmal an uns. Während Sie sich auf Ihrer gemütlichen Reise vergnügen, bin ich gezwungen, meinen Tisch mit ihm zu teilen.«

Er rieb seine Hände. »Aber mit einigem Glück wird er befördert werden und für immer verschwinden.«

Der Leutnant unterbrach ihn eindringlich. »Eine Empfehlung von Kapitän Colquhoun, Sir, Sie möchten bitte sofort zu ihm kommen.«

Maulby nickte und streckte seine Hand aus. »Bis wir uns wiedersehen, Bolitho.« Er schien ihn nicht gerne gehen zu sehen, dann fuhr er etwas linkisch fort: »Seien Sie gewarnt, mein Freund. Sie haben ein schönes Kommando, aber Sie haben auch einen großen Anteil an Kolonisten in Ihrer Besatzung.« Er versuchte zu lächeln. »Wenn der Krieg sich zum Schlechten wendet, dann werden sicher einige versuchen, ihre Treue umzukehren. Steckte ich in deren Haut, so würde ich es vielleicht genauso machen.«

Bolitho begegnete seinem Blick und nickte: »Danke, ich werde mich daran erinnern.«

Maulby verbarg seine Erleichterung nicht. »Sehen Sie, ich wußte ja, daß Sie ein rechter Kerl sind. Nicht so einer, der meinen unbeholfenen Rat für Herablassung hält.«

»Sie haben einiges riskiert«, meinte Bolitho grinsend. »Ich hätte zu Colquhoun gehen und ihm erzählen können, wie Sie ihn betiteln.«

»Ich hätte es abgeleugnet!«

»Gewiß.«

Sie lachten beide.

Als dann die Gig an der *Fawn* anhakte, wurden sie wieder förmlich.

Schon bevor Bolitho wieder im Boot saß, sausten Flaggen an den Leinen der *Fawn* hoch, und augenblicklich erschien drüben auf der Fregatte das Erkennungszeichen.

Bolitho setzte sich im Heck zurecht und starrte zu seinem Schiff hinüber. Colquhoun hatte eine Entscheidung getroffen und Verantwortung übernommen.

Bald würde auch er nun die Last der Verantwortung zu spüren bekommen.

Leutnant Tyrell wandte sich um, als Bolithos Kopf und Schultern im Luk des Achterdecks erschienen, und wartete, bis der Kapitän seine übliche Überprüfung der Segelstellung und des Kompasses beendet hatte.

»Sie läuft jetzt gut, Sir«, meinte er dann.

Bolitho stapfte über das ziemlich stark gekrängte Deck und legte seine Hände auf die Reling. Er fühlte das Schiff wie ein lebendiges Wesen unter sich beben. Die Mittagssonne stand hoch über der *Sparrow*, aber er brachte es fertig, sich trotz der Hitze nicht darum zu kümmern, er beachtete nur die prall stehenden Segel und den Gischt, der am Bugspriet aufsprühte und über die Back wehte. Fünf Tage waren vergangen, seitdem die *Fawn* wieder Kurs auf Antigua genommen hatte, und es schien, als ob das Verschwinden Colquhouns aus ihrem Verband Glück und Wetter geändert hätte.

Störrisch wie zuvor, doch endlich von der richtigen Seite her, hatte der Wind auf Südsüdwest zurückgedreht und zu einer frischen Brise aufgefrischt, die während der vergangenen Tage kaum nachgelassen hatte. Unter geblähten Segeln hatten die Schiffe gute Fahrt auf die amerikanische Küste zu gemacht, die nun nach den letzten Berechnungen etwa 250 Meilen entfernt liegen mußte. Die schweren Kauffahrteischiffe hatten ständig fünf Knoten gemacht. Sie mochten zufrieden sein, daß der Kapitän der *Miranda* sich nicht allzuviel einmischte. Die Signale der *Miranda* hatten meist nur der *Sparrow* gegolten. Denn ungefähr vierundzwanzig Stunden nachdem die *Fawn* davongesegelt war, hatte der Ausguck im Masttopp wieder ein Segel gesichtet. Wie eine winzige weiße Blase schwebte es weit achteraus über dem Horizont.

Bolitho hatte Graves mit einem Fernrohr ins Topp geschickt, aber selbst er hatte den mysteriösen Verfolger nicht identifizieren können. Dann hatte er zur Fregatte signalisiert und um Erlaubnis zur Erkundung gebeten. Es war verweigert worden. Wahrscheinlich bedauerte der Kapitän der *Miranda* sein Zusammentreffen mit dem Konvoi. Ohne die schleppende Last der Transporter hätte er jetzt wohl sein Ziel schon erreicht. Es hätte ihm sicher keinen Verweis eingebracht, wenn er seine Nachrichten nicht nach Antigua hätte weitergeben können. Da er aber nun auf die langsameren Schiffe gestoßen war, mußte er so handeln, wie er es jetzt tat. Es war ihm keine andere Wahl geblieben. Auch rechnete er wohl damit, daß die *Sparrow* ohne Überwachung direkter Vorgesetzter aus irgendwelchen Gründen abdrehte und ihn dann mit der vollen Verantwortung für die Transportschiffe allein ließ.

Das unbekannte Segel war inzwischen nicht wieder gesichtet worden, und Bolitho gab zu, daß der Kapitän der *Miranda* zwar übervorsichtig, aber richtig gehandelt hatte, als er ihn von einer Erkundungsfahrt zurückhielt.

Bolitho wandte sich Tyrells bronzefarbenem Gesicht zu und nickte: »Ich bin ganz zufrieden.«

Er beobachtete einige Vortoppsgasten, die nach der Arbeit hoch über Deck nun um die Wette an den Stagen niederglitten. Buckle hatte recht, wenn ein rechter Wind blies, flog die *Sparrow* wie ein Vogel über die See. Er blickte zum nächsten Transportschiff, der *Bear*, hinüber und wünschte, daß er den Geleitzug endlich los wäre. Dann erst würde er die *Sparrow* wirklich erproben können. Wenn die Royalsegel und sogar Leesegel gesetzt würden, könnte er erst sehen, was sein Schiff unter jedem Fetzen Tuch zu leisten vermochte.

Die meisten der wachfreien Offiziere amüsierten sich an Deck mit ihrem üblichen Geplauder vor dem

Mittagessen. Sie achteten sorgfältig darauf, an der Leeseite zu stehen und ihm, so gut es ging, aus dem Weg zu sein.

Dalkeith, der Schiffsarzt, unterhielt sich lachend mit Buckle. Sein Kahlkopf leuchtete weiß im harten Sonnenlicht. Die rote Perücke wurde vom Messesteward gerade kräftig ausgeschüttelt, und Bolitho vermutete, daß sie von einer über Deck waschende See durchnäßt worden war.

Zahlmeister Lock war mit dem jungen Heyward in ein ernsteres Gespräch verwickelt. Der Wind knitterte und faltete die Seiten seines großen Hauptbuches, während er den Fähnrich vermutlich über Verpflegungsfragen aufklärte.

Bethune hatte Wache und stand etwas unordentlich an der Achterdecksreling. Sein Hemd war bis zur Hüfte geöffnet, und mit einer Hand rieb er sich den Magen. Bolitho lächelte. Der junge Bursche hatte zweifellos Hunger. Fähnriche wie Bethune waren immer hungrig. Unten auf dem Geschützdeck faulenzten viele der Seeleute im Schatten der Segel oder vertrieben sich die Zeit ähnlich wie ihre Offiziere. Beim Großmast stand der Bootsmann mit seinem einzigen Freund Yule, einem Geschützführer, zusammen. Bolitho dachte, daß die beiden ein schreckliches Paar von Wegelagerern abgegeben hätten. Tilby, umfangreich und plump, hatte vom allzu vielen Trinken zerstörte Züge. Dagegen war Yule dunkelhäutig, flink wie ein Wiesel, und seine stechenden Augen kamen niemals zu Ruhe.

Während Bolitho von Gruppe zu Gruppe blickte, wurde er abermals an seine neue, abgesonderte Stellung erinnert, an seine Zurückgezogenheit, welche leicht zur Einsamkeit führen konnte. Seine Vorrechte könnten auch zu einer Bürde werden.

Er verschränkte die Hände hinter seinem Rücken und schritt an der Luvseite langsam auf und ab. Der warme Wind wühlte in seinen Haaren und blähte sein offenes Hemd. Irgendwo dort draußen hinter den Wanten lag die Küste Amerikas. Wie sonderbar wäre es, wenn sie dort vor Anker gingen und der Krieg wäre zu Ende. Wenn die Blutsgemeinschaft mit den Amerikanern angesichts der Herausforderung Frankreichs sich als stärker erwiesen hätte und wenn England der Unabhängigkeit Amerikas zustimmen könnte, dann würden sich beide Nationen vielleicht gegen die Franzosen verbünden und ihre Machtansprüche ein für allemal klären. Er betrachtete Tyrells Profil und hätte gern gewußt, ob er wohl genauso dachte.

Bolitho verscheuchte die persönlichen Probleme seines Leutnants aus seinen Gedanken und versuchte, sich auf die lange Reihe der Notwendigkeiten zu konzentrieren, die täglich an ihn herantraten. Der Wasservorrat mußte so bald als möglich aufgefüllt werden. Die Fässer waren in schlechtem Zustand, und bei diesem Klima wurde das Trinkwasser rasch brackig. Auch würde er frisches Obst kaufen, wann immer sie auf Land stießen oder ein Versorgungsschiff träfen. Eigenartig, daß die Besatzung so gesund geblieben war, obwohl Ransome solch einfache Regeln offensichtlich nicht beachtet hatte. In den drei Jahren, die er an Bord der *Trojan* gedient hatte, war nicht ein einziger Fall von Skorbut vorgekommen. Es war dies ein deutliches Zeichen, daß Kapitän Pears sich um seine Leute sorgte, ja, es war eine wertvolle Lektion für alle seine jungen Offiziere. Bolitho hatte schon mit Lock darüber gesprochen, und nach einigem Zögern hatte der Zahlmeister gemurmelt: »Eine kostspielige Angelegenheit, Sir.«

»Es ist kostspieliger, wenn unsre Leute vor Schwäche und Krankheit umfallen, Mr. Lock. Ich habe gehört, daß sich ein ganzes Geschwader wegen solcher Knauserei hat kampflos ergeben müssen.«

Dann stand da noch die Prozedur einer Auspeitschung bevor, die erste, seitdem er Kapitän war. Er hatte die unnötig harte Anwendung von Bestrafungen immer verabscheut, obwohl er wußte, daß sie gelegentlich notwendig wurde. In der königlichen Flotte war die Disziplin rauh und unmittelbar, und wenn ein Schiff viele Meilen von zu Hause und den Behörden an Land entfernt war, bedeuteten harte Strafen die einzige Abschreckung vor Auflehnung und Verwilderung. Es gab Kapitäne, die bedenkenlos straften. Brutale, unmenschliche Auspeitschungen waren auf manchen Schiffen eine alltägliche Sache, und als Bolitho noch ein junger Fähnrich war, war er beim Anblick solch einer Tortur fast einmal ohnmächtig geworden. Andere Kapitäne wieder überließen, schwach und untüchtig, die Befehlsgewalt ihren Untergebenen und schlossen ihre Augen vor Mißbrauch.

In den meisten Fällen aber kannte der englische Seemann die Maßstäbe seines Dienstes, und wenn er sie überschritt, war er auch bereit, die Folgen zu tragen. Und wenn jemand einen seiner Kameraden bestahl oder betrog, konnte er kein Mitleid erwarten. Die Rechtsprechung der unteren Decks war genauso gefürchtet wie die des Kapitäns.

Aber mit diesem Fall auf der *Sparrow* stand es ganz anders. Ein Seemann hatte Leutnant Graves während einer Nachtwache den Gehorsam verweigert, als die

Leute in einer plötzlichen Bö zum Segelreffen heraufgerufen wurden. Er hatte seinen wachhabenden Offizier angeschrien und ihn in Hörweite von zwanzig Männern einen herzlosen Lumpen genannt.

Tyrell hatte Bolitho vertraulich gebeten, die Erklärung des Seemanns gelten zu lassen. Er war ein guter Toppgast, und Graves hatte ihn in einem plötzlichen Wutanfall gereizt, als er nicht zugleich mit seinen Kameraden seinen Posten auf der Großrah erreichte.

»Sie dreckiger Yankeebastard«, hätte Graves gebrüllt, »zu faul, seine Pflicht zu tun, und zweifellos zu beschissen feige, zu kämpfen, wenn es an der Zeit ist.«

Dies und Tyrells hitziger Angriff auf die Art und Weise, in der Graves die Angelegenheit behandelte, bewiesen die verborgene Spannung unter der Besatzung aufs neue.

Graves war unnachgiebig geblieben. Der Seemann hatte ihn vor den Leuten seiner Wache beleidigt. Er mußte bestraft werden.

In einer Hinsicht hatte er recht. Seine Autorität mußte aufrechterhalten werden, oder er würde sich niemals wieder auf seine Befehlsgewalt verlassen können.

Bolitho machte sich selbst Vorwürfe. Hätte er mehr Zeit gehabt, diese ungewöhnliche Situation zu überdenken, oder wenn er sich in seiner neuen Stellung stärker für den Mann eingesetzt hätte, hätte er das Äußerste verhindern können. Durch sein eigenes Beispiel hätte er dem Offizier seinen Willen aufzwingen und ihm klarmachen können, daß er sein Verhalten nicht dulden würde. Aber nun war es zu spät. Er hatte die Sache zu lange treiben lassen.

So hatte er sich zum Kompromiß entschlossen und

den Rechtsspruch ausgesetzt. Doch wußte er, daß er damit das Unvermeidliche nur hinausgezögert hatte.

Bolitho blickte zur hart angebraßten Großrah hinauf. Das Schiff segelte auf Backbordbug hoch am Wind und legte sich stark über. Er konnte jetzt den Mann sehen. Nackt bis auf einen Fetzen Segeltuch um die Hüften, war er mit einigen Kameraden mit Spleißen und Reparaturen beschäftigt. Glaubte Tyrell wirklich, daß der Mann gereizt worden war? Bolitho wußte es nicht. Oder setzte sich Tyrell für ihn ein, weil er Graves im Verdacht hatte, er wolle ihn demütigen, indem er einen anderen Amerikaner bestrafen ließ?

»Wahrschau an Deck!« Der Ruf des Ausgucks im Topp wurde durch den Wind und das ständige Knallen der Segel gedämpft.

»Die *Miranda* gibt Signale!«

Bolitho fuhr herum. »Vorwärts, Mr. Bethune, Sie schlafen heut noch.«

Tyrell trat zur Seite, als der Fähnrich mit seinem Fernrohr zu den Leewanten sprang.

»Der denkt schon wieder an die nächste Mahlzeit.« Er lächelte über die Verwirrung des jungen Burschen.

»Anscheinend war der Ausguck der einzige Mann in dieser Wache, der an seine Pflicht gedacht hat, Mr. Tyrell!«

Die Schärfe seiner Stimme ließ den Leutnant erröten, und er wandte sich ab, ohne zu antworten.

»Signal von der *Miranda*, Sir!« rief Bethune, »Segel in Nordwest.«

»Bestätigen.«

Bolitho ärgerte sich über Tyrells lässige Haltung, noch mehr aber über seinen eigenen ungerechten Ausbruch.

Etwa zwei Meilen vor der *Golden Vleece* war die *Miranda,* die mit ihren geflickten, doch prall stehenden Segeln gute Fahrt machte, bereits dabei, die Bramsegel zu setzen und sich zur Erkundung bereit zu halten. Das unbekannte Schiff lag irgendwo backbord voraus, und obgleich es vorher nicht gesichtet worden war, mußte es wohl auf konvergierendem Kurs segeln.

»Wahrschau an Deck! Segel in Sicht, genau in Luv voraus!«

Bolitho blickte in die gespannten Gesichter um ihn. Einen Augenblick lang spielte er mit dem Gedanken, selbst zur schwindelnd hohen Großmastsaling aufzuentern, obwohl er seine Furcht vor solchen Höhen niemals ganz überwunden hatte. Beim Hinaufklettern in den zitternden, schwankenden Wanten könnte er wohl seinen Ärger vertreiben und klaren, frischen Sinn zurückgewinnen.

Dann aber fiel sein Blick auf Raven, den neu ernannten Steuermannsmaat. »Entern Sie auf, nehmen Sie ein Glas, und melden Sie, was sie sehen.«

Buckle hatte ihm erzählt, daß Raven ein erfahrener Seemann sei, der schon auf verschiedenen Schiffen der Kriegsflotte gedient hatte und den keiner so leicht zum Narren halten konnte.

Schon bevor Raven die Großrah erreicht hatte, erklang wieder der Ruf des Ausgucks: »Zwei Schiffe, dicht beieinander!«

Alle Augen folgten Raven, wie er sich frei überhängend auf die Saling hinaufschwang und dann zum Masttopp weiterkletterte.

Bethune war immer noch bekümmert, weil er das Signal der *Miranda* übersehen hatte. Plötzlich spannte sich sein Körper vor Erregung. »Geschützfeuer, Sir!«

Er hielt seine Hände wie Trichter an seine Ohren. Mit seinem runden Gesicht sah er nun aus wie ein Kobold.

Bolitho schaute ihn an. Dann, als er sein Gehör über das Stampfen des gischtumsprühten Schiffsrumpfes und über das Knattern der Segel hinaus aufs Meer gerichtet hatte, hörte er selbst das tiefe, mißtönende Poltern einer Kanonade.

Vor Ungeduld geriet er fast außer sich, doch wußte er, daß er Raven nicht antreiben durfte. Er könnte vor Hast so sehr durcheinandergebracht werden, daß er die Lage nicht mehr richtig einschätzte.

»Wahrschau an Deck!« Endlich hörte er Raven rufen. »Erstes Schiff ist ein Kauffahrer. Wird von einer Brigg angegriffen!«

»Freibeuter, bei Gott!« rief Buckle mit belegter Stimme.

Bolitho ergriff das Fernrohr und richtete es durch die dunkle Masse des Riggs, an einigen Seeleuten auf der Back vorbei, auf den schwankenden Horizont. Eine Täuschung des Lichtes? Er blinzelte mit tränenden Augen und versuchte es noch einmal. Nein, dort war es, ein winzig kleiner weißer Tupfen, der ab und zu über dem blendenden Glitzern endlos dahinwandernder Wogenkämme aufleuchtete. Der einsame Kauffahrer hatte Pech gehabt. Aber wenn sie ein wenig Glück hatten, konnten sie den Spieß nun umdrehen.

Die *Miranda* hatte ihre Position bereits verlassen und war mit wild schlagenden Segeln über Stag gegangen. Als sich ihre Segel auf dem neuen Kurs wieder füllten, sah Bolitho an ihrem Mast neue Signale hochfliegen.

»Signal an alle«, sagte Bethune rasch. »Bleiben Sie auf Station.«

Buckle fluchte. »Der ist drauf aus, das verdammte Prisengeld allein zu gewinnen, der verfressene Gauner.«

Das Geschützfreuer war nun deutlicher zu hören, und Bolitho sah durch das Glas, wie leewärts der Schiffe Rauchschwaden über die See davontrieben. Die kleine Brigg hatte alle Segel gesetzt und bemühte sich, noch näher an ihr Opfer heranzukommen.

Bolitho schob das Glas zusammen. Hinter sich hörte er seine Leute murren. Sie waren ebenso enttäuscht wie er selbst. Sicher hatte der Kapitän der *Miranda* den Angriff nicht eingeleitet, um die Besatzung der *Sparrow* zu demütigen, sondern um die Langeweile einer langsamen Reise zu unterbrechen.

»Signalisieren Sie der *Bear*, sie soll mehr Segel setzen«, sagte er zu Tyrell. »Sie fällt stark zurück.«

Dann beobachtete er wieder voll Spannung die Fregatte. Sie segelte sehr schnell, obwohl der Wind fast dwars zu ihren Segeln stand. Die Stückpforten öffneten sich, und die Sonne blitzte auf der Reihe kampfbereit ausgerannter Geschützmündungen.

Der Kapitän der Brigg mußte längst erkannt haben, was geschah, aber mit dem Sieg fast schon in der Hand, wollte er wohl seine Beute nicht aufgeben.

Auf der Back und auf dem Geschützdeck fuchtelten die Leute mit den Armen und schwatzten aufgeregt durcheinander. Wahrscheinlich führten sie großartige Reden, wie sie gehandelt hätten, wenn man ihnen die Chance zum Angriff auf das Kaperschiff gegeben hätte.

Bolitho rief Raven auf das Deck zurück. »Sie haben Ihre Sache gut gemacht«, lobte er.

Der Mann grinste verlegen. »Danke, Sir. Die Brigg

ist ganz sicher ein Yankee. Hab' schon viele solche gesehen, seit ich zur See fahre. Das andere Schiff sieht aus wie ein Westindienfahrer, obwohl seine Artillerie schlechter ist als bei anderen.«

»Die Brigg hat jetzt den Angriff abgebrochen«, schrie Tyrell. »Sie macht sich davon.«

Bolitho seufzte. Der Westindienfahrer hatte schon Kurs auf den kleinen Geleitzug genommen, während die *Miranda* unter vollen Segeln auf das Kaperschiff lospreschte. Hinsichtlich Geschwindigkeit und Manövrierfähigkeit hatte eine gutgeführte Brigg gegenüber einer Fregatte durchaus eine Chance. Aber der Freibeuter hatte zu lange gewartet. Auf sich schneidenden Kurslinien würden die drei Schiffe Seite an Seite aneinander vorbeilaufen. Die Fregatte würde den Kauffahrer decken und im Vorbeisegeln die Brigg von Bug zum Heck mit ihrer Artillerie bestreichen.

Vorausgesetzt, daß die Brigg nicht zu stark beschädigt würde, könnte sie ein brauchbares Schiff für die englische Flotte abgeben. Jedenfalls würde der Kapitän der *Miranda* einen ordentlichen Batzen an Prisengeld einstreichen.

Als Bolitho neben sich auf dem Achterdeck zornige Stimmen hörte, riß er seine Augen von dem erregenden Anblick los.

Es war Tilby, der, rot angelaufen vom Genuß seines geheimen Rumvorrats, auf ihn zustampfte. »Verzeihung, Sir, aber der Kerl da sagt, daß er Sie unbedingt sprechen muß.« Er glotzte den Seemann ausgesprochen böse an. »Hab' ihm gesagt, daß ein Mann unter Bestrafung nicht ohne Erlaubnis mit einem Offizier sprechen darf.«

Bolitho erkannte hinter Tilby den Seemann, der ausgepeitscht werden sollte. Er war ein gutgewachsener Mann, der in wilder Entschlossenheit am Arm des Bootsmanns zerrte.

»Was ist los, Yelverton?« Bolitho nickte Tilby zu. »Ist es so wichtig?«

Der Seemann drängte sich auf dem Achterdeck vor und schluckte erregt. »Das Schiff, Sir, ist kein Indienfahrer nich! Ist ein verdammter Franzmann. Hab's gesehen, vor einigen Jahren in Boston.«

Bolitho fuhr herum. »Gott im Himmel!«

In diesem Augenblick feuerte der heranbrausende Westindienfahrer im Vorbeisegeln eine volle Breitseite in die unbemannte Flanke der *Miranda.* Der hallende Geschützdonner erfüllte das Herz eines jeden Mannes im Geleitzug mit Grauen.

IV Die große Verantwortung

Sogar auf zwei Meilen Entfernung sah Bolitho, wie die Fregatte von einem heftigen Beben geschüttelt wurde, als die Breitseite über sie hinfegte. Der Pirat mußte hoch gezielt haben, denn als der Rauch davonwehte, waren die Verheerungen, die der plötzliche Überfall hinterlassen hatte, deutlich zu sehen. Die Großroyalstenge war über Bord gegangen, und wie nach einem Sturm waren die meisten Segel durchlöchert und zu Fetzen zerschlissen.

Bolitho riß sich von den Wanten los, die er krampfhaft umklammert hatte. Seine Leute standen zu bewegungslosen Figurengruppen erstarrt. Die Männer waren so betroffen, daß sie weder denken noch sich rühren konnten.

»Mr. Tyrell«, brüllte er, »lassen Sie auf allen Decks klar zum Gefecht trommeln!« Dann packte er Bethune am Arm und schrie in sein verwirrtes Gesicht. »Flagge heißen!«

Ein Schiffsjunge griff nach seiner Trommel. Die Schlegel wirbelten: »Klar Schiff zum Gefecht.«

In die Männer auf dem Geschützdeck und auf der Back, von wo sie dem leichten Sieg der *Miranda* hatten zusehen wollen, kam wieder Leben. Alle rannten auf ihre Gefechtsstationen. Aber da gab es nicht mehr die automatischen Bewegungen von Seeleuten beim Drill. Und nirgendwo herrschte das grimmige Schweigen kampferprobter Männer, die sich zu einem neuen Gefecht bereit machten. Die Besatzung war zu verwirrt, um sich sinnvoll zu verhalten. Einige prallten aufeinander, andere standen an falschen Geschützen. Manche tappten mit fremden Ausrüstungsstücken herum, bis ein Unteroffizier sie mit Fußtritten wegjagte.

Bolitho blickte Buckle an, der sich bemühte, in all dem Durcheinander seine Stimme ruhig zu halten.

»Die unteren Segel aufgeien, Bramsegel setzen! Es werden ohnehin genug Funken fliegen! Nicht notwendig, daß auch die Segel um unsre Ohren herum abbrennen.«

Polternd und klappernd wurden unter dem Achterdeck Trennwände niedergerissen. Mit trampelnden Füßen schleppten die Matrosen Pulver für die Kanonen aus den Magazinen herbei.

Bolitho zwang sich, die heransegelnden Schiffe in Ruhe zu beobachten. Er wußte, daß es viel zu lange dauerte, bis die *Sparrow* kampfbereit war. Wie nahe der Feind schon war! Wieder dröhnte Geschützfeuer. Rauch wölkte in dicken Schwaden zwischen den Schiffen, und er konnte nicht ausmachen, was sich dort abspielte.

Als der Qualm davontrieb, sah Bolitho die Rahen der *Miranda* herumschwingen. Er hielt den Atem an. Die Fregatte hatte eine Wende eingeleitet, um zu dem Kaperschiff parallel zu segeln.

Im wehenden Pulverdampf brüllten wieder die Kanonen. Wie orangefarbene Zungen blitzten ihre Mündungsfeuer über die aufgewühlte See. Manche der Geschosse peitschten über das Wasser davon. Gischtfontänen bezeichneten ihren Weg von Welle zu Welle, bis sie plötzlich hinter einer großen Woge verschwanden.

Das Wendemanöver der *Miranda* war quälend langsam. Ihre blatternarbigen Segel flappten schwach, als sie sich endlich vor den Wind legte. Wahrscheinlich wollte ihr Kapitän das stärkere Freibeuterschiff Seite an Seite bekämpfen, oder aber er versuchte, hinter seinem Heck vorbeizuscheren und ihn mit einer Breitseite zu bestreichen.

Bolitho hörte jemand aufstöhnen, als der Franzose wieder in den Qualm hineinfeuerte. Schuß auf Schuß schmetterte in die hinter Rauchschwaden verborgene Flanke der *Miranda.* Fast konnte man über die schäumenden Kronen der Wellen hinweg die Einschläge spüren.

Der Augenblick, über die Fregatte herzufallen, während sie über Stag ging, war hervorragend abgepaßt. Offensichtlich benützte der Feind Kettenkugeln, denn als die Breitseite in die *Miranda* hineinkrachte, sah Bolitho, wie ihr Fock- und Großmast taumelten und dann unter den Treffern aufzuckend seitwärts in den Rauch hinunterkippten. Von einem schnittigen, herrlichen Schiff war die Fregatte zu einem verkrüppelten Wrack zusammengeschossen, bevor sie auf neuen Kurs gehen konnte. Ihr Buggeschütz feuerte blindlings in Richtung des Feindes, und von ihrem Besanmast wehte immer noch das Scharlachrot der Flagge.

»Schiff ist klar zum Gefecht!« brüllte Tyrell mit wilder Stimme. Bolitho sah ihn an. »Lassen Sie bitte laden und ausrennen.«

Der Leutnant blickte ihm ins Gesicht. Seine Augen blitzten hell in der Sonne. »Wollen Sie's etwa mit beiden aufnehmen, Sir?«

»Wenn nötig, ja.«

Bolitho wandte sich um, als wieder Schüsse über die immer geringer werdende Entfernung hallten. Er sah, wie die Brigg sich von den beiden größeren Schiffen löste. Ihre Großstenge neigte sich in einem bedrohlichen Winkel. Die ersten Kugeln der *Miranda* hatten dort ihr Ziel gefunden.

Unter seinen Schuhen zitterten die Decksplanken, als die Stückpforten sich öffneten und die achtzehn Kanonen ihre Mäuler quietschend und rumpelnd ins Sonnenlicht reckten. Halbnackte Seeleute rutschten auf dem sandbestreuten Deck aus, während sie versuchten, den Takt der Kommandos einzuhalten, die ihre Geschützführer ihnen zubrüllten. Bolitho starrte über sein Schiff hin. In seinen Gedanken stieg Verzweiflung auf. Ein paar Augenblicke später würde alles zu Ende sein. Sein Schiff, seine geliebte *Sparrow*, würde das Schicksal der Fregatte teilen.

Für den Feind war alles lächerlich einfach gewesen. Zu oft war es schon geschehen, daß beim Anblick eines hilflosen Kauffahrers, der von einem gutbewaffneten Piraten angefallen wurde, nicht der geringste Verdacht entstanden war. Kein Wunder, daß die Segel der

Brigg in diesem sorgfältig gespielten Manöver keinerlei Treffer aufwiesen. Wie mußten die beiden feindlichen Kapitäne gelacht haben, als die *Miranda* aus dem Verband ausscherte, um ihren eigenen Mörder zu verteidigen.

Er hörte Stockdale mächtig schnaufen, dann fühlte er, wie sich der Degengürtel um seine Hüften spannte.

»Bei Gott, Sir, schlechte Chancen«, zischte sein Bootsführer.

»Wahrschau an Deck!« Beim Anblick des Unheils war der Ausguck vergessen worden. »*Miranda* macht klar zum Entern!« Der Ausguck brüllte ein brüchiges Hurra. »Sie geht zum Nahkampf über!«

Bolitho rannte zur Reling. Die Fregatte war hinter den wuchtigen Umrissen des Feindes fast versteckt, aber aus der Stellung ihres Besanmastes konnte er sehen, daß sie tatsächlich auf ihren Angreifer zutaumelte. Wieder wirbelte der Rauch einer Geschützsalve zwischen den Schiffen auf, und der letzte Mast der *Miranda* verschwand in einem Wirrwarr von Tauwerk und zerfetztem Segeltuch. Aber Bolitho sah auch die plötzliche Bewegung hinter dem Schanzkleid des Kaperschiffes, das Gewimmel von Menschen um ihren Fockmast. Dann konnte er ausmachen, wie sich der Bug der zerfetzten Fregatte an das Vorschiff des Feindes heranschob. Schwaches Musketenfeuer drang über das Wasser her, und er konnte das sprichwörtliche Blitzen von Stahl sehen, als die beiden Schiffe im nächsten Augenblick zusammenrammten und das Handgemenge begann.

Er packte Tyrells Arm. »Die *Miranda* hat für uns Zeit gewonnen!« Er bemerkte kein Verstehen, nur

Unglauben in den Augen des Leutnants. »Wenn sie eine Weile aushält, können wir an die Brigg rangehen.«

Er beschattete seine Augen gegen den Sonnenglanz und beobachtete, wie die Brigg auf die beiden Transportschiffe losstürmte.

»Sie wird vor dem Bug der *Golden Vleece* vorbeisegeln und sie mit ihren Geschützen bestreichen.«

Laut brüllte er seine Gedanken hinaus. »Wir werden sofort über Stag gehen, zwischen den Transportern durchsegeln und die Ehrung erwidern!«

Tyrell biß sich auf die Lippen. »Aber wir könnten dabei mit dem Feind kollidieren, Sir!«

Bolitho packte ihn bei den Schultern, drehte ihn herum und deutete zu den ineinander verbissenen Schiffen hinüber.

»Mann, wollen Sie, daß diese Burschen dort für nichts sterben?«

Er stieß ihn zur Reling. »Und jetzt klar zum Wenden, sobald ich den Befehl gebe!«

Die Brigg lag nun etwa eine Meile entfernt, genau vor dem schnittigen Klüverbaum der *Sparrow*. An Bord des ersten Transportschiffes wirbelte der Rauch eines Schusses auf, doch war kein Treffer auszumachen.

»Signalisieren Sie den Transportern, auf Station zu bleiben, Mr. Bethune!« Er wiederholte den Befehl, um den Fähnrich aus seiner Erstarrung herauszureißen. »Vorwärts!«

Wenn einer der beiden Transportkapitäne jetzt den Kopf verlor, würde alles schiefgehen. Mit Leichtigkeit könnte der Feind sie dann erledigen und aufbringen. Auch jetzt noch war nicht viel zu hoffen. Von der ersten schrecklichen Überraschung bis zu diesem Augenblick waren tatsächlich nur wenige Minuten vergangen.

Bolitho stützte sich auf die Reling. Seine Augen schweiften über die geduckten Kanoniere, über die beiden Rudergänger an ihrem ungeschützten Ruderrad und zu Buckle hin, der mit grimmigem Gesicht nach oben in die Segel starrte.

Dann fiel sein Blick auf Raven, den neuen Steuermannsmaat, der ihn schuldbewußt und unglücklich anstarrte. »Sie konnten das nicht wissen«, sagte Bolitho. »Das Kaperschiff war früher tatsächlich ein Indienfahrer.«

Raven schüttelte den Kopf. Er war so sehr mit seinem Mißgeschick, den Feind nicht erkannt zu haben, beschäftigt, daß er das immer wieder aufflammende Geschützfeuer gar nicht zu bemerken schien. »Ich hätte es sehen sollen, Sir, aber ich sah nur, was ich zu sehen erwartete, und es tut mir mächtig leid, weil Sie mir eine Chance gegeben haben vorwärtszukommen.«

Bolitho lächelte. Es kostete ihn solche Anstrengung, daß er meinte, die Lippen müßten ihm reißen.

»Und heute werde ich Ihnen noch mal eine Chance geben, Mr. Raven.« Er trat zurück. Die Hände hielt er hinter seinem Rücken verschränkt, der Degen schlug leicht gegen seine Hüfte.

Buckle schürzte seine Lippen zu einem lautlosen Pfeifen. »So ein gelassener Bursche, der Tod schleicht sich durch die Ankerklüse an Deck, und er spaziert auf und ab wie zum Vergnügen.«

Mit starrem Lächeln schritt Bolitho das Achterdeck ab. Über dem Kanonenfeuer wartete er mit angespanntem Gehör auf die Meldung, daß die Brigg den ersten Transporter erreicht hatte. Wenn der feindliche Kapitän Bolithos Plan durchschaute, war alles sinnlos. Dann müßte die *Sparrow* entweder aus dem Gefecht fliehen und die wichtigen Neuigkeiten dem Admiral überbringen oder bleiben und sich zum Todeskampf mit dem verkappten Indienfahrer rüsten. Dann und wann feuerten immer noch einige Kanonen der *Miranda.* Ihre Geschützmündungen berührten fast das feindliche Schiff. Zwischen den Decks der Fregatte mußte es wie in einem Schlachthof aussehen. In Bolithos Gedanken breitete sich Verzweiflung aus.

»Die Brigg passiert den Bug des Transporters«, brüllte Tyrell in diesem Augenblick.

Heftige Explosionen hallten über die See. Bolitho wußte, daß die Brigg nun ihre Steuerbordbatterie abfeuerte, während sie vor dem Bug des Transportschiffes vorbeirauschte. Bevor sie hinter der plumpen Masse der *Golden Vleece* verschwand, sah Bolitho die amerikanische Flagge übermütig vor ihrer Gaffel wehen und auf ihrem niedrigen Deck die Musketen der Scharfschützen aufblitzen.

»Jetzt!« Bolithos Stimme zerschnitt gellend die Luft. »Ree!«

Das Ruder drehte sich ächzend. Auf den dichtbesetzten Decks warfen sich die Seeleute an die Brassen, und der ganze Schiffsrumpf zitterte unter der Erschütterung. Blöcke kreischten, und die mächtigen Rahen schwangen knarrend mit solcher Geschwindigkeit herum, daß Bolitho fühlte, wie das ganze Schiffsgefüge sich bebend auflehnte. Aber nichts kam von oben. Das Rigg hielt stand, und als sich die *Sparrow* in der Wende stark überlegte, hoben sich die killenden Segel und füllten sich im Schub des Windes.

Bolitho hob beide Hände an den Mund. »Mr. Graves! Zuerst die Backbordgeschütze! Sie werden den Zweiunddreißigpfünder selbst richten!«

Graves nickte. Dann verschwand er unter der Back und rannte an das Buggeschütz.

Wie schnell die *Sparrow* segelte, obwohl ihre unteren Segel wegen der Feuergefahr während des Gefechtes aufgegeit waren. Die Großstenge schien sich nach vorn zu biegen, der Stander im Topp zuckte waagrecht im Wind und deutete über den Bug voraus, als ob er den Weg weisen wollte.

Schon kreuzte der Klüverbaum hinter dem Heck des führenden Transporters durch, und an Steuerbord sah Bolitho das zweite Frachtschiff, die *Bear*, die ihren Kurs leicht änderte, als ob sie eine Kollision mit der Korvette fürchtete, die schäumend ihren Weg kreuzte. Jenseit der *Golden Vleece* krachten wieder Schüsse, und der Rauch, der längs ihrem Rumpf aufquoll, zeigte deutlich, wo die Brigg vorbeizog.

Vom Bug her gellte ein Schrei: »Da ist sie, backbord voraus!«

Das unerwartete Auftauchen der *Sparrow* zwischen den beiden Transportern schien den Kapitän der Brigg völlig überrascht zu haben. Der Amerikaner segelte auf Steuerbordbug mit einer Kabellänge Abstand an der Seite der *Golden Vleece* entlang.

»Wir werden vorm Bug der Brigg passieren und sie gleichzeitig mit der Backbordbatterie bestreichen«, schrie Bolitho. Er bemerkte, daß ihn einige der Leute mit angespannten und verwirrten Gesichtern von ihren Stationen bei den Geschützen anstarrten. Er zog seinen Degen und hob ihn hoch über den Kopf. »Haltet euch gut, Männer! Jede Kugel ein Treffer!«

Die Brigg war nun kaum eine Kabellänge entfernt.

Der Bugspriet zeigte im rechten Winkel auf die Galionsfigur der *Sparrow.* Der Abstand schrumpfte mit fürchterlicher Geschwindigkeit zusammen, und Bolitho wußte, wenn er sich verschätzt hatte oder wenn der Wind in diesem Augenblick abflaute, dann würde der Feind wie ein Rammbock in die Flanke der Korvette krachen und ihre Planken weit aufreißen.

Der große Zweiunddreißigpfünder im Bug brach den Bann. Das Bersten der Explosion übertrug sich mit heftigem Beben der Decksplanken bis zu den Füßen Bolithos hin. Er sah, wie drüben auf der Brigg Wanten brachen und helle Holzsplitter durch die Luft wirbelten, als die Kugel in die festgezurrten Boote schmetterte. Dann folgte Schuß um Schuß der vollen Breitseite. Graves tobte wie ein Teufel im rauchverschleierten Sonnenlicht, schwang seinen Säbel und brüllte einer Geschützbedienung nach der anderen seine Befehle zu.

In wahnsinniger Hast versuchte der feindliche Kapitän sein Schiff zu wenden, um dem rasenden Angriff der *Sparrow* zu begegnen. Aber die Brigg konnte ihre Artillerie nicht zum Einsatz bringen. Teile des Riggs und die meisten Vorderwanten hingen wie schwarzer Seetang über ihr Deck. Sie taumelte wie betrunken im wohlgezielten Geschoßhagel.

Endlich brachte der Feind mit hartgelegtem Ruder sein Schiff wieder unter Kontrolle, und die zerfetzten Segel fingen wieder etwas Wind ein. Da und dort krachte ein Schuß, aber in ihrer Eile und Aufregung schossen die Amerikaner auf gut Glück in den wirbelnden Rauch.

»Laden und ausrennen«, brüllte Tyrell in das Getöse. »Schneller!«

Bolitho beugte sich zum Geschützdeck hinunter. »Nicht auf eine Breitseite warten«, schrie er. »Jeder Geschützführer soll feuern, sobald er geladen hat!« Er wußte, daß diese Geschützbedienungen nicht in der Lage waren, eine gemeinsame Salve abzufeuern, wenn sie erst einmal unter dem Beschuß des Gegners lagen.

»Auswischen, Sie Trottel!« Krächzend zerrte Graves einen verwirrten Mann wieder an sein Geschütz. »Sind Sie blödsinnig?«

Er stieß den unglücklichen Kanonier zu seinem Geschützführer. »Ich werde Sie in Eisen legen lassen, wenn Sie ...« Das Ende der Drohung erstickte im tobenden Lärm.

Die Brigg hatte langsam den Kurs geändert und lag nun schräg zum Achterschiff der *Sparrow* auf der Backbordseite. Rauchfahnen trieben über Bolitho hin. Er fühlte Musketenkugeln in die Planken klatschen und hörte ein irrsinniges Winseln, als ein Geschoß nur wenige Fuß neben ihm von einem Geschütz abprallte.

Verzweifelt wisperte Stockdale: »Bewegen Sie sich, Sir! Die Hunde werden Sie sonst abknallen.«

Bolitho starrte ihn an. Er wußte, daß sein Gesicht zu einem wilden Grinsen verzerrt war. Immer wieder verblüffte es ihn, wie leicht man Zurückhaltung und Vernunft verlor, sobald ein Gefecht begonnen hatte. Später vielleicht ... Er schüttelte sich. Wenn sie mit dem größeren Schiff aneinandergerieten, dann würde es kein Später geben.

»Sie schießen nur blindlings drauflos, Stockdale.« Bolitho wies mit seinem Degen über das Achterdeck. Keiner der Offiziere hatte Zeit gehabt, seinen Uniformrock anzuziehen und den Hut aufzusetzen. Wie er selbst trugen alle nur Kniehose und Hemd, und selbst diese waren vom treibenden Pulverdampf geschwärzt.

»Schauen Sie her, wie sollen die da drüben den Käptn herausfinden?«

Ein Seemann an den Besanbrassen stieß einen schrecklichen Schrei aus und wurde, getroffen vom harten Schlag einer Musketenkugel, Bolitho vor die Füße geschleudert. Blut quoll aus seiner Brust, wimmernd wälzte er sich in Todesqualen.

»Kümmern Sie sich um diesen Mann, Mr. Bethune.« Der Fähnrich zögerte. Unter den Sommersprossen war sein Gesicht kreidebleich. Beißend fügte Bolitho hinzu: »Ihre Mutter ist zu Hause, Junge, Sie müssen also allein flennen. Zuerst aber haben Sie jetzt Ihre verdammte Pflicht zu tun!«

Bethune kniete nieder, seine Hosen waren blutbesudelt, aber in seinen Zügen zeigte sich plötzlich Entschlossenheit, als der sterbende Seemann nach seiner Hand griff.

»Der Yankee versucht hinter unserm Heck durchzukreuzen, Sir!« brüllte Buckle.

Bolitho nickte. Etwas anderes blieb dem Feind nicht mehr zu tun übrig. Die meisten seiner Segel waren durch Geschützfeuer zerfetzt. Durch den wahnwitzigen Angriff der *Sparrow* zwischen den beiden Transportern heraus schon fast geschlagen, mußte der Kapitän der Brigg entweder achtern vorbeikreuzen oder wenden und dabei riskieren, daß sein Heck unter Beschuß geriet.

»Klar zur Wende, Mr. Buckle«, schrie Bolitho. »Gehen Sie auf Backbordbug, und folgen Sie der Wende der Brigg. Bug zum Heck!« Er grinste immer noch, aber er spürte, daß seine Lippen vor Anspannung rissig wurden, als seine Leute abermals an die Brassen stürzten. Ihre rußgeschwärzten Körper glänzten in der gleißenden Sonne. Wie düstere Dämonen holten sie, die Augen auf die Rahen gerichtet, die Brassen durch.

»Ree!« Buckle warf sich mit aller Kraft in die Speiche des Ruderrades. Bolitho sah den Bug herumschwingen. Im selben Augenblick brüllten die Kanonen auf. Graves hatte seine frischgeladene Batterie auf den Gegner abgefeuert.

Hinter dichtem Pulverdampf zeichnete sich das erste Transportschiff als dunkle Masse ab. Es lag jetzt etwa zwei Kabellängen entfernt.

»Stütz Ruder, Mr. Buckle!« Bolitho hörte eine Kugel über seinen Kopf sausen, und als er aufschaute, bemerkte er mitten im Besansagel ein sauberes Loch.

»Richten Sie Ihren Kurs nach der *Golden Fleece*, Mr. Buckle. Sie ist jetzt besser als jeder Kompaß.«

Er zuckte zusammen, als sich die *Sparrow* aufbäumte, einmal, zweimal, dann noch einmal – einige Geschosse waren in ihren Rumpf gefahren. Aber die Brigg war bereits übel dran. Sie trieb mit dem Heck voraus, ihr ganzer Fockmast hing wie ein gefallener Baum über ihrer Seite. In all dem Wirrwarr arbeiteten die Männer mit blitzenden Äxten, andere luden die Kanonen und feuerten weiter.

»Kurs liegt an, Sir! Nordwest zu Nord!«

Bolitho hob seinen Degen. Mit zusammengekniffenen Augen starrte er in das Sonnengeglitzer und beobachtete die Brigg, die wie betrunken schwankend ihre über Bord gegangene Takelage hinter sich herschleppte.

»Aufhören!« Der Degen blitzte in der Sonne. »Aufhören, Männer!«

Nicht ein Geschütz feuerte mehr. Nur dort, wo eine Kanone geladen wurde, war noch Bewegung an Deck.

Wieder krachte ein Geschoß in den unteren Teil des Rumpfes, und irgendwo schrie ein Matrose in Schmerzen auf, als ihn die surrenden Holzsplitter zu Boden schmetterten.

Trotz der blendenden Sonne sah Bolitho durch treibenden Qualm die zerfetzten Umrisse des Großmarssegels und das Aufblinken der Kajütenfenster der Brigg, während sie hilflos ihr Heck darbot.

»Feuer!«

Der Wind trieb den Rauch durch die Stückpforten herein über das Deck. Graves rannte von Geschütz zu Geschütz und brüllte mit heiserer Stimme seine Befehle.

Ein Schatten huschte durch den Qualm, und über all dem Getöse hörte Bolitho das splitternde Krachen eines Mastes. Er vermutete, daß das erbarmungslose Feuer der *Sparrow* den Mast zwischen den Decks abgeschlagen hatte.

Von der *Golden Vleece* wehte Hurragebrüll herüber, als die *Sparrow* noch einmal angriff. Im davonwehenden Rauch stand ein Mann auf dem zerfetzten Deck der Brigg und winkte zur Übergabe mit der Flagge. Das Schiff war vollkommen entmastet, und die langsame Breitseite hatte sein Heck ausgehöhlt. Es war zum Wrack zusammengeschossen, und die Besatzung mußte übel zugerichtet sein.

Tyrell starrte zu dem rauchgeschwärzten, zerschlagenen Rumpf hinüber. Seine Augen blitzten hell vor

Konzentration. Ihm zur Seite sprang Heyward in der Erregung auf und nieder.

Dann, bevor noch die Besatzung der *Sparrow* aus ihrer Benommenheit erwachte und das Gefühl des Sieges auskosten konnte, wurde die Luft durch eine ohrenbetäubende Explosion zerrissen. Spieren, Planken, ganze Deckteile, all das wirbelte um einen bösartig rotglühenden Kern herum, und über das Wasser rollte eine Stoßwelle wie von einem kleinen Taifun auf die Korvette zu.

Als der Rauch verweht war und die umherschwirrenden Fragmente ins Wasser prasselten, war von der Brigg nichts übriggeblieben als angesengtes Treibholz und eine Jolle, die merkwürdigerweise unbeschädigt kieloben abtrieb. Ein fliegender Funke, eine umgekippte Lampe oder irgendein Seemann, der zwischen den zerschmetterten Decks von Wahnsinn verwirrt eine Zündschnur in Brand gesetzt hatte, mochten das vollständige, fürchterliche Ende der Brigg verschuldet haben.

»Lassen Sie das Großsegel wieder setzen, Mr. Tyrell.«

Bolitho strich sich mit dem Handrücken über die ruß- und schweißverklebte Stirn.

»Wir müssen der *Miranda* helfen.«

Er wartete, bis Tyrell mit heiserer Stimme die verwirrten Seeleute wieder zur Vernunft gebracht hatte. Dann zischte er mit zusammengepreßten Zähnen: »Die Feinde sollen sehen, daß wir unser Leben immer noch sehr teuer verkaufen.«

Nach kurzer Zeit hatte die Korvette die *Golden Vleece* überholt, und Bolitho sah die verbissen kämpfenden Schiffe in etwa einer Meile Abstand liegen. Im wilden

Grimm des Gemetzels waren sie abgetrieben. Durch den Qualm, der ihre Rümpfe einhüllte, konnte er deutlich das Aufblitzen von Musketenfeuer und gelegentliches Aufflammen aus der Mündung einer Drehbasse beobachten.

Mit starker Schlagseite hing die Fregatte fast schon wie ein totes Wrack an ihrem größeren Feind. Auch ohne Fernglas sah Bolitho, daß sich das Handgemenge über die Back ausgebreitet hatte und immer mehr Angreifer mit Entermessern und Säbeln sich ihren Weg über das Deck der *Miranda* voranhackten.

»Wir werden wenden, Mr. Tyrell. Lassen Sie auf Steuerbordbug gehen, sobald wir etwas Seeraum gewonnen haben, und lassen Sie die andere Batterie zum Einsatz vorbereiten.«

Bolitho biß sich auf die Lippen, um seine jagenden Gedanken zu beruhigen. Ein rascher Blick nach oben zeigte ihm, daß der Stander so sicher und stetig wehte wie zuvor. Der Wind blies gleichmäßig aus Südsüdwest.

»Lassen Sie Mr. Graves aufs Achterdeck kommen.«

Als der Leutnant sich mit erschöpftem, eingefallenem Gesicht meldete, sagte Bolitho: »Ich möchte, daß das Steuerbord-Buggeschütz den Feind ständig unter Beschuß hält. Sobald wir über Stag gegangen sind, erwarte ich von Ihnen, daß Sie das Feuer auf jenes Schiff dort konzentrieren, gleichgültig, was sich sonst ereignen sollte.«

»Alles klar zur Wende, Sir«, rief Buckle.

Bolitho nickte. »Bitte legen Sie Ruder.«

»Ruder steht in Luv, Sir!«

Tyrell brüllte bereits durch sein Sprachrohr, und auf dem Vorschiff holten die Seeleute wie Teufel an den Schoten des Vorstengestagsegels. Mit killenden Segeln begann die *Sparrow* in den Wind zu drehen.

»Klar bei Brassen!«

Bolitho packte die Reling. Seine Augen schmerzten, als die Sonnenstrahlen wie Lanzen durch die Wanten zielten.

»Durchholen! Mit aller Kraft!«

Alle Rahen ächzten und knarrten gleichzeitig, während sie durch den Wind geholt wurden. Dann bauschten sich die Segel wieder und krängten das Deck nach der anderen Seite. Bolitho beobachtete, wie die beiden kämpfenden Schiffe sehr langsam zwischen den Fockmastwanten vorrückten, als ob sie in einem riesigen Spinnennetz gefangen wären.

»Stützen, Mr. Buckle!«

Er ging einige Schritte auf und nieder und bemerkte, daß Tyrell die Männer an den Brassen anfeuerte, die Rahen noch dichter zu holen, daß der tote Seemann vom Achterdeck verschwunden war und daß Ben Garby, der Schiffszimmermann, mit seinen Leuten durch das Achterdeck schlüpfte, um den Schaden dort zu inspizieren. Bolitho sah das alles und noch mehr, doch nicht mit jenem kühlen Abstand wie früher.

»Kurs liegt an, Sir!«

Bolitho nickte. Seine Gedanken beschäftigten sich mit den beiden Schiffen. Mit dichtgeholten Segeln hoch am Wind würde die *Sparrow* dreißig Minuten oder noch länger brauchen, um eingreifen zu können. Die *Miranda* war von den feindlichen Entermannschaften bereits überrannt. Von Anfang an war ihre Besatzung zahlenmäßig unterlegen gewesen, und in der ersten wilden Breitseite des Gegners mußten viele gute Männer gefallen sein.

»Feuer!«

Als der gedämpfte Schrei vorne erklang, sah Bolitho den Rauchpuff über die Back wehen und fühlte die schwere Erschütterung, als der Zweiunddreißigpfünder in seinen Taljen zurückdonnerte. Er griff nach dem Fernglas und sah das Geschoß nahe dem feindlichen Schiff mit einer hohen Wasserfontäne in die See platschen.

Mit heiserer Stimme murmelte Heyward: »Ziemlich nah.«

Bolitho schaute weg. Der mächtige ehemalige Westindienfahrer war mit etwa vierzig Kanonen bestückt. Wenn er seine Artillerie je zum Einsatz bringen würde, dann könnte er die *Sparrow* selbst mit einer schlecht gezielten Breitseite erledigen.

Wumm! Wieder löste sich ein Schuß aus dem Buggeschütz, und er beobachtete die Gischtfahnen, die von Woge zu Woge aufsprühten und die Geschoßbahn markierten. Abermals verschwand die Kugel neben dem feindlichen Schiff.

Sie werden uns hören und merken, daß wir kommen. Er versuchte seine Gedanken zu ordnen. Was sollte er nur tun? Den Transportern signalisieren zu fliehen? Nein, sie waren hoffnungslos überladen und viel zu langsam. Es würde nur ihren Todeskampf verlängern.

Über ihm killte der Besan, und Buckle verfluchte das Segel, bevor er die Rudergänger etwas abfallen ließ.

Ohne hinzuschauen, war sich Bolitho bewußt, daß er nicht so hoch am Wind segeln durfte, wenn er der *Miranda* noch rechtzeitig Hilfe bringen wollte.

Jemand trat hinter ihm heran. Es war Bethune.

Seine Arme hingen schlaff an den Seiten herunter, seine Hosen waren mit großen Blutflecken bedeckt, und die Hände des sterbenden Seemannes hatten dort, wo sie ihren letzten qualvollen Griff auf dieser Welt getan hatten, breite dunkle Blutwischer hinterlassen. Bolitho starrte ihn an.

»Mr. Bethune!« Er sah den jungen Burschen zusammenfahren. »Kommen Sie her!«

Er machte ein paar Schritte zur Reling und wieder zurück. Es war ein Versuch wert. Alles mußte jetzt versucht werden. Wenn sie die *Miranda* erst erreichten, nachdem sie dem Feind endgültig in die Hände gefallen war, dann würden die Decks der *Sparrow* bald so rot sein wie die Flagge über seinem Kopf.

Der Fähnrich wartete. »Sir?«

»Geben Sie sofort folgendes Signal.«

Er legte seine Hand auf Bethunes kräftige Schulter. Durch das Hemd konnte er seine Haut spüren. Wie Eis, trotz der Sonne!

»Signal, Sir?« Bethune starrte ihn an, als ob er falsch gehört hätte oder sein Kapitän verrückt geworden sei.

»Jawohl, an *Miranda*: Segel in Sicht in Nordost!«

Er packte härter zu: »Mann, bewegen Sie sich endlich!«

Bethune rannte davon. Mit schriller Stimme rief er nach seinem Gehilfen, und kaum eine Minute später wehten die bunten Signalflaggen im Wind. Voll Unglauben starrte Tyrell von den Flaggen zu seinem Kapitän, dann begann er langsam zu verstehen.

»Auf der *Miranda* gibt's kaum noch ein paar arme Teufel, die das sehen könnten«, meinte Buckle.

Tyrell hatte Bolithos Absicht erkannt. »Nein, aber die Freibeuter werden's sehen. Vielleicht glauben sie, daß eine Patrouille vom Geschwader unterwegs ist, um in den Kampf einzugreifen.«

Bolitho wartete, bis Graves das Buggeschütz wieder abgefeuert hatte. »Das ist alles, was wir im Augenblick tun können«, entschied er dann.

Minuten schleppten sich wie Stunden hin. Doch dann, als ein launischer Windstoß über die beiden ineinander verkeilten Schiffe hinfuhr, hielt Bolitho plötzlich den Atem an. Zwischen den dunklen Schiffsrümpfen öffnete sich ein schmaler heller Spalt, dann blinkte freies Wasser auf, wo vorher nur eine einzige schwere, in Rauch gehüllte Masse gelegen hatte. Die Lücke verbreiterte sich. Das Kaperschiff hatte Fock und Klüver gesetzt, um sich vom Gegner zu lösen. Endlich war die *Miranda* frei.

Die See zwischen den beiden Schiffen war mit Treibgut und zerrissenem Segelzeug bedeckt. Da und dort warf ein Mann verzweifelt die Arme hoch, um sich in den Knäueln treibender Menschen über Wasser zu halten.

Auf dem Geschützdeck der *Sparrow* erklang ein rauhes Hurra. Seeleute rannten an das Schanzkleid, um den Feind zu beobachten, der immer mehr Segel setzte.

Tyrells Grinsen gefror, als ihn Bolitho anfuhr: »Sehen Sie zu, daß die Leute das Maul halten!«

Er bemerkte, daß er seine Faust immer noch schmerzhaft um den Degengriff gekrampft hatte.

»Schauen Sie dorthin, Mr. Tyrell, kein Grund zum Hurrabrüllen heut.«

Der Leutnant wandte sich um und starrte zu den dunklen Umrissen der *Miranda* hinüber, zu den quirlenden Rauchwolken, zu den Seeleuten, die die

Brände zu löschen versuchten oder zwischen den Trümmern ihres Schiffes herumsuchten. Als sich die *Sparrow* näher heranschob, konnten alle die dünnen, scharlachroten Fäden sehen, die aus den Speigatten rannen, und die großen, ausgezackten Löcher in allen Teilen des Rumpfes.

»Geben Sie Befehl an Mr. Tilby, die Boote klarzumachen, rufen Sie den Arzt, und schicken Sie ihn mit hinüber.«

Kaum hörte Bolitho seine eigene Stimme. Sie klang wie zerbrochen, dumpf, unmenschlich. »Lassen Sie dann die Segel reffen und die Marssegel wegnehmen. Wir werden zunächst leewärts der *Miranda* bleiben.«

Er überhörte das Getrampel, als Tilbys Leute an die Bootstaljen rannten. Graves kam ausgemergelt nach achtern und wischte sich im Gehen Gesicht und Brust mit einem nassen Lumpen ab. Hoch oben über all dem Getriebe auf Deck zogen die Segel immer noch gut, obwohl sie viele Löcher hatten, die vor Einbruch der Dunkelheit noch geflickt werden mußten. Einige Stagen und Fallen waren gebrochen, und er wußte, daß der Rumpf öfter in der Nähe der Wasserlinie getroffen worden war. Aber die Pumpen schienen ausreichend zu arbeiten. Die *Sparrow* hatte alles wie ein alter Krieger hingenommen. Dalkeith eilte die Niedergangsleiter herauf. Die schwere Instrumententasche hielt er gegen die Brust gedrückt. Ströme von Schweiß rannen über sein angestrengtes Gesicht.

»Wie viele, Mr. Dalkeith?« Wieder hörte Bolitho seiner Stimme zu, als ob ein Fremder spräche.

Der plumpe Arzt starrte mit stumpfen Augen die Fregatte an.

»Zwei Tote, Sir, fünf durch Splitter verletzt.«

Bolitho versuchte, sich an den Mann zu erinnern, der an seiner Seite gefallen war. Manners, ja, so hatte er geheißen.

»Manners«, sagte er, »und wer war der andere?«

»Yelverton, Sir. Er wurde vorn beim Fockmast von einer Kugel getroffen.« Dalkeith blickte zu Boden. »Hat ihm den Kopf abgerissen.«

Graves war schon halbwegs die Leiter heraufgekommen, fuhr aber zurück, als Bolitho ihn ansprach. »Yelverton, haben Sie das gehört, Mr. Graves? Der einzige Mann, der seine Sinne beisammen hatte, als alle anderen zu blind waren, um die Wahrheit zu erkennen! Der Mann, den Sie unbedingt auspeitschen lassen wollten!«

Er wandte sich ab. »Nun, in Zukunft wird er Ihnen keine Schwierigkeiten mehr machen und wir ihm auch nicht.«

Mit halbblinden Augen sah er Stockdale am Fuß des Besanmastes warten. »Lassen Sie die Gig wegfieren. Ich werde Kapitän Selby aufsuchen und sehen, was getan werden muß.«

Aye, Sir!«

Im Wegeilen schaute Stockdale zu ihm zurück. Niemals zuvor hatte er seinen Kapitän so geschlagen und bewegt gesehen. Und zum ersten Mal wußte er nicht, wie er ihm helfen konnte.

Bolitho betrat seine Kajüte, schnallte den Degen ab und warf ihn auf die Sitzbank unter dem Fenster. Fitch und ein junger Seemann bemühten sich, die Einrichtungsstücke wieder an ihren alten Platz zu stellen. Ein anderer wischte die Rußflecken von der niedrigen Kajütendecke. Während eines Gefechtes blieben selbst die Wohnräume eines Kapitäns nicht verschont. Durch hastiges Wegreißen von Zwischenwänden war die Kajüte zu einer Verlängerung des Geschützdecks geworden. Zu beiden Seiten standen kurze, gedrungene Zwölfpfünder, die jetzt hinter Chintzvorhängen diskret verborgen wurden. Bolitho starrte die Kanonen an. Seine Augen waren trüb vor Müdigkeit. »Ein Hauch von Weiblichkeit!« Dann wandte er sich heftig nach Tyrell und Graves um, die ihm nach seiner Rückkehr von der *Miranda* in die Kajüte gefolgt waren.

In seinen Gedanken schwirrten so viele Fragen und Vermutungen, sein Gehirn war vom Anblick und von den Geräuschen an Bord der Fregatte so zerschlagen, daß er einige Augenblicke lang überhaupt nicht sprechen konnte.

Über der Kajütsdecke dröhnten Hämmer, Sägen raspelten. Die Besatzung arbeitete immer noch, um die Schäden auszubessern. Nachdem er eine Stunde an Bord der *Miranda* zugebracht hatte, überraschten ihn nun hier auf der *Sparrow* die Zielsicherheit und Ordnung, mit der seine eigene Besatzung sich an die Arbeit gemacht hatte. Die Szenerie, die er soeben verlassen hatte, stand in schrecklichem Gegensatz zu der Hingabe, mit der seine Leute alles, was im Gefecht zerstört worden war, wieder instand setzten.

Der Segelmacher hatte mit seinen Maaten die zerfetzten Segel von den Rahen genommen und neue angeschlagen. Mit Segelhandschuhen und blitzenden Nadeln hockten sie nun an Deck und flickten das zerschlissene Tuch. Garby, der Schiffszimmermann, hatte ihn an der Schanzkleidpforte erwartet und gemeldet, daß die Artillerie der Brigg keinen allzu großen Schaden angerichtet hatte. Seine Leute waren schon dabei, die zwei Einschüsse unter der Wasserlinie zuzupfropfen. Andere Beschädigungen sollten noch vor Sonnenuntergang repariert werden. Garby hatte rasch und berufsmäßig sachlich gesprochen. Wie alle Männer an Bord wehrte auch er sich dagegen, an das Schicksal der *Miranda* zu denken, das auch sie so leicht hätte treffen können.

Graves brach als erster das Schweigen in der Kajüte.

»Geschütze sind festgezurrt, Sir. Keine Schäden an Taljen und Pforten.«

Unter dem starren Blick Bolithos senkte er die Augen. »Besser, als wir hoffen konnten, Sir.«

Langsam fragte Tyrell. »Wie sieht es aus, drüben, Sir?«

Bolitho ließ sich in einen Stuhl fallen und streckte seine Beine vor sich hin. Seine Hosen waren vom Pulverqualm geschwärzt. Wie es dort aussah? Wieder tauchten vor seinen Augen die Bilder voll Tod und Grauen auf, die wenigen, unverletzten Leute, die sogar jetzt noch versuchten, das Wrack in Ordnung zu bringen. Rußflecken und große, allmählich eintrocknende Blutlachen, zerfetzte Menschen unter herabgestürzten Spieren und zerborstenen Planken verknäuelt. Es war ein Wunder, daß die *Miranda* sich noch über Wasser halten konnte.

»Sie hoffen dort, morgen ein Notrigg auftakeln zu können«, antwortete Bolitho. »Vorausgesetzt, daß der Wind nicht zulegt und die Pumpen nicht verstopfen, werden sie etwas Fahrt machen können.« Er rieb seine Augen mit den Knöcheln. Die Erschöpfung zwängte ihn wie ein Schraubstock ein.

»Einige der Verwundeten werden sofort auf die

Transportschiffe gebracht werden. Sie finden dort bessere Bedingungen zur Genesung.«

Wieder versuchte er, die Qual von seinen Gedanken abzuschütteln. Dort lagen Männer, die von Holzsplittern so entsetzlich verstümmelt waren, daß sie schon längst hätten tot sein müssen. Auf dem Achterdeck waren die blutigen Verluste so hoch gewesen, daß jetzt Fähnriche, ja sogar Seeleute für die Arbeiten verantwortlich waren. Als er an Bord geklettert war, hatte er den Ersten Leutnant der Fregatte angetroffen, der die Wiederaufrichtung der Besanstenge überwachte. Der Mann trug einen Arm in der Schlinge, und seine Stirn sah aus, als ob sie mit einem glühenden Eisen offengelegt worden wäre.

Graves atmete langsam aus. »Gegen solch schlechte Chancen haben sie sich gut gehalten.«

»Ja.«

Bolitho wollte seine Offiziere gern aus der Kajüte draußen haben, die Tür verriegeln und sich seine Unsicherheit nicht anmerken lassen.

»Ich habe eine Losung auf dem Schiff ausgegeben, Sir«, sagte Tyrell. »Ich glaube, unsere Leute wissen, wie zufrieden Sie ...«

Bolithos Stimme ließ ihn zurückfahren. »Zufrieden?« Er taumelte hoch. »Wenn Sie glauben, Grund zur Selbstzufriedenheit zu haben, Mr. Tyrell, dann behalten Sie das gefälligst für sich.«

Er schritt zu den Fenstern und wieder zurück. »Ich habe es selbst gesehen. In unseren Leuten steckt kein Siegesrausch. Sie sind erleichtert, nichts anderes als erleichtert. Sie sind dankbar, daß ihnen ein ähnliches Gemetzel erspart blieb, sie sind allzu eifrig bemüht, ihre eigenen Unzulänglichkeiten zu übersehen.«

»Aber das ist doch etwas ungerecht, Sir«, wandte Tyrell ein.

»Glauben Sie?« Er sank am Tisch nieder. Sein Zorn erschöpfte sich. »Raven hat den Maßstab gesetzt. Er sah, was er zu sehen erwartete, genau wie Kapitän Selby auf der *Miranda*. Und genau wie Sie, Mr. Tyrell, glaubten unsre Leute, daß ein Gefecht nichts anderes als eine Fortsetzung des Drills sei, ein paar Säbelhiebe, ein paar Flüche, und alles wäre schon in bester Ordnung. Vielleicht waren wir in der Vergangenheit zu siegreich und wurden nun von dieser neuen Art der Kriegsführung überrumpelt.«

Wieder entstand Schweigen in der Kajüte. Das beharrliche Hämmern irgendwo tief im Bauch des Schiffes wurde für Bolitho plötzlich beängstigend.

»Was werden wir jetzt tun, Sir?« fragte Graves mit belegter Stimme.

Bolitho blickte ihn ernst an. »Kapitän Selby ist tot, ist in der ersten Breitseite gefallen.«

Wieder schritt er zu den Kajütfenstern und schaute zu der treibenden Fregatte hinüber. In seinen Gedanken tauchte wieder der verwundete Erste Leutnant vor ihm auf, der Mann, der sein Schiff irgendwie längsseit des Gegners gebracht hatte. Das war das Äußerste, was er trotz der verheerenden Verluste und trotz der schweren Beschädigungen noch hatte tun können. Nun versuchte er, ohne andere Offiziere, unterstützt von einigen Bootsmannsmaaten, das fast Unmögliche, die Fregatte wieder notdürftig flottzumachen. Er mußte sein Schiff, so schnell es ging, in Sicherheit bringen, bevor es die See oder der Feind endgültig vernichteten.

Im schrecklichen Chaos der Kajüte Selbys hatte er

den Safe geöffnet und ohne Zögern die Depeschen an Bolitho übergeben. Jetzt, da er wieder in seiner Kajüte auf der *Sparrow* war, schien ihm diese Entwicklung der Ereignisse unglaubhaft. Er war der jüngste Kapitän von allen, und dann, fast im Handumdrehen, mußte er die volle Verantwortung für alle auf seinen Schultern tragen. Colquhoun und Maulby waren unerreichbar. Selby war tot. Er hatte seine Leiche gesehen. Auf dem zersplitterten Achterdeck war sie unter einem umgestürzten Neunpfünder eingeklemmt. Eine Hand hatte sich um den Degengriff gekrampft wie um einen nutzlosen Talisman.

Tyrells Stimme brachte ihn wieder in seine Kajüte zurück.

»Dann haben Sie also jetzt den Oberbefehl, Sir?«

Die Leutnants blickten ihn aufmerksam an. In ihren Gesichtern standen Zweifel und Besorgnis.

Bolitho nickte langsam. »Wir werden vor Einbruch der Dunkelheit mit dem Geleitzug weitersegeln. Vorher werden wir die Verwundeten auf die Transporter bringen und der Fregatte helfen, so gut wir können.« Er versuchte, nicht an die endlosen Probleme zu denken, die auf ihn einstürmten.

»Wenn wir, wie befohlen, Kontakt mit dem Geschwader aufgenommen haben, werden wir mit den Depeschen zum Hauptquartier weiterfahren.«

Seine Augen schweiften in der Kajüte umher. Alles erschien ihm plötzlich kleiner, seine Korvette verwundbarer.

»Und die *Miranda*, Sir?« Tyrells Stimme klang gedämpft.

Bolitho antwortete mit gleichgültiger und kühler Stimme. Er wußte, daß seine Leute alles Vertrauen in ihn verlieren würden, wenn er ihnen auch nur für einen Augenblick seine wahren Gefühle zeigte.

»Die Männer auf der *Miranda* werden tun, was sie tun müssen. Wir können nicht bei ihnen bleiben, und sie würden das auch gar nicht wünschen.«

Gischt prasselte gegen die dicken Fensterscheiben. Der Wind frischte bereits leicht auf.

Tyrell leckte über seine Lippen. Seine Augen starrten wie abwesend auf die entmastete Fregatte.

»Das ist alles«, fügte Bolitho hinzu. »Achten Sie darauf, daß alle Leute bis zur letzten Minute arbeiten.«

Wortlos verließen die Leutnants in ihren schmutzigen Hosen und Hemden die Kajüte.

Bolitho blickte Fitch an. »Sie können auch gehen. Ich möchte nachdenken.«

Nachdem Fitch und seine Helfer gegangen waren, stützte er seinen Kopf in die Hände und ließ seinen Körper entspannt in den unbehaglichen Schiffsbewegungen mitschwingen.

Wahrscheinlich hielt Tyrell ihn für herzlos, weil er das andere Schiff hilflos und ohne Begleitung zurückließ.

Bolitho kämpfte gegen seine Müdigkeit und Erschöpfung an und stand auf. Er wußte, daß ihn ihre Ansichten nicht kümmern durften. Sie standen im Krieg, den sie schon zu lange wie Zuschauer betrachtet hatten. Wenn sie lernen mußten, dann war es besser, das sofort zu tun. Dann erinnerte er sich wieder an den Leutnant auf der *Miranda,* an die Bitterkeit in seiner Stimme, als er das Gefecht beschrieb. Er konnte zu dem, was Bolitho bereits geahnt und gewußt hatte, kaum etwas hinzufügen. Nur eines war neu für ihn, der Name des großen Kaperschiffes. *Bonaventure.* Niemals würde er diesen Namen vergessen.

Es klopfte an die Tür. Lock trat ein. Mit düsterem Gesicht begann er eine Liste jener Vorräte herunterzulesen, die in dem kurzem Kampf mit der Brigg verlorengegangen waren.

Bolitho blickte ihn an und sagte mit ruhiger Stimme: »Nun, machen Sie mir eine komplette Aufstellung, Mr. Lock. Wir werden dann später darüber reden.«

Es war sinnlos, an das zu denken, was vorüber war. Er stand nun ganz allein, und nur die Zukunft und der ferne Horizont hatten wirklich noch Bedeutung für ihn.

V Der Auftrag

»Das Wachboot kommt, Sir!«

Bolitho nickte. »Danke.«

Er hatte es schon gesehen, sich aber auf die hintereinander verschobenen Umrisse der vor Anker liegenden Schiffe konzentriert. Ein mächtiger Zweidecker zeigte am Besan die Konteradmiralsflagge.

Dann streifte er mit einem raschen Blick die eifrige Arbeit auf dem Geschützdeck. Zum ersten Mal, seitdem sie Antigua verlassen hatten, trafen sie Vorbereitungen, Anker fallen zu lassen.

Zehn Tage waren vergangen, seit die verwüsteten Umrisse der *Miranda* mehr und mehr zurückgefallen und endlich ganz hinter dem Horizont verschwunden waren. Es waren Tage quälender Ungeduld gewesen. Wiederholt hatten sie Segel kürzen müssen, um den schwerfälligen Transportschiffen nicht davonzulaufen. Als sie dann endlich auf eine Fregatte des Küstengeschwaders stießen, hatten sie keine Freiheit erlangt, sondern abermals eine Verlängerung der Reise auf sich nehmen müssen. Die *Sparrow* hatte die Verantwortung über die Transporter nicht abgeben können, noch durfte sie geraden Weges die Küste anlaufen, um das Löschen der Ladungen zu überwachen. Statt dessen mußte sie mit allen Depeschen nach New York segeln. Der Kapitän der Fregatte hatte in seiner Ungeduld weiterzureisen nur einen Fähnrich mit seinen Befehlen zur *Sparrow* hinübergeschickt. Aus dem wenigen, das er bemerkt hatte, schloß Bolitho, daß die Fregatte drei Wochen lang patrouilliert und darauf gewartet hatte, ihre Nachrichten an den Geleitzug weiterzugeben, und nur den einen Wunsch hatte, mit der Sache weiterhin nichts mehr zu tun zu haben. Er wandte seinen Blick dem Wachboot zu, das sich sanft in der atlantischen Dünung wiegte. Eine große, blaue Flagge flatterte an seinem Bug, um die Stelle zu markieren, wo die Korvette ankern sollte.

Das Ruderrad knarrte und ächzte, als Buckle seine Anweisungen an die Rudergänger weitergab. Vorne auf der Back hob sich die Gestalt Leutnant Garves' dunkel von dem glitzernden Wasser ab. Er wartete auf den Befehl, den Anker fallen zu lassen, Bolitho hörte jemand lachen und sah die Transportschiffe schwerfällig auf einen anderen Ankerplatz zuschwanken. Seeleute liefen dort nun auf die Rahen hinaus und tuchten die Segel auf.

Dalkeith blickte Bolitho an. »Froh, sie von hinten zu sehen, Sir?« Er wischte sich das Gesicht mit einem Taschentuch ab.

»Sie sind viel zu lange mit uns gefahren, dachte schon, wir hätten die Biester im Schlepp.«

Der Geschützführer kletterte halb an der Leiter hoch und fragte: »Feuererlaubnis für den Salut, Sir?«

Bolitho nickte. »Bitte, Mr. Yule.«

Er wandte sich ab. Hätte ihn der Artillerist nicht an die Salutschüsse erinnert, hätte er, ganz in Gedanken an die nächste Zukunft, diese Formalität vergessen.

Als die *Sparrow* mit aufgegeiten Segeln, nur unter Marssegeln und Klüver, sanft auf das Wachboot zuglitt, erzitterte die Luft vom regelmäßigen Donnern der Geschütze, die der Konteradmiralsflagge den Respekt erwiesen.

Bolitho hätte gern mit Bethunes großem Fernglas die anderen Schiffe beobachtet, aber er vermutete, daß nun zu viel andere Gläser auf ihn gerichtet seien. Seine natürliche Neugier könnte als Unsicherheit ausgelegt werden oder als die Aufgeregtheit eines jungen, unerfahrenen Kapitäns, der einen fremden Ankerplatz anlief. So zwang sich Bolitho, an der Luvseite ruhig auf und ab zu gehen. Mit Befriedigung stellte er fest, daß alles nicht benützte Tauwerk entweder belegt oder säuberlich an Deck aufgeschossen war. Vom Gefecht mit der Brigg war an der *Sparrow* nichts mehr zu bemerken. In den zehn Tagen waren alle Möglichkeiten genützt worden, neue Planken einzuziehen und zu malen.

Tyrell stand mit dem Sprachrohr unter dem Arm an der Reling. Im blauen Rock und dem Dreispitz auf dem Kopf kam er ihm wieder sehr fremd vor, ein Unbekannter wie an jenem Tag, an dem er nach dem Besuch auf dem Flaggschiff in seine Kajüte gestapft war.

Die Rauchfahne des letzten Salutschusses trieb voraus über die Männer am Ankergeschirr hin, und Bolitho wandte nun alle Aufmerksamkeit der letzten Kabellänge zu, die sie noch vom Ankergrund trennte. Zu beiden Seiten lagen andere Schiffe. Sie sahen recht eindrucksvoll und unzerstörbar aus.

Langsam hob Bolitho die Hand.

»Lee brassen, Mr. Tyrell. Klar zur Wende.«

Warum nur war er so beunruhigt? Lag hinter den knappen Befehlen der Fregatte vielleicht Dunkles verborgen? Er versuchte, die Besorgnis aus seinen Gedanken zu vertreiben. Schließlich hatte die langsame Reise mit den Transportschiffen ihn vor Ungeduld halb krank gemacht, wieviel schlimmer mußte das für die einsame Fregatte gewesen sein.

Tyrells Stimme löste den Jammerchor der kreisenden Möwen aus, die schon seit Tagen die *Sparrow* begleitet hatten.

»Marssegel schoten!« Er blinzelte in das Sonnenlicht und beobachtete die flinke Arbeit der Männer hoch über Deck.

»Marssegel, Geitaue! Vorwärts, Leute!«

Bethunes Stimme übertönte die gebrüllten Befehle und das flappende Schlagen der Segel.

»Vom Flaggschiff an *Sparrow*, Sir. Kapitän an Bord melden.«

Bolitho nickte. »Bestätigen.«

Der Admiral schien es recht eilig zu haben.

»Ruder legen!«

Sanft und mühelos drehte die *Sparrow* ihren Klüverbaum gegen den Wind. Die Toppsgasten wetteiferten miteinander, die störrischen Segel aufzutuchen.

»Fallen Anker!«

Mit kurzem Platschen tauchte der Anker in die See

und sank auf den Grund. Noch bevor sich Graves umwandte, um dem Achterdeck das Zeichen zu geben, daß der Anker gefaßt hatte, brüllte Tilby, der Bootsmann, bereits nach den Leuten, die die Gig ausschwenken sollten.

Tyrell kam nach achtern und tippte an den Hut.

»Hoffentlich gibt's gute Nachrichten, Sir!«

»Danke.«

Bolitho fragte sich, wie es wohl in Tyrells Gedanken aussehen mochte. Er war nach seiner heimatlichen Küste zurückgekehrt. Sandy Hook. Auf seines Vaters Schoner mußte er hier oft entlanggesegelt sein. Aber außer einer zurückhaltenden Wachsamkeit, die er seit dem Gefecht zeigte, verrieten seine Züge nichts von dem, was er dachte. Tyrell hatte keine Mühen gescheut, die Schäden am Schiff zu reparieren. Er hatte eine Art, die man im ersten Augenblick als lässig, ja sogar flüchtig bezeichnen würde. Aber es gab keinen Zweifel an seinen Fähigkeiten oder an der Schärfe seiner Worte, wenn jemand töricht genug war, sein Gebaren für Schwäche zu halten.

»Ich glaube nicht, daß ich lange auf dem Flaggschiff sein werde.« Bolitho sah zu, wie die Besatzung der Gig sich über die Seite ins Boot hinunterschwang.

»Vielleicht wird Sie der Admiral zum Essen einladen, Sir.« Tyrells Augen zwinkerten mit verhaltenem Lächeln. »Ich glaube, die alte *Parthian* ist für ihre gute Küche berühmt.«

»Gig ist klar, Sir«, rief Stockdale.

Bolitho sah Tyrell an. »Treffen Sie die erforderlichen Maßnahmen zur Frischwasser- und Proviantübernahme. Ich habe Mr. Lock bereits gesagt, er solle sehen, frisches Obst zu beschaffen.«

Tyrell folgte ihm bis zur Schanzkleidpforte, wo die Seitenwache angetreten war.

Nach kurzem Zögern sagte er leise: »Wenn Sie irgend etwas erfahren könnten, was mit . . .« Er zuckte die Achseln. »Aber ich glaube, Sie werden zu viel zu erledigen haben.«

Bolitho ließ seine Augen über die Seeleute schweifen. Hatte er sie kennengelernt, seitdem er das Kommando übernommen hatte? Wußte er überhaupt, was sie von ihm dachten?

»Ich werde tun, was ich kann«, antwortete er dann. »Vielleicht hat Ihr Vater irgendeine Nachricht für Sie geschickt.«

Tyrell starrte ihm nach, wie er ins Boot kletterte. In seinen Ohren schrillten die Bootsmannspfeifen.

Als Bolitho durch eine vergoldete Gangwaypforte die *Parthian* bestieg und mit dem Hut zum Achterdeck hin grüßte, fühlte er sich augenblicklich an die *Trojan* erinnert, an das Leben, das er erst vor kurzer Zeit hinter sich gelassen hatte. All die bekannten Gerüche, die vertrauten Bilder stürmten auf ihn ein, und er wunderte sich, daß er schon so vieles aus jenen Tagen vergessen hatte.

Ein Leutnant führte ihn zur Kajüte des Flaggkapitäns und nahm ihm die Depeschen und einen Postsack ab, den die *Miranda* aus England mitgebracht hatte.

»Der Admiral wird das zuerst lesen wollen, Sir.« Seine Augen glitten rasch über Bolithos neuen Uniformrock. Vielleicht suchte er nach einer Antwort auf die ständige Frage: Warum er und nicht ich?

Eine ganze, endlos sich dehnende Stunde lang mußte Bolitho warten. Um sich selbst davon abzuhalten, immer wieder nach der Uhr zu sehen, zwang er sich, auf die Geräusche an Bord zu achten, auf den altbekannten Lärm einer wimmelnden Gemeinschaft, die in einem einzigen mächtigen Schiffsrumpf zusammengepfercht war. Er brauchte seine Einbildungskraft kaum zu bemühen, um Kapitän Pears' schneidende Stimme tadeln zu hören: »Mr. Bolitho, sehen Sie denn nicht, daß die Luv-Fockbrasse so lose ist wie ein Sauschwanz? Bei meiner Seele, Sir, Sie werden sich mehr anstrengen müssen, wenn Sie weiterkommen wollen.«

Er lächelte wehmütig, als der Leutnant endlich zurückkehrte und ihn ohne weitere Umstände nach achtern in die große Heckkajüte führte. Sir Evelyn Christie, Konteradmiral und Kommandeur des Küstengeschwaders, fächelte sein Gesicht mit einer Serviette, und nach einem prüfenden Blick auf Bolitho sagte er kurz: »Ein Glas Bordeaux, Kommandant?«

Er wartete nicht auf eine Antwort, sondern winkte seinem Diener, einem prächtig aussehenden Mann in roter Jacke und leuchtendgelben Hosen.

»Ich war ein wenig überrascht, den Bericht mit Ihrem Namen unterzeichnet zu sehen.«

Die Augen des Admirals waren auf den Bordeaux gerichtet, als ob er den Diener warnen wollte, nur ja keinen Tropfen zu verschütten.

»Sie schreiben, daß Ransome am Fieber gestorben ist.«

Er nahm sein Glas und prüfte es kritisch.

»Eine verdammt faule Sache. Wenn Sie mich fragen, war er ein junger Fatzke, zuviel Geld und verdammt keine Ehrlichkeit.«

Nachdem er Ransome so mit ein paar Worten abgetan hatte, fuhr er ruhig fort: »Ich nehme an, daß Sie sich über die Änderung der Pläne Gedanken gemacht haben, eh?«

Bolitho fühlte, wie ein Stuhl hinter seine Beine geschoben wurde, und bemerkte, daß es der schweigende Diener irgendwie fertiggebracht hatte, geräuschlos und fast ohne sich zu bewegen, ein Glas Bordeaux auf einem kleinen Tischchen abzustellen und einen Stuhl zu holen.

Der Admiral runzelte die Stirn. »Beachten Sie ihn nicht. Der Kerl ist ein Narr.« Mit Schärfe fügte er hinzu: »Nun?«

Bolitho war ein wenig aus der Fassung gebracht.

»Ich erwartete, daß ...«

Konteradmiral Christie unterbrach ihn: »Ja, natürlich, das kann ich mir denken.«

Er machte eine Pause und hielt seinen Kopf schief wie ein gereizter Vogel. »Der Bordeaux, ist er gut?«

»Sehr gut, Sir Evelyn!«

»Hmm.« Der Admiral ließ sich vorsichtig in einem vergoldeten Sessel nieder. »Hab' ihn im vergangenen Mai einem Blockadebrecher abgenommen. Schmeckt angenehm.«

Über ihm krachte irgendein Metallgegenstand auf das Deck. Der Admiral fuhr hoch und zischte seinen Diener böse an: »Gehen Sie und melden Sie dem Wachoffizier mit meiner freundlichen Empfehlung, daß ich ihn persönlich zur Verantwortung ziehen werde, wenn ich während dieser Unterredung noch einen einzigen unpassenden Laut höre.«

Der Diener stürzte aus der Kajüte, und in den Zügen des Admirals erschien ein leichtes Grinsen.

»Man muß sie in Trab halten, das ist meine Antwort.

Man darf ihnen nicht zuviel Zeit zum Nachdenken geben.«

Im nächsten Augenblick ging er wieder auf anderen Kurs.

»Tatsache, Bolitho, die Dinge stehen nicht sehr gut für uns. Gott sei Dank sind wenigstens Sie ein Mann, der seine Befehle zu befolgen weiß. Vielleicht hätte ich an Ihrer Stelle gesagt, zum Teufel, wegen so einem verdammten Patrouillenboot herumzulungern. Am Ende wäre ich gar so weit gegangen, die Transportschiffe direkt der Armee zu übergeben.«

Bolitho horchte auf. Es klang zwar ziemlich echt, aber vielleicht wollte der Admiral eine gewisse Kritik durchblicken lassen. Vielleicht meinte er, daß er selbst die Initiative hätte ergreifen und seine ursprünglichen Befehle befolgen sollen, anstatt so zu handeln, wie er es getan hatte.

Aber die nächsten Worte des Admirals nahmen diese Besorgnis wieder von ihm.

»Sie konnten das natürlich nicht wissen, aber die Armee ist im Begriff, Philadelphia zu räumen. Rückzug!« Er betrachtete sein leeres Glas. »Klingt besser als Flucht, aber es bedeutet letztlich dasselbe.«

Bolitho war wie betäubt. Gelegentliche Rückschläge konnte er verstehen. Dieser Krieg war so ausgedehnt, die Gebiete so weit und unbekannt, daß man einen Kriegsplan im alten Stil nicht erwarten konnte. Aber es war undenkbar, Philadelphia, die wichtigste Garnison am Delaware, zu räumen. Trotz seiner Vorsicht fuhr es ihm heraus: »Aber das war doch sicher unnötig, Sir? Ich dachte, wir hätten alle amerikanischen Forts und Vorposten am Delaware im vergangenen Jahr zerstört?«

Der Admiral beäugte ihn scharfsinnig. »Das war im vergangenen Jahr, bevor sich Burgoyne bei Saratoga ergab. In diesem ganzen Gebiet wimmelt es jetzt von feindlichen Kundschaftern und ausländischen Banden.«

Er entfaltete eine Karte. »Mit meinem Geschwader muß ich Patrouillen segeln und die ganze dreihundert Meilen lange Küste überwachen – von New York bis zum Kap Henry an der Chesapeake Bay. Die Gegend ist ein Labyrinth. Meeresarme und Flüsse, Buchten und Schlupfwinkel, wo Sie einen Dreidecker auf eine Meile Distanz nicht ausmachen können. Und jeden Tag ist die See voll von Schiffen. Vom Norden bis zum Spanischen Meer und zur Karibischen See im Süden. Holländer, Portugiesen, Spanier, und die meisten von ihnen versuchen, mit Waren und Geschützen für den Feind durch meine Patrouille zu schlüpfen.«

Er goß wieder zwei Gläser Bordeaux ein.

»Aber jetzt, da Sie diese Depeschen gebracht haben, kennen wir erst das wahre Ausmaß der Gefahr. Die Franzosen haben endlich Farbe bekannt. Ich habe bereits den Oberkommandierenden und alle höheren Offiziere hier benachrichtigt.«

Er lächelt. »Sie haben Ihre Sache gut gemacht, Bolitho. Niemand konnte von einem neu ernannten Kapitän erwarten, daß er so gehandelt hätte, wie Sie es getan haben.«

»Danke, Sir.«

Bolitho scheuchte die Kehrseite des Bildes aus seinen Gedanken. Wenn er mit den wertvollen Transportschiffen in eine feindliche Falle gesegelt wäre, hätte der Admiral ganz anders zu ihm gesprochen.

»Schade um die *Miranda*, wir haben einen schrecklichen Mangel an Fregatten.«

»Was die *Bonaventure* betrifft, so möchte ich gern wissen . . .«

»Sie sind ein Mann, der dauernd etwas wissen möchte.«

Der Admiral lächelte immer noch. »In manchen Fällen kein allzu großer Fehler. Ich kannte Ihren Vater. Ich hoffe, es geht ihm gut?«

Er wartete nicht auf die Antwort und schien auch keine zu erwarten. Eilig sprach er weiter: »Ich bin gerade dabei, neue Einsatzbefehle für Sie abzufassen. In der Hast des Rückzugs haben die Militärs unglücklicherweise eine zum Hauptquartier gehörende Kompanie verloren.«

Trocken fügte er hinzu: »Unter uns gesagt, auch ich hätte in diesem Zusammenhang einiges wissen wollen, was unsre militärischen Kollegen an Land betrifft. Mir scheint, daß einige von ihnen nicht genügend Hirn im Schädel haben, ihren Diensträngen gerecht zu werden.«

Er seufzte tief. »Aber wenn auch, wer bin ich schon, sie zu verurteilen? Wir sind da besser dran. Wir tragen unsre Wohnungen, unsre Lebensart mit uns herum wie die Seeschildkröten. Wir können uns nicht gut mit irgendeinem lumpigen Infanteristen vergleichen, der, mit Gepäck und Muskete beladen, fußkrank und halbverhungert seines Wegs stolpert. Er muß verhandeln, um vom Land leben zu können, er muß gegen Schatten kämpfen und wird von amerikanischen Waldbewohnern beschossen, oder er kommt gar mit gut gedrillten Truppen ins Handgemenge.«

Bolitho beobachtete ihn neugierig. Letzten Endes

war an dem Admiral nichts Ungewöhnliches, nichts anderes, als man von einem Mann erwartete, der durch Autorität und Befehlsgewalt hervorgehoben war. Aber gewiß wohnte hinter seinen Zügen ein messerscharfer Verstand, der es ihm erlaubte, von einem Gesichtspunkt zum anderen zu schweifen, ohne den Überblick zu verlieren.

»Übrigens, was ist die *Bonaventure* für ein Schiff?«

»Sie ist groß und schnell, Sir.«

Bolithos Gedanken kehrten wieder zu dieser Besprechung zurück. »Mindestens vierzig Kanonen und gut geführt. Ich bin sicher, daß sie das Schiff war, das uns folgte. Und sie konnte uns ohne weiteres überholen, als ihr Kapitän den rechten Augenblick für gekommen hielt.« Er wartete, doch das Gesicht des Admirals war eine undurchdringliche Maske.

»Sie ist einer Fregatte durchaus gewachsen.«

»Das ist wichtig. Ich werde Nachforschungen über ihre Herkunft anstellen.« Er öffnete seine Uhr. »Ich möchte, daß Sie noch heute in See gehen und diese vermißte Infanteriekompanie finden, bevor sie in Gefangenschaft gerät.«

Bolitho starrte ihn an. »Aber Sir, ich habe meine Befehle!«

»O ja!« Er stieß ruckartig sein Kinn vor. »Und jetzt haben Sie meine Befehle, eh?«

Bolitho lehnte sich in seinem Stuhl zurück. »Ja, Sir.«

»Ich vergaß zu erwähnen, daß die Soldaten Goldbarren transportieren, wieviel, das weiß Gott allein. Manchmal fällt es mir schwer, mein militärisches Gedächtnis in genaue Einzelheiten aufzugliedern. Gewiß aber sind es ziemlich viele. Kriegsgewinne, Armeesold, Beute, was es auch sein mag. Sie können sich drauf verlassen, daß es sich um hohe Werte handelt.« Er lächelte. »Bei der Kompanie befindet sich übrigens auch ein echter General!«

Bolitho goß den Bordeaux in einem einzigen Schluck hinunter.

»Ein General, Sir?«

»Gewiß, und beachten Sie, daß er gute Beziehungen hat und nur wenig Geduld.«

Mir ruhiger, sachlicher Stimme fuhr er fort: »Ihr Eintreffen hier ist ein Gottesgeschenk. Ich habe derzeit nur eine kleine Brigg zur Verfügung, die ich sehr ungern geschickt hätte.«

Bolitho schwieg. »Verloren hätte«, meinte der Admiral wohl in Wirklichkeit.

»Es sind Vorbereitungen getroffen worden, Ihnen einige Armeekundschafter mitzugeben, und außerdem ist eine kleine Abteilung bereits unterwegs, um mit den Vermißten Verbindung aufzunehmen.«

Er machte eine Pause, bevor er in gleichmäßigem Tonfall weiterredete: »Sie werden unter Oberst Foleys Kommando stehen. Er kennt das Gebiet wie seine Hosentasche. Sie müssen sich also seiner Erfahrung unterordnen.«

»Ich verstehe, Sir.«

»Gut, ich werde Ihnen die schriftlichen Befehle ohne Verzögerung zukommen lassen.« Wieder ein Blick auf die Uhr. »Ich erwarte, daß Ihr Schiff vor Einbruch der Dunkelheit klar ist zum Anker lichten.«

»Darf ich fragen, wohin ich zu segeln habe, Sir?«

»Nein. Es ist alles in Ihren Befehlen festgelegt. Ich möchte nicht, daß ganz New York schon jetzt davon erfährt. General Washington hat hier viele Freunde. Und manch einer von uns wartet nur darauf überzulaufen, sobald die Dinge für die britische Krone schlecht aussehen.«

Er gab Bolitho die Hand. Die Besprechung war zu Ende.

»Seien Sie vorsichtig, Bolitho. England wird alle seine Söhne noch brauchen, wenn es überleben will. Dieser verdammte Krieg sollte ohne allzu große Opfer gewonnen werden. Aber wenn Sie bei diesem Abenteuer Erfolg haben, dann beweisen Sie, daß Sie gegen alles, was Ihnen noch bevorsteht, gewappnet sind. Sie würden dann mit größerem Ruhm, als es Ihrem Dienstrang entspricht, zu Ihrer Flottille zurückkehren.«

Einigermaßen benommen und verwirrt kehrte Bolitho zur Schanzkleidpforte zurück. Seine Gedanken wälzten die Worte des Admirals um und um.

»Diesmal grüßte ihn der Flaggkapitän persönlich. »Hat er Ihnen erzählt, was er von Ihnen verlangt?«

»Ja.«

Der Kapitän musterte Bolitho gedankenvoll. »Der Bruder des Generals ist ein Mitglied der Regierung. Ich dachte, ich sollte Ihnen das sagen.«

Bolitho zog seinen Hut tiefer in die Stirn. »Danke, Sir, ich werde versuchen, mich daran zu erinnern.«

Der Kapitän lächelte über seinen ernsthaften Gesichtsausdruck. »Ihr jungen Leute habt immer Glück!« Sein Lachen erstickte im Schrillen der Pfeifen, als Bolitho wieder in seine Gig kletterte.

Um das Ende der letzten Hundewache stieg Bolithos Passagier, Oberst Hector Foley, aus dem Wachboot an Deck der *Sparrow.* Er stand in den frühen Dreißigern. Eine Hakennase und tiefliegende braune Augen im dunkelhäutigen Gesicht unterstrichen sein gutes Aussehen. Seine äußere Erscheinung schien dem tadellosen Scharlachrock und den weißen Hosen eines britischen Infanterieoffiziers zu widersprechen. Er blickte sich in der Kajüte um und bedankte sich nur mit leichtem Nicken, als Bolitho ihm sein Schlafabteil und die Koje anbot. Dann ließ er sich in einen der Stühle fallen. Er war hochgewachsen und hielt sich sehr aufrecht, und wie Bolitho mußte er aufpassen, wenn er sich zwischen den niedrigen Decksbalken bewegte. Er zog seine Uhr und sagte mit ruhigem Ton: »Ich schlage vor, Sie lesen Ihre Befehle, Kapitän. Wenn wir Glück haben, beschränkt sich Ihr Anteil an dem Unternehmen nur auf den Transport.«

Bolitho konnte weder ein Lächeln noch sonst eine Gefühlsregung an ihm entdecken. Seine hochmütige, verschlossene Art hatte etwas Verletzendes und Aufreizendes. Sie schien Bolitho von den vitaleren Aspekten seiner sonderbaren Mission zu distanzieren.

Die Befehle waren schnell gelesen. Er sollte in größtmöglicher Eile etwa hundertfünfzig Meilen nach Süden an der Küste New Jerseys entlangfahren. Wenn er es für möglich und ratsam hielt, sollte er dann im Schutz der Dunkelheit in die Delaware-Bucht einlaufen. Genaue Entfernung und Position würden ihm von Oberst Foley angegeben. Er las die Order nochmals langsam durch. Dabei hörte er ständig, wie Foleys blankgewichste Stiefel sanft auf das Deck neben dem Tisch tappten.

»Wenn er es für möglich und ratsam hielt!« Diese Passage schien mehr als alles andere auszusagen, und er mußte abermals an Colquhouns prophetische Worte denken. Die Order bedeutete schlicht und klar, daß alle Verantwortung bei ihm lag. Foley konnte vorschlagen, was er wollte, und einen Landeplatz oder Treffpunkt in völliger Unkenntnis der seemännischen Probleme aussuchen. Und Bolitho sollte das Schiff nah an die Küste heranbringen und durch kaum vermessene Kanäle in Gewässer vordringen, wo selbst ein Halbblinder den Grund sehen konnte.

Er blickte auf. »Können Sie mir nicht mehr mitteilen, Sir?«

Foley zuckte die Achseln. »Ich habe zwanzig Scouts mitgebracht. Sie werden den ersten Kontakt herstellen müssen.«

Die Pfandfinder waren kurz vor dem Oberst angekommen. Sie waren Kanadier, und in ihren Lederkleidern und Pelzmützen, in der schludrigen Lässigkeit ihres Gehabes schienen sie nichts Soldatisches an sich zu haben.

Bolitho hatte sie beobachtet, wie sie auf dem Geschützdeck herumlümmelten, ihre verschiedenen Waffen reinigten oder träge und mit belustigter Geringschätzung die arbeitenden Seeleute bespöttelten.

Foley schien seine Gedanken zu lesen. »Sie sind gute Soldaten, Kapitän. Sehr erfahren in dieser Art der Kriegsführung.«

»Ich dachte, daß Sie ähnliche Unterstützung auch hier im Lande hätten finden können, Sir.«

Foley betrachtete ihn kalt. »Ein Amerikaner ist ein Amerikaner. Ich möchte mich lieber auf keinen von ihnen verlassen müssen, wenn ich andere Leute bekommen kann.«

»Dann scheint es wenig sinnvoll zu sein, den Krieg fortzusetzen. Sir!«

Zum ersten Mal lächelte Foley. »Was ich brauche, ist

unbedingtes Vertrauen zu meinen Männern. Idealisten brauche ich nicht.«

Stockdale öffnete die Tür und fragte mit seiner heiseren Stimme: »Sind Sie bereit für die Offiziere, Sir? Gerade hat es acht Glasen geläutet.«

»Ja.«

Bolitho zerrte an seiner Halsbinde. Er ärgerte sich, daß Foleys Hochmut ihn so leicht aufbrachte.

Fitch eilte in die Kajüte und zündete zwei Lampen an, denn trotz der frühen Abendstunde wurde es bereits dämmrig. Der Himmel war ungewöhnlich stark bedeckt, der Wind schralte nach Westen und brachte einen Geruch nach Regen mit. Auch war es heiß und stickig, und als sich die Offiziere in die enge Kajüte gedrängt hatten, war es fast unerträglich.

Bolitho wartete, und als eine kleine Verzögerung eintrat, hörte er wieder das leise Tappen von Foleys Stiefel. Aus der Messe wurden Stühle hereingebracht, und mit unbeholfenem Schieben und Schlurfen fand endlich jeder seinen Platz.

Dann begann Bolitho: »Wir werden, sobald die Besprechung zu Ende ist, Anker aufgehen. Mr. Tyrell, ist alles vorbereitet?«

Tyrells Augen waren auf den Oberst geheftet. »Aye, Sir.«

»Mr. Buckle?«

»Alles klar, Sir.«

Bolitho blickte auf die sorgfältig abgefaßten Einsatzbefehle. Er erinnerte sich an die Überraschung Tyrells, als er vom Admiral zurückkehrte.

»Aber wir hatten noch keine Zeit, Wasser zu übernehmen, Sir«, war er herausgeplatzt.

Der Admiral hatte hinsichtlich der Geheimhaltung

zu seinen Worten gestanden. Er erlaubte den Booten der *Sparrow* nicht, an Land zu fahren, was sie auch immer als Grund angaben.

Ein Glück, daß er nichts davon erfahren hatte, daß Lock sich von einem vorbeifahrenden Leichter hatte an Land bringen lassen.

Genauso heimlich war er wieder mit einigen großen Fässern voll Zitronen und einem ungewöhnlich bekümmerten Gesicht zurückgekehrt. Er hatte in der Eile keinen besonders günstigen Preis aushandeln können.

»Wir werden auf Südkurs segeln und in die Delaware-Bucht einlaufen«, sagte Bolitho. »Dort werden wir mit der Armee zusammenarbeiten und an Bord der *Sparrow* ...«

Foley unterbrach ihn lässig: »Ich denke, das genügt für den Augenblick, Kapitän.« Ohne Bolitho anzuschauen, fügte er noch hinzu: »Also, meine Herren, es ist Ihre Pflicht, dafür zu sorgen, daß dieses Schiff zur rechten Zeit den rechten Ort erreicht und kampfbereit ist, falls es zur Durchführung dieser Mission notwendig werden sollte.«

Die Seeoffiziere drehten sich auf ihren Stühlen, und Bolitho bemerkte, daß die beiden Fähnriche ihn überrascht anstarrten. Foleys deutlich sichtbarer Oberbefehl mußte ihnen sonderbar vorkommen.

»Ein übles Stückchen Küste dort unten, Sir«, murmelte Buckle. »Eine Menge Untiefen und Sandbänke.« Er saugte die Luft geräuschvoll zwischen den Zähnen ein. »Schlimm.«

Foley blickte Bolitho an. In seinen tiefliegenden Augen zeigte sich Verärgerung. »Wir sind doch wohl nicht hier zusammengekommen, um die Fähigkeiten Ihrer Offiziere zu erörtern, oder?«

Bolitho erwiderte den Blick des Obersten. Er war plötzlich sehr ruhig. »Gewiß nicht, Sir, ich verbürge mich für meine Leute.« Er schwieg einen Augenblick und fuhr dann fort: »Ebenso bin ich sicher, daß Sie sich für Ihre Leute verbürgen, wenn es an der Zeit ist.«

Während des peinlichen Schweigens hörte Bolitho Tilbys rauhe Stimme über das Deck dröhnen. Er hatte einen Pechvogel beim Faulenzen erwischt. Wieder hatte er einen schlechten Anfang gemacht, aber er fühlte keine Reue.

Foley nickte langsam. »Wir werden sehen.«

»Darf ich sprechen, Sir?« fragte Graves.

Bolitho nickte.

»Warum kann nicht ein Schiff des Küstengeschwaders diese Mission übernehmen, Sir?«

Foley erhob sich. Er beugte seinen Kopf zwischen die Decksbalken. »Weil Ihr Schiff für dieses Unternehmen geeignet ist, Leutnant. Aber ganz gewiß nicht, weil wir von Ihnen besondere Fähigkeiten erhoffen.«

Bolitho betrachtete die Gesichter seiner Offiziere. Verstimmung, Überraschung, Verletztsein, all das war deutlich in ihnen zu lesen.

»Fangen wir an, meine Herren«, sagte er langsam. »Befehlen Sie in zehn Minuten alle Mann auf ihre Stationen.«

Nachdem sich die Offiziere zur Tür hinausgedrängt hatten, wandte er sich an Foley. »Sie haben gesagt, es sei meine Pflicht, Ihnen als Truppentransporter zur Verfügung zu stehen. Wie ich das tue, bleibt meiner Verantwortung überlassen, und ich bin nicht verpflichtet, still zu sein, wenn Sie meine Offiziere beleidigen.«

Da der Oberst nicht antwortete, fuhr er fort: »Diese Männer waren maßgeblich daran beteiligt, zwei von der Armee dringend erwartete Nachschubschiffe in Sicherheit zu bringen. Sie kämpften und versenkten einen Freibeuter und halfen mit, ein anderes, viel stärkeres Schiff zu vertreiben.«

»Wofür Sie zweifellos den Ruhm einheimsen, ja?«

Bolitho beherrschte sich mühsam. Seine Stimme klang dunkel vor Zorn. »Danke, Herr Oberst. Ich zweifle nicht, daß Sie hofften, ich würde das vor den anderen gesagt haben, nur damit Sie solch einen Vorwurf aussprechen konnten.« Er griff nach seinem Hut. »Wenn ich gewußt hätte, daß die Armee Philadelphia schon geräumt hat, so hätte ich mir die Zeit genommen, das Kaperschiff zu zerstören, und wäre nicht mit den lästigen Transportern davongesegelt.«

Foley lächelte. »Gut gesprochen, Kapitän. Mir gefällt ein Mann, der noch Gefühle zeigt.«

Bolitho polterte aus der Kajüte und schritt blindwütig zum Niedergang. Aus der Art und Weise, wie einige Seeleute seinen Blick mieden, und aus der gespannten Wachsamkeit, mit der der junge Bethune das Flaggschiff beobachtete, konnte er leicht erraten, daß sie alle seinen Zorn bemerkten.

Hatte er sich so verändert? Früher hätte er über Foleys Taktlosigkeiten gelacht oder geflucht, sobald er ihm den Rücken zugekehrt hätte. Jetzt genügten schon eine kritische Bemerkung, der leiseste Angriff auf seine Leute und sein Schiff, Selbstherrschung und Vernunft zu verlieren.

Tyrell kam nach achtern. »Ich kenne diese Gewässer gut genug, Sir. Mr. Buckle ist mächtig besorgt, und ich kann ihm da nur recht geben.«

»Ich weiß es, danke.«

Er hatte Tyrells Gesichtsausdruck bemerkt, als

Buckle seine Bedenken vorgebracht hatte. Tyrell war drauf und dran gewesen, dieselbe Meinung zu vertreten. Vielleicht hatte er selbst als Kapitän sich aus diesem Grund eingemischt, um den Steuermann gegen den Sarkasmus des Obersten zu verteidigen. Foley hatte schon deutlich genug gesagt, was er von den Amerikanern hielt. Rebellen, Siedler und Leute, die wider ihren Willen in das Kreuzfeuer verschiedener Parteien und auseinandergerissener Familien geraten waren, alle schienen ihm gleichermaßen unzuverlässig.

Tyrell wandte sich ab, um zuzuschauen, wie die Gig über die Steuerbordreling an Deck gehievt wurde.

»Ein ziemlicher Schweinehund, der Kerl, Sir.« Er zuckte die Achseln. »Hab' schon früher mit so was zu tun gehabt.«

Bolitho schluckte den Tadel, den er jetzt hätte aussprechen müssen, hinunter. Es wäre sinnlos gewesen. Sogar Bethune mußte die Feindseligkeit zwischen ihm und Foley bemerkt haben.

»Hoffen wir, daß er weiß, was er tut, Mr. Tyrell. Um unser aller willen.« Die Bootsmannsmaaten rannten über das Geschützdeck und brüllten in die Niedergänge hinunter.

»Alle Mann! Alle Mann an Deck!«

Bolitho sagte leise: »Ich hatte keine Zeit, Nachrichten über Ihre Familie einzuholen.«

»Nun gut.« Tyrell drückte seinen Hut in die Stirn, um seine Augen vor den Strahlen der untergehenden Sonne zu schützen. »Vielleicht später.«

Das Schiebeluk über dem achteren Niedergang wurde zurückgestoßen, und Foley erschien auf der Leiter.

Mit sachlicher Stimme wandte sich Bolitho an ihn. »Ich muß Sie leider bitten, das Achterdeck zu verlassen, Sir.« Er sah, wie der Oberst zornig wurde, und fügte hinzu: »Oder ziehen Sie etwas über Ihre rote Uniform. Es ist nicht gut für uns, wenn man sieht, daß wir auch nur einen einzigen Soldaten an Bord haben.«

Foley verschwand, und Tyrell sagte fröhlich: »Einen Punkt für Sie, Sir.«

»Es war unbeabsichtigt.« Bolitho nahm ein Fernglas und richtete es über die anderen Schiffe hinaus. »Unsere Abfahrt muß völlig normal aussehen. Spione werden unsere Ankunft gemeldet haben und werden zweifellos nur an unsere Depeschen denken. Ich möchte nicht, daß die Nachricht weitergegeben wird, daß wir mit besonderem Auftrag absegeln. Die Welt wird ohnehin bald davon erfahren. Aber je später, desto besser.«

Er ging zur Achterdecksreling und sah zu, wie die Unteroffiziere ihre Leute auf den Stationen antreten ließen. Aber er traute seinen eigenen Worten nicht. Konnte ein Mann wie Foley ihn wirklich dazu bringen, so schnell zurückzuschlagen, wie es Tyrell vermutete?

»Klar bei Ankerspill!« Tilby hatte die Fockmastwanten gepackt. Sein grobes Gesicht glänzte vor Schweiß, als er die heranlaufenden Seeleute anbrüllte: »Zupakken, ihr faulen Lumpen, oder ich komme mit einem Tauende über euch.«

Die unerwarteten Reisebefehle hatten ihn aus seiner Freiwache hochgeschreckt, und man konnte ihm seine letzte Sauferei noch deutlich ansehen.

Bolitho wandte sich an Buckle. »Sobald wir uns

vom Land freigesegelt haben, werden wir die Bramsegel setzen. Der Wind scheint einigermaßen durchzustehen, aber wir werden wohl noch vor Dunkelheit Regen bekommen.«

Buckle tippte an seinen Hut. »Aye, Sir.«

Er zögerte. »Es tut mir leid, daß ich vorhin gesagt habe, was ich dachte, Sir. Ich hätte es besser wissen sollen.«

Bolitho lächelte. »Besser, Sie reden über Ihre Bedenken, bevor wir in Schwierigkeiten geraten. Wenn wir auf Grund gelaufen sind, ist es zu spät, eh?« Er berührte leicht seinen Arm. »Aber bevor wir so dicht unter Land gehen, wollen wir sehen, wie die *Sparrow* unter vollen Segeln geht.«

Er ging davon und hoffte, daß Buckle sich nun weniger Sorgen machte. Es mußte schwierig für ihn sein. Die *Sparrow* war das erste Schiff, auf dem er als Steuermann fuhr, und schon mußte er in gefährliche Gewässer vordringen, die er noch nie befahren hatte.

»Anker ist kurzstag, Sir.« Graves' Stimme klang laut durch den böigen Wind.

Bolitho blickte Tyrell an. »Bitte lassen Sie in See gehen.«

Er fuhr herum, als auf dem Geschützdeck ein Chorus höhnischen Gelächters losbrach. Ein Seemann war über die Muskete eines Armeescouts gestolpert und zappelnd in die Speigatten gerollt. Es schien die Soldaten ungeheuer zu amüsieren.

Kalt fügte Bolitho hinzu: »Bei diesem frischen Wind werden wir viel Kraft am Ankerspill brauchen.« Seine Augen wiesen auf die Kanadier.

Tyrell grinste. »Jawohl, Sir, wird sofort erledigt.«

Er hielt die Hände an seinen Mund. »Bootsmann,

stellen Sie diese Männer ans Ankerspill!« Den augenblicklich losbrechenden Protest brachte er sofort zum Schweigen. »Und zögern Sie nicht, sie ein bißchen anzuheizen, wenn sie schlapp werden.«

Bolitho steckte seine Hände unter die Rockschöße und trat von der Reling zurück, so daß er die Toppsgasten besser beobachten konnte. Er hatte schon genug Beleidigungen von Foley einstecken müssen. Es gab keinen Grund, daß es seinen Leuten ebenso ergehen sollte.

»Anker frei, Sir!«

Er starrte hinauf zu den donnernden Segeln. Das Schiff, frei für Wind und See, legte sich unter dem Druck der steifen Brise über.

Sobald sie den schützenden Landvorsprung gerundet hatten, wurden die Schiffsbewegungen heftiger, die Wellen kürzer und steiler, und der Himmel nahm im dumpfen Licht eine strohfarbene Tönung an. Gischt flog auf, sprühte über die Seeleute und prasselte wie schwerer Regen über das Achtdeck. Bolitho spürte, wie das salzige Wasser über seine Lippen rieselte und sein Hemd durchnäßte. Als Fock-, Groß- und Besansegel, dann die Bramsegel sich im Wind spannten, fügte sich das Schiff und preschte in schäumender Fahrt durch die See. Der Klüverbaum hob sich gegen die zerfetzten Wolken, stieß vor und pflügte brausend in den nächsten Wellentrog hinunter. Stagen und Wanten glänzten wie nasses Ebenholz. Bolitho dachte an den zornigen Sperling unter dem Bugspriet, der die Eichenzweige in den Klauen gepackt hielt. Ob ihn der Kapitän der *Bonaventure* wohl gesehen hatte, als er das Gefecht abbrach? Und würde er sich daran erinnern?

Tyrell stapfte nach achtern. Sein Körper stand im

schrägen Winkel zum stark gekrängten Deck. Er rief den Besantoppsgasten etwas zu, bevor er sich die Zeit nahm, die Arbeit an den Luvbrassen zu überwachen. Fitch eilte mit einem Eimer zur Leeseite. Tyrell rief ihn an.

Bolithos Stimme übertönte das Donnern der Segel: »Was ist los?«

Tyrell lachte. »Dem Oberst ist kotzübel, Sir! Schöne Blamage, was?«

»Schrecklich!« Bolitho wandte sich ab, um ein schadenfrohes Grinsen zu verbergen. »Besonders, weil es wohl noch härter wehen wird.«

Buckle hielt sich am Kompaßhaus fest. »Kurs liegt an, Sir! Südost zu Süd!«

»Recht so.« Bolitho riß sich den Hut vom Kopf. Der Wind preßte ihm die Haare gegen die Stirn. »Wir werden bald über Stag gehen.« Er klopfte an das Halbstundenglas neben dem Kompaß. »Ich gehe jetzt nach unten, um den Oberst auf dem laufenden zu halten.«

Als er sich in den Niedergang hinunterschwang, hörte er Tyrells Lachen und Buckles fröhliches Kichern. Es war nur eine kleine, unwichtige Sache, aber er nahm es als ein gutes Zeichen.

VI Rot und Gold

Bolitho betrat seine Kajüte. Mit Überraschung sah er Foley am Tisch sitzen und eine Karte studieren. Er war vollständig angekleidet, und in seine Züge war fast wieder alle Farbe zurückgekehrt. Nachdem sie Sandy Hook verlassen hatten, hatte er die meiste Zeit auf einer Sitzbank gelegen. Mit halb geschlossenen Augen hatte sein Gesicht einer Wachsmaske geglichen, und er schien unfähig gewesen zu sein, sich in die Koje zu legen.

Er blickte auf und schnitt eine Grimasse. »Es ist ruhiger geworden.«

Bolitho nickte. »Wir laufen in die Bay ein. Kap May liegt fünf Meilen steuerbord querab.«

»Ah ja!« Foley schaute einige Sekunden lang in die Karte. Seine Finger trommelten einen kleinen Wirbel neben Bolithos Eintragungen und Bestecksrechnungen.

»Wie ist Ihre Meinung, Kapitän?«

Bolitho betrachtete den gesenkten Kopf des Obersten. Zum ersten Mal hatte er ihn um seine Ansichten bei diesem Unternehmen gefragt. Unter vollen Segeln hatte die *Sparrow* ihrem Namen alle Ehre gemacht. Bei dieser rauschenden Fahrt südwärts hatte Bolitho all seine Befürchtungen zur Seite schieben, ja vergessen können. Voll Freude hatte er die Lebendigkeit und die geschmeidigen Bewegungen der Korvette genossen. Als sie dann unter Land segelten, um eine genau Positionspeilung zu nehmen, war pfeifend und jammernd eine Sturmböe mit solcher Gewalt über sie hergefallen, daß sie alle Mann an Deck rufen mußten, um die Segel zu reffen. Eine Enttäuschung, nachdem sie so ohne Schwierigkeiten gesegelt waren, wobei sogar die Royals gesetzt werden konnten. Sie hatten – wie Bolitho vorausberechnet hatte – einen Tag nach dem Ankerlichten die Delaware-Bucht bei Kap May angelaufen, doch nun trieb die ablandige Bö sie weit auf die See hinaus. Einen ganzen weiteren Tag mußten sie gegen Sturm und Regen stampfend und stoßend aufkreuzen. Nur der Ausguck im Topp hatte das hinter tief jagenden Wolken verborgene Land ab und zu sehen können.

»Der Wind hat wieder zurückgedreht, Sir«, antwortete Bolitho. »Südwest, abflauend.«

Er lauschte auf das Ächzen des Ruders, und er dachte an Tyrell und Buckle, die dort draußen beim Ruderrad ihre Wache bezogen hatten. Gleichzeitig tauchte in seinen Gedanken wie auf einer Seekarte die riesige Bay auf, die sie nun unter dicht gerefften Marssegeln zum zweiten Mal anliefen.

Tyrell war ein Turm der Stärke. Er schien sich an diese Gewässer zu erinnern, als ob jede Sankbank und jede Strömung in seinem Gehirn eingeprägt wären.

Foley blickte mit grimmigem Gesicht auf.

»Es hat schon zu lange gedauert. Ich muß wissen, wenn Sie glauben, daß wir vorankommen.« Er legte einen Finger auf die Karte. »Hier genau nördlich der Stelle, an der wir uns – wie Sie sagen – jetzt befinden, da ist eine kleine Bucht. Es dürften etwa noch sechs Meilen sein.«

Er sprach sehr schnell. Bolitho spürte deutlich seine Erregung.

»Westlich des Maurice River?« Bolitho lehnte sich über den Tisch. Er dachte an die Stellung der Rahen, an den immer schwächer werdenden Wind. »Es wird etwa vier Stunden dauern; wenn der Wind weiter abflaut, noch länger!«

Er trat zurück und zerrte an seiner Halsbinde. Bei dicht geschlossenen Luken, um ja keinen Lichtschimmer nach außen dringen zu lassen, war es in der Kajüte so heiß wie in einem Backofen. An Deck, wo er sich die meiste Zeit während der Fahrt aufgehalten hatte, fühlte er weder Müdigkeit noch Abspannung. Nun aber machten sich die langen, anstrengenden Stunden bemerkbar, ja er vermochte sogar Foley wegen seiner Seekrankheit zu bedauern.

Draußen war es jetzt stockfinster. Als das Schiff hinter die schützende Landenge geschlüpft war, hatte er dieselbe Aufregung gespürt wie ein Mann, der in eine unbeleuchtete Höhle eindringt.

»Wie lange werden Ihre Scouts brauchen?«

»Vielleicht sechs Stunden.« Foley streckte seine Arme aus und gähnte. Er entspannte sich ein wenig.

Bolitho kam zu einem Entschluß. »In diesem Fall werden wir ankern und bis morgen nacht warten müssen, bevor wir die Bucht verlassen können. Möglicherweise sind feindliche Schiffe in der Nähe, und in diesem eng begrenzten Gewässer kann ich mich nicht auf ein Gefecht einlassen. Besonders, wenn es Ihren Scouts nicht gelingt, unsre vermißten Soldaten zu finden, und wir noch einen Tag länger brauchen.«

»Die Führung des Schiffes ist Ihre Angelegenheit, ja?« Foley betrachtete ihn gelassen. »Die Tide steht günstig, und wenn wir noch länger warten, könnte der Wind uns ganz im Stich lassen.«

Bolitho nickte. »Ich bin bereit.«

Foley stand auf und rieb seinen Magen.

»Gut. Bei Gott, mir scheint, ich habe meinen Appetit wieder.«

»Es tut mir leid, Sir«, Bolitho lächelte, »aber das Kombüsenfeuer ist gelöscht worden. Es sei denn, Sie möchten ein Stück Pökelfleisch aus dem Faß?«

Foley betrachtete ihn ziemlich kläglich. »Sie haben eine Neigung zur Grausamkeit. Ein Blick auf dieses miserable Zeug würde mich schwach wie eine kranke Ratte machen.«

»Die Ratten in einem Schiff des Königs sind anderer Natur.« Bolitho verließ die Kajüte.

Auf Deck mußte er einige Sekunden warten, bis er weiter als bis zur Reling sehen konnte. Unten auf dem Geschützdeck konnte er gerade noch die Seeleute der Backbordwache ausmachen, die sich nur schwach von den dunkleren Umrissen der Geschütze abhoben. Er ging ein paar Schritte zurück und hielt seine Hand über das abgeblendete Kompaßlicht.

»Genau Nord, Sir«, sagte Buckle. »Voll und bei.«

»Gut.« Er winkte Tyrell heran. »Ich möchte unsre beiden besten Lotsen am Bug haben.«

»Sind schon dort, Sir.« Tyrell zuckte die Achseln. »Das einzige, was wir tun können.«

»Wenn wir uns der Küste nähern, werden wir die Gig zu Wasser lassen.« Bolitho erkannte die mächtige Statur Stockdales vor den Wanten. »Sie werden die Gig mit Lot und Leine übernehmen. Die Gewässer in dieser Gegend sind so seicht und trügerisch, daß Sie immer vor dem Schiff herrudern müssen. Und immer die Tiefe aussingen! Verstanden?«

Stockdale war eigensinnig. »Ich sollte vielleicht hierbleiben, Sir. Nur für den Fall . . .«

»Ihr Platz ist da, wo ich sage, Stockdale.« Er milderte seinen Ton. »Tun Sie, was ich sage, und nehmen Sie eine abgeblendete Lampe mit. Vielleicht müssen Sie uns signalisieren.« Er blickte Tyrell an. »In diesem Fall lassen wir den Warpanker fallen und beten zu Gott.«

Hoch über Deck flappten die schlaffen Segel, und Bolitho wußte, daß der Wind immer mehr abflaute. Der Luftzug strich feucht über sein Gesicht. Er schüttelte den Alptraum, die *Sparrow* könnte auflaufen, von sich ab. Er war an seine Befehle gebunden. Nein, alle seine Leute waren an ihn gebunden!

»Mr. Tyrell, wenn wir unseren Bestimmungsort erreicht haben, dann lassen Sie bitte den Steuerbordkutter zu Wasser. Mr. Heyward wird unsere Passagiere an Land bringen und zurückkehren, wenn alles in Ordnung ist.«

»Die letzten paar Meter werden sie wohl durchs Wasser waten müssen«, meinte Tyrell. »Es scheint sehr seicht dort oben.«

»Sie haben also die Stelle schon erraten?«

Der Leutnant grinste. Seine Zähne schimmerten weiß in der Dunkelheit. »Es gibt hier keinen anderen Platz, der für solche Geschichten noch in Frage käme, Sir.«

Von vorn kam ein hohltönender Schrei des Lotsen. »Bei Marke fünf!« Es klang wie die Stimme eines verlorenen Geistes.

Tyrell murmelte: »Bringen Sie das Schiff einen Strich höher an den Wind, Mr. Buckle.« Sein Handballen schabte über sein Kinn. »Wir müssen ziemlich abgetrieben sein.«

Bolitho schwieg. Jeder tat, was er konnte. Gott sei Dank, daß die *Sparrow* so wenig Tiefgang hatte! Sonst . . .

»Marke sechs!«

»Ganz ordentlich«, grunzte Tyrell. »Ich hab' mal erlebt, daß die Tideströmung hier einen Schoner herumwarf wie ein Stück Strandgut.«

»Na, danke schön.« Bolitho sah ein fahles Aufblitzen am Bug, als das Senkblei wieder ausgeworfen wurde. »Das ist schon ein recht schwacher Trost.«

»Marke fünf!«

»Trau keinem Soldaten, wenn er eine solche Stelle aussucht.« Tyrell beugte sich über den Kompaß. Weiter draußen im Westen im Hauptkanal des Delaware ist es ausreichend tief für uns, selbst bei Ebbe.«

»Ein Viertel weniger als fünf!«

»Hölle und Teufel«, wisperte Buckle. Stiefel scharrten auf den Planken. Foley tastete sich heran und fragte lebhaft: »Wie schaut's aus, Kapitän?«

»Bei Marke drei!«

»Ist es denn unbedingt notwendig, daß der Kerl dort vorn solch einen Lärm macht?« Foley starrte die Männer beim Ruderrad an. Ruhig und gedehnt knurrte Tyrell: »Entweder das, oder wir reißen uns den Kiel heraus.«

Bolitho fügte leise hinzu. »Ein Mann von Ihrer Größe, Sir, könnte gerade noch zwischen Kiel und Grund hindurchgehen, wenn er Lust dazu hätte.«

Foley sprach eine ganze Minute lang kein Wort mehr. Dann überraschte er Bolitho.

»Es tut mir leid, ich war ein Narr, so zu reden.«

»Marke vier!«

Buckle atmete langsam aus. »Besser.«

Bolitho fühlte, daß Tyrell seinen Arm berührte. »Wenn wir den Kurs so halten, Sir, können wir ziemlich sorglos ankern. Vorausgesetzt freilich, daß wir genug Platz haben, vor Anker zu schwoien. Der Grund hier ist ziemlich sicher, und wir könnten ohne größere Gefahr eine leichte Grundberührung riskieren.«

»Kapitän!« Foleys Stimme war wieder wie früher, scharf und unduldsam. »Ist Tyrell ein Amerikaner?«

»Ja, ein Ansiedler, Sir. Wie eine ganze Anzahl meiner Leute.«

»Verdammt!«

»Er ist auch ein Offizier des Königs, Sir. Ich hoffe, Sie vergessen das nicht.«

Foleys weiße Hosen verschwanden im Niedergang.

»Er denkt wohl, ich lasse das Schiff auf Grund laufen, nur um ihn zu ärgern.« Bitterkeit lag in Tyrells Stimme.

»Lassen Sie's gut sein, Tyrell.« Bolitho starrte ins schwarze Wasser hinunter, wo tanzende phosphoreszierende Funken leuchteten und verschwanden. Wie magische, treibende Pflanzen sprühten sie im Kielwasser und in der Bugwelle, erloschen, blitzten anderswo wieder auf.

»Ich beneide ihn nicht um seinen Auftrag.«

Zu seiner Überraschung stellte er fest, daß er es ernst meinte.

Irgendwo dort im Dunkeln lag das gewaltige Land. Hügel und Flüsse, Wald und Gestrüpp, das einem achtlosen Menschen ein Auge auskratzen konnte. Man erzählte sich viele Geschichten von Angriffen und Hinterhalten in diesem Gebiet. Selbst wenn man zugab, daß die Berichte immer etwas übertrieben wurden, waren sie immer noch schlimm genug, selbst einem erfahrenen Kämpfer eine Gänsehaut den Rücken hinunterzujagen. Da waren Indianer, die in der Armee Washingtons als Scouts dienten, die sich lautlos wie Füchse bewegten und mit der Wildheit eines Tigers zuschlugen. Eine Welt huschender Schatten und fremder Geräusche, von Schreien, die einen schläfrigen Wachtposten mit kaltem Angstschweiß hochfahren ließen – wenn er Glück hatte. Wenn nicht, würden ihn seine Kameraden als toten, geplünderten Mann auffinden.

»Tiefe acht!«

Tyrell wanderte ruhelos auf und ab.

»Wir können den Kanal jetzt verlassen. Ich schlage vor, Kurst Nordost zu steuern.«

»Schön, befehlen Sie klar bei Brassen und gehen Sie über Stag.«

Und so ging es weiter, Stunde um Stunde. Die Lotleinen glitten durch die Hände der Seeleute am Bug, die gerefften Marssegel wurden getrimmt und wieder getrimmt, um den leisesten Hauch des ersterbenden Windes wie eine Kostbarkeit aufzufangen. Dann und wann eilte Tyrell nach vorn, um den Talg in einem der Lotbleie abzutasten, etwas davon zwischen seinen Fingern zu zerreiben oder wie ein Jagdhund daran zu riechen.

Bolitho wußte, daß er ohne Tyrells unheimliche Kenntnis des Grundes, ohne sein Selbstvertrauen, in diesen seichten Gewässern den rechten Kurs zu spüren, schon längst geankert hätte, um auf die Morgendämmerung zu warten.

Einige Male kam und ging Foley. Aber er sagte nichts mehr über Tyrell. Er rief die kanadischen Kundschafter zusammen und sprach einige Minuten lang mit ihrem Sergeanten. Eine Weile später betrat er wieder das Achterdeck.

»Gute Männer, hätte ich ein Regiment von ihnen, könnte ich halb Amerika zurückerobern.«

Bolitho ließ ihn reden, ohne zu unterbrechen. Es milderte die Anspannung des Wartens, und hinter dem reservierten Hochmut, den Foley wie ein Schild trug, vermochte er allmählich den Kern des Mannes zu entdecken.

»Ich habe schon in vielen Gebieten gegen die Amerikaner gekämpft, Kapitän. Sie lernen schnell und verstehen ihre Kenntnisse gut anzuwenden.« Mit plötzlicher Bitterkeit fügte er hinzu: »Kein Wunder, sie haben einen harten Kern englischer Deserteure und Glücksritter. Ich dagegen mußte mich mit soldatischem Abschaum zufriedengeben. In einem der Gefechte sprachen die meisten meiner Leute kaum ein Wort englisch. Stellen Sie sich vor, Kapitän, sie steckten in der Uniform des Königs, aber ihre Zungen redeten in allen möglichen deutschen Mundarten.«

»Ich wußte nicht, daß es so viele englische Deserteure gibt, Sir!«

»Nun, einige waren schon vor der Rebellion hier stationiert. Sie hatten ihre Familien bei sich und haben in diesem Land Wurzeln gefaßt. Andere hoffen auf späteren reichen Gewinn, Land vielleicht, irgendeine verlassene Farm.« Wieder diese Bitterkeit in der Stimme. »Aber was auch immer ihre Überzeugung sein mag, sie kämpfen unglaublich hart. Denn wenn sie erwischt und als Deserteure überführt werden, müssen sie diese Welt mit einer Schlinge um den Hals verlassen, und die Raben werden ihre Eingeweide fressen.«

Tyrells Gestalt tauchte undeutlich in der Finsternis auf. Seine Stimme klang gedämpft. »Die Gig ist klar zum Fieren. Meiner Ansicht nach muß die Bucht jetzt backbord voraus liegen.«

Die Spannung ließ einen Augenblick lang nach, als bei leise geflüsterten Befehlen die Fäuste der Seeleute zupackten und die Gig über die Reling ausschwenkten und wegfierten.

Fähnrich Heyward stand neben Bolitho, als das Beiboot davongerudert wurde.

»Passen Sie gut auf, Mr. Heyward, wenn Sie mit

dem Kutter an Land gehen. Behalten Sie Ihren kühlen Verstand, und denken Sie nicht an Heldentaten.«

Er nahm ihn am Arm und spürte, daß die Nerven des Fähnrichs gespannt waren wie die Feder am Hahn einer Pistole. »Ich möchte, daß Sie die *Sparrow* als Leutnant und mit heilen Knochen verlassen.«

Heyward nickte. »Danke, Sir!«

Graves stieg flink die Leiter herauf. »Kutter gefiert und klar.« Er blickte zum Fähnrich hin. »Schicken Sie mich, Sir. Er ist solch einer Sache nicht gewachsen.«

Bolitho versuchte Graves' Gesichtsausdruck zu erkennen, aber es war zu dunkel. Vielleicht machte er sich wirklich Sorgen um den Fähnrich. Oder aber er betrachtete die Aussicht auf dieses Unternehmen als seine erste Chance zur raschen Beförderung. In beiden Fällen hatte Bolitho Verständnis für Graves.

Aber er antwortete: »Als ich so alt war wie er, war ich schon bestallter Leutnant. Es war damals nicht leicht für mich, und es wird auch für ihn nicht leicht sein, bis er erkannt hat, daß alles von seiner Autorität abhängt.«

»Signal von der Gig, Sir«, sagte Bethune rasch. »Drei Blitze!«

»Wahrscheinlich hat sich die Wassertiefe geändert«, stieß Tyrell nervös hervor. Dann wurde er wieder ruhig. »Ich schlage vor, jetzt zu ankern, Sir.«

»Schön.« Bolitho sah die schwarzen Umrisse der Gig backbord voraus auftauchen. »Besanmarssegel back brassen. Klar zum Wenden. Wir werden Anker fallen lassen und dann den Warpanker im zweiten Kutter ausbringen. Schneller dort vorn! Wir kommen der Gig zu nahe.«

Füße tappten eilig über die Planken, und irgendwo hoch oben über Deck schrie ein Mann vor Schmerz und Schreck auf, als er fast von der Rah gestürzt wäre. Das Besanmarssegel schlug und flappte trotz des geringen Winddruckes, und der Lärm schien Bolitho laut genug, um Tote aufzuwecken. Auf dem finsteren Deck rannten die Leute an die Brassen und Fallen. Jeder Mann kannte seine Handgriffe so genau, daß die Manöver kaum länger dauerten als am hellichten Tag. Das Ankertau rauschte aus der Klüse. Schwankend wie betrunken taumelte die Korvette, bis sich das Tau straffte. Das Wasser unter dem Kiel quirlte im lebendigen Schimmer phosphoreszierender Funken. Beide Kutter wurden bereits weggefiert. Ihre Mannschaften sprangen hinterdrein, griffen eilig stolpernd und stoßend nach den Riemen.

All dieses geschah in wenigen Minuten. Dann trat wieder Ruhe ein. Die Segel waren aufgetucht, der Schiffsrumpf zerrte sanft an beiden Ankern, und vorsichtig umkreisten die Kutter die *Sparrow*, wie Raubvögel einen gefesselten Wal.

Foley stand an den Wanten. »Setzen Sie meine Scouts jetzt an Land, Kapitän. Sie haben Ihren Teil getan.«

Dann ging er hinüber zum Schanzkleid an der Backbordseite, wo der Kutter Heywards angehakt hatte und die Scouts sich bereits außenbords angeklammert hatten wie hilflose Bündel.

Bolitho fragte leise: »Wie sieht die Bucht aus, Mr. Tyrell? Können Sie mir die Lage erklären?«

Der Leutnant fuhr mit den Fingern durch sein dichtes Haar. »Sie ist gut verborgen, wenn ein fremdes Schiff nicht allzu nahe herankommt. Das Land ist dicht bewaldet, und wenn ich mich recht erinnere, münden dort zwei Flüsse.«

Er spähte hinüber.

»Der Kutter muß schon fast dort sein. Wenn wir jetzt schießen hören, dann wissen wir, daß wir in Schwierigkeiten geraten sind.« Er zwang sich zu einem Grinsen. »Immerhin, wir brauchen keinen verdammten Wind, um hier auszulaufen. Wir können die Riemen auslegen und die Korvette in Sicherheit pullen.«

Bolitho nickte. Mit jedem anderen Schiff wäre dieses Unternehmen reiner Wahnsinn gewesen. So dicht unter Land und bei so geringen Chancen, in das freie Fahrwasser der Delaware Bay hinauszukreuzen, würde es wahrscheinlich zum Teufel gehen.

Nach einer Weile fuhr er fort: »Veranlassen Sie, daß Tilby die Riemen einfetten läßt, während wir hier warten. Falls wir verschwinden müssen, dann ist es besser, möglichst wenig Lärm zu machen.«

Tyrell ging mit langen Schritten und vorgebeugtem Oberkörper davon, um den Bootsmann zu suchen.

Foley kam zurück. »Ich denke, ich werde ein bißchen schlafen«, meinte er. »Wir können nun nichts anderes tun als warten.«

Bolitho sah ihn weggehen. Herr Oberst, dachte er, Sie werden nicht schlafen. Jetzt tragen Sie die Verantwortung.

»Der Kutter kommt zurück, Sir, alles in Ordnung«, zischelte Bethune aufgeregt.

Bolitho lächelte. »Geben Sie den Befehl weiter, daß die Leute während der Nacht unter Deck bleiben sollen. Die Freiwache kann schlafen. Gehen Sie dann den Koch suchen. Er soll sich anstrengen, irgendwas Eßbares zu richten, ohne das Kombüsenfeuer anzuzünden.«

Der Fähnrich rannte davon, und Graves meinte säuerlich: »Der frißt alles, auch wenn er in der Dunkelheit die Maden nicht sehen kann.«

Bolitho setzte sich neben die Niedergangsluke und knöpfte sein Hemd auf.

Er war ein wenig eingenickt, als er einen schweren Körper neben sich an Deck springen hörte. Stockdale war zurückgekehrt und wartete in seiner Nähe. Nur für den Fall, wie er zu sagen pflegte.

Im nächsten Augenblick fiel Bolitho in tiefen, traumlosen Schlaf.

»Wo zum Teufel sind sie nur?«

Tyrell hob ein Fernglas über das Schanzkleid und führte es langsam in einem Halbkreis die Küstenlinie entlang.

Es war später Vormittag, und die *Sparrow*, die vor zwei Ankern still lag, lud sich mit Hitze auf wie ein Brennofen. Während der Nacht waren alle Wolken abgezogen, und der Wind war eingeschlafen. Unter klarem Himmel, im flimmernden Sonnenlicht brach den Männern bei der geringsten Bewegung der Schweiß aus.

Bolitho zerrte sich das Hemd von der Hüfte. Seitdem er bei Tagesanbruch aufgewacht war, hatte er das Deck nicht verlassen. Wie Tyrell war auch er in Sorge, weil das Unternehmen noch keine Ergebnisse zeigte. Wie anders war alles im hellen Tageslicht! In der ersten Morgendämmerung hatte er beobachtet, wie sich das Land aus den Schatten löste, die rundrückigen Hügel und die dichtbelaubten Wälder. Der sichelförmige Küstenstreifen war von dichten Bäumen und Büschen beschattet, die fast bis ans Wasser reichten. Alles ruhte harmlos und still, vielleicht zu still.

Er ging zur anderen Seite des Achterdecks hinüber

und wich sofort von der Reling zurück, als die Sonne wie Feuer auf seine Schultern brannte. Kein Windhauch kräuselte die blitzende Wasserfläche. Nur die kreisenden Bewegungen der Strömung zeigten, daß er nicht über einen riesigen See hin blickte. Die Bucht maß zwanzig Meilen in der Breite und ebenso viele vom Landvorsprung als Ausgang zum Meer bis zu der Stelle im Norden, wo der Delawarefluß in das weite Becken einmündete. Jenseits einer schmalen Landzunge, welche die kleine Ankerbucht abschirmte und die *Sparrow* vor jedem vorbeifahrenden Schiff verbarg, wand sich der Fluß in seinem ständig wechselnden Strombett an die siebzig Meilen bis zu den Außenbezirken Philadelphias hinauf.

Bolitho blickte auf das Geschützdeck hinunter. Die wachfreien Seeleute hatten in den Speigatten vor der erbarmungslosen Sonne Schutz gesucht, nur da und dort sah man ihre ausgestreckten Beine herausragen. Die Rahen und Wanten waren gleich nach Tagesanbruch mit Ästen und Blättern getarnt worden. Sie verwischten die Umrisse des Schiffes und konnten mögliche Beobachter täuschen.

Zwischen der *Sparrow* und der Krümmung des Ufers pullte ein Kutter quälend langsam auf und ab. Fähnrich Bethune hockte auf der Achterbank und beobachtete die Küste. Dummerweise hatte er sich bis zum Gürtel ausgezogen. Er würde es dann später trotz seiner gebräunten Haut zu büßen haben.

Als Bolitho in den Schatten der Hängemattennetze zurückkehrte, folgte ihm Tyrell.

»Ich würde gern an Land gehen, Sir.«

Er wartete, bis Bolitho ihn ansah. »Ich könnte eine Handvoll Leute mitnehmen. Würde gern nachsehen und herausfinden, was los ist.« Er öffnete sein verschwitztes Hemd und holte tief Luft. »Besser, als wie blödes Schlachtvieh auf den Schlächter zu warten.«

»Ich weiß nicht recht.« Bolitho beschattete seine Augen, als ein paar Uferbäume in plötzlicher Bewegung aufschimmerten. Ein großer Vogel strich über die Bucht hinaus. Wieder herrschte Stille.

Tyrell blieb hartnäckig. »Schauen Sie, Sir, ich nehme an, daß die Befehle geheim sind, aber das ganze Schiff weiß, warum wir hier warten. Diese Scouts plauderten nach einem Schluck Rum frei heraus.«

Ein gezwungenes Lächeln erschien auf Bolithos Zügen. »Das hab' ich mir denken können.«

»Ja, es heißt, daß wir einen Haufen Soldaten, der unterwegs verloren wurde, aufnehmen und retten sollen.« Er zog eine Grimasse. »Kann mir das schon vorstellen. Das hier ist kein Kasernenhof.«

Bolitho betrachtete Tyrells strenges Profil und erwog seinen Vorschlag. Von den Goldbarren hatte er nichts erwähnt. Sie waren also ein Geheimnis, das Foley nicht einmal seinen eigenen Leuten mitgeteilt hatte. Das war gut so. Einige Männer könnten versucht sein, eher hinter diesem Gold herzujagen, als sich um die Bergung der Vermißten zu kümmern.

»Nun gut. Suchen Sie sich ein paar Leute zusammen und nehmen Sie die Gig. Sie werden auch Waffen und Proviant brauchen, sonst . . .«

Tyrell lächelte. »Sonst wäre es zu schlimm für uns, wenn die *Sparrow* ohne uns davonsegelte, eh?«

»Es ist ein Risiko. Wollen Sie's sich nicht lieber noch mal überlegen?«

Der Leutnant schüttelte den Kopf. »Ich werde sofort losziehen.«

»Ich muß das im Logbuch berichten«, sagte Bolitho.

»Nicht notwendig, Sir. Wenn ich zu Schaden komme, bleibt die Sache am besten unerwähnt.« Er lächelte traurig. »Ich möchte nicht, daß Sie sich meinetwegen vor einem Seegericht verantworten müssen.«

»Trotzdem werde ich den Bericht machen.« Bolitho zwang sich zu einem Lächeln. »Also fahren Sie schon.«

Die Gig war kaum eine Kabellänge entfernt, als Foley mit verzerrtem Gesicht an Deck stürzte.

»Wo fährt er hin?« Er packte die Wanten und starrte hinter dem kleinen Boot her, dessen Umrisse im wehenden Dunst verschwammen. »Haben Sie ihm die Erlaubnis erteilt?«

»Gewiß.«

»Dann sind Sie ein größerer Narr, als ich dachte!« In seiner Sorge verlor Foley die Selbstbeherrschung. »Wie konnten Sie es nur wagen, das auf sich zu nehmen?«

»Oberst Foley, ich zweifle nicht, daß Sie ein ausgezeichneter Feldoffizier sind. Sie sind erfahren genug, um zu wissen, daß die vermißten Soldaten entweder tot oder gefangen sein müssen, wenn Ihre Scouts keinen Kontakt mit ihnen aufnehmen können.« Er behielt seinen ruhigen Ton bei. »Sie müssen also zur Kenntnis nehmen, daß ich nicht die Absicht habe, Schiff und Besatzung aufs Spiel zu setzen, um einem Plan zu folgen, der bereits gescheitert ist.«

Foley öffnete seinen Mund und schloß ihn wieder.

»Ich habe meine Befehle«, sagte er matt. »Der General muß gerettet werden.«

»Und das Gold.« Bolitho konnte seine Bitterkeit nicht verbergen. »Das gewiß doch auch, oder?«

Foley rieb sich die Augen. In seinem Gesicht zeigte

sich plötzlich die Überanstrengung. »Man müßte ein Regiment zur Verfügung haben, um dieses Gebiet abzusuchen. Und sogar dann noch ...« Seine Stimme verlor sich in undeutlichem Gemurmel.

Bolitho nahm sein Fernglas und versuchte den flimmernden Sonnenglast zu durchdringen. Von der Gig war nichts mehr zu sehen.

»Mr. Tyrell hat mein volles Vertrauen. Vielleicht wird er etwas entdecken.«

Foley blickte über das Deck hin. »Hoffentlich, Kapitän. Sonst werden Sie Ihr Schiff verlieren, und damit würden all Ihre Sorgen ein Ende haben.«

Graves erschien auf der Leiter, sah sie beisammenstehen und verschwand wieder. Bolitho runzelte die Stirn. So war er es gewesen, der dem Oberst von Tyrells Unternehmen berichtet hatte.

»Dieser General, wer ist er, Sir?«

Foley riß sich von seinen düster brütenden Gedanken los. »Sir James Blundell. Er kam auf einer Inspektionsreise hier heraus.« Er lachte kurz auf. »Damals, als er in New York ankam, gab es weniger zu inspizieren, als er erwartet hatte. In Pennsylvania besaß er ein großes Vermögen, genug, um tausend Schiffe wie dieses zu kaufen.«

Bolitho wandte sich ab. Er hatte noch nie von diesem Mann gehört, aber das war mehr, als er wissen wollte. Bolitho wußte nun genug. Offensichtlich war Blundell von dem plötzlichen militärischen Rückzug überrascht worden, als er seinen persönlichen Besitz in Sicherheit bringen wollte. Schlimmer, er hatte seine Tätigkeit als inspizierender General für seine eigenen Angelegenheiten ausgenützt und eine Kompanie verzweifelt benötigter Soldaten in Gefahr gebracht.

Foley blickte ihm einige Sekunden lang in die Augen. »Die Männer bei ihm sind meine Leute – alles, was von einem ganzen Bataillon übriggeblieben ist. Sehen Sie nun, warum ich dies hier unternehmen muß?«

Bolitho antwortete leise. »Wenn Sie mir das gleich gesagt hätten, Oberst, wäre es für uns beide besser gewesen.«

Foley schien nicht zugehört zu haben. »Sie waren die besten Soldaten, die ich hier befehligt habe, und in einem Dutzend Gefechten haben wir zusammengestanden. Bei Gott, in einer Schlachtlinie gibt es niemand, der die englischen Fußtruppen schlagen kann. Sogar ein kleines Karree dieser Leute wird der Elite der französischen Kavallerie standhalten.«

Er deutete zu den waldigen Hügeln hinüber. »Aber hier draußen sind sie wie verlorene Kinder. Sie können nicht gegen Männer antreten, die ihr ganzes Leben in den Prärien und Wäldern zugebracht haben, die Tage erlebt haben, da eine einzige Musketenkugel über Leben oder Verhungern entschied.«

Bolitho wußte nicht, wie er die Frage aussprechen sollte. Schließlich sagte er langsam: »Aber Sie waren nicht bei Ihren Soldaten, als das alles geschah?«

»Nein.« Foley blickte zwei Möwen nach, die schreiend um die Royal-Rahen kreisten. »Ich war mit einem Geleitzug nach New York geschickt worden. Er bestand hauptsächlich aus unwichtigen Ausrüstungsstücken und Soldatenweibern.«

Mit harten Augen schaute er Bolitho ins Gesicht. »Und der Nichte des Generals, ich sollte nicht vergessen, sie zu erwähnen.« Schnell sprach er dann weiter: »Selbst auf sicheren Pfaden spürten uns die feindlichen Plänkler nach, und es verging kein Tag, ohne daß ein paar arme Teufel von ihren langen Musketen abgeknallt wurden. Bei Gott, ich glaube, manche von ihnen können auf fünfzig Schritt einer Fliege das Auge herausschießen!«

Das Deck bewegte sich leise, und als Bolitho nach oben schaute, sah er den Stander im Masttopp leicht auswehen und dann wieder leblos zusammenfallen. Aber immerhin, es war der erste Hauch einer Brise.

»Ich schlage vor, Herr Oberst, daß Sie sich ein wenig ausruhen, solange Sie noch Zeit dazu haben. Ich werde Ihnen berichten, wenn ich irgend etwas höre.«

Foley antwortete düster: »Wenn Ihr Mr. Tyrell zurückkommt.« Aber im selben Atemzug fügte er hinzu: »Das eben war ungerecht von mir. All das hat mich aus dem Gleichgewicht gebracht, ich bin nicht mehr ich selbst.«

Bolitho blickte ihm nach, wie er im Niedergang verschwand. Dann setzte er sich auf einen Poller. Wenn nicht bald etwas geschah, mußte Foley neue Entscheidungen treffen. Wenn Tyrell nicht zurückkehrte und das ganze Unternehmen scheiterte, konnte er nach seiner Rückkehr nach Sandy Hook nicht mehr viel von seiner Zukunft erhoffen.

Den ganzen Nachmittag über bis in den Abend hinein lag die *Sparrow* wie festgenagelt in greller Sonnenglut. Die Decks waren so heiß, daß man mit dem Fuß im aufgeweichten Teer der Nähte hängenblieb, und die Geschützrohre waren erhitzt wie nach einem vielstündigen Gefecht. Die Wachen wechselten, Posten zogen auf und wurden abgelöst. Nichts war zu hören oder zu sehen.

Der erste rosige Abendschimmer hatte sich über der Bucht niedergelassen, und die Hügel schimmerten in tiefem Purpur, als Foley wieder an Deck erschien.

»Es bleibt uns nichts mehr zu tun«, sagte er niedergeschlagen.

Bolitho biß sich die Lippen. Tyrell war nicht zurückgekehrt. Vielleicht war er schon in Richtung Süden über Land unterwegs. Oder er führte gar amerikanische Kundschafter in diese Bucht. Er schüttelte sich wie ein Hund. Seine Müdigkeit, seine Enttäuschung zerrten an seinen Widerstandskräften, an seinem Vertrauen.

Fähnrich Heyward stand am Steuerbordschanzkleid. Wie im Halbschlaf lehnte er an den Planken. Plötzlich fuhr er hoch.

»Die Gig, Sir«, rief er mit heiserer Stimme. »Sie kommt von der Landzunge her!«

Bolitho rannte zu ihm hin. Es war ihm gleichgültig, ob Tyrell etwas entdeckt hatte oder nicht. Er war zurückgekommen, das war mehr als genug.

Als die Gig längsseits kam, sah er die Ruderer wie Marionetten in den Duchten hängen. Ihre Gesichter und Arme sahen wir rohes Fleisch aus. Tyrell kletterte mit verdreckten Füßen und Beinen auf das Achterdeck. Seine Kleider waren zerrissen.

Schwerfällig begann er seinen Bericht: »Ihre Scouts konnten die vorausgeschickten Männer nicht finden, Oberst. Aber wir haben sie entdeckt.«

Er nahm eine Wasserkanne und schluckte in tiefen Zügen. »Sie sind alle tot. Flußaufwärts in einem ausgebrannten Fort.«

Foley starrte auf die düsteren Bäume hinter der Bucht. »So sind also meine Leute immer noch auf der Suche.«

Tyrell beachtete ihn nicht. »Wir pullten die Gig den Flußarm hinauf. Stießen zufällig auf dieses alte Fort. Aber leider ist das noch nicht alles.«

Bolitho wartete. Er konnte ihm die Anstrengungen und die Qual über das Geschehene deutlich ansehen.

Langsam fuhr Tyrell fort: »Gerade ein Stückchen den Kanal hinauf liegt groß und breit eine verdammte Fregatte!«

Foley warf sich herum. »Amerikanisch?«

»Nein, Oberst, nicht amerikanisch.« Er blickte Bolitho ernst an. »Ihrem Schnitt nach ein Franzmann. Keine Flagge. Also wohl ein Kaperschiff.«

Bolitho zwang seine rasenden Gedanken zur Ruhe. Hätten sie sich unter Tyrells ortskundiger Führung nicht so heimlich in die Bucht geschlichen, wären sie der Fregatte vor die Kanonen gelaufen, oder sie wären vor Anker liegend angegriffen worden.

Tyrell redete weiter: »Es sieht also so aus, als ob Ihr General in Gefangenschaft geraten ist, Oberst. Hat nicht viel Zweck, hier so lange zu warten, bis es uns genauso geht, eh?«

»Konnten Sie ausmachen, was sie taten?«

Bolitho versuchte sich den großen Fluß vorzustellen, der um die Landzunge herumströmte. Die Fregatte ankerte in der Gewißheit, daß sie jeden Angreifer aus jeder Richtung abwehren konnte.

Tyrell zuckte die Achseln. »Am Strand waren Spuren zu sehen. Ich nehme an, daß sie mit Booten ans Land gerudert sind, um Frischwasser aufzunehmen. Aber kein Zeichen von Gefangenen.«

»So müssen wir also vermuten, daß die gesuchten Soldaten immer noch vermißt sind.« Bolitho blickte den Oberst an. »Ich glaube, daß die Fregatte Anker lichten wird, sobald der Wind einfällt. Sie wird es kaum wagen, bei Nacht auszulaufen. Wir sind also bis zur Morgendämmerung sicher, danach . . .« Er kam nicht mehr dazu, seinen Satz zu Ende zu sprechen.

»Kutter signalisiert, Sir«, rief Heyward.

Alles wandte sich um und starrte zur dunklen Küste hinüber. Mit weit ausholenden Riemen hielt der Kutter auf das Land zu. Am Ufer stand eine einzelne Gestalt, die mit ihrer Muskete Bethune zuwinkte. Es war einer von Foleys Scouts.

»Ich muß sofort an Land«, schnappte Foley. Er rannte auf die Schanzkleidpforte zu. »Sie haben den General gefunden!« Bolitho eilte hinter ihm her und kletterte, gefolgt von Stockdale, in die Gig.

Kurz vor dem Ufer fuhr das Boot im seichten Wasser auf. Bolitho sprang über das Dollbord und watete durch das klare Wasser an Land. Eine Sekunde lang blitzte in seinem Gehirn der Gedanke auf, daß er seit Monaten zum ersten Mal wieder festen Boden unter den Füßen hatte. Er wartete unter einem Baum, während Foley den Scout ausfragte. Sicher würde es den Kanadier verwirren, wenn sie beide vor ihm stünden.

Foley schritt auf Bolitho zu. Seine Stiefel knirschten im Sand.

»Sie haben ihn gefunden.« Er wies auf die finstere Mauer des Waldes. »Die erste Abteilung wird in etwa einer Stunde hier sein.«

»Die erste Abteilung?« Bolitho bemerkte die Verzweiflung in Foleys Augen.

»Der General kommt mit meinen Kundschaftern und allen gesunden Männern.« Er seufzte tief auf. »Aber etwa sechzig Kranke und Verwundete folgen in langsamem Marschtempo nach. Sie sind seit Tagen ständig unterwegs. In der vorletzten Nacht gerieten sie in einer Schlucht in einen Hinterhalt. Sie konnten ihre Angreifer zurücktreiben. Der General sagt, es seien Franzosen gewesen. Wahrscheinlich von dieser Fregatte.«

Bolitho versuchte sich vorzustellen, was das alles für die kranken und verletzten Soldaten bedeutete. Sie wußten nicht, wo sie waren, ob sie mit dem Leben davonkamen.

»Die Katze ist jetzt aus dem Sack. Die Fregatte scheint einen Bergungsversuch zu erwarten.«

Foley seufzte. »Ja, ich bin auch Ihrer Meinung. Was werden Sie nun tun?«

Bolitho antwortete nicht sofort. Er winkte Bethune heran, der dem erschöpften Kundschafter seine Wasserflasche reichte.

»Fahren Sie sofort zum Schiff zurück. Sagen Sie Mr. Tyrell, er soll sich bereit halten, die erste Abteilung in einer Stunde an Bord zu nehmen. Ich möchte eine vollzählige Wache mit allen Booten an Land haben. Alles muß reibungslos vor sich gehen, und ich will, daß diese Männer gut untergebracht werden. Selbst wenn wir unsre Vorräte über Bord werfen müßten.«

Der Fähnrich rannte zum Kutter. Seine Schultern glühten wie eine überreife Frucht.

»Es wäre ein Wunder, wenn wir sie rechtzeitig aufnehmen könnten«, sagte Foley mit ruhiger Stimme.

Bolitho lächelte. »Es geschehen Wunder, Oberst, manchmal.« Er ging zur Gig. Seine Müdigkeit war vergessen. Er bemerkte, daß Foley ihm nicht folgte, sondern noch immer bei dem Scout stand. »Ich gehe landeinwärts«, rief der Oberst ihnen nach. »Ich will zu meinen Leuten oder zu dem Rest, der von ihnen übriggeblieben ist.« Sein scharlachroter Rock verschwand zwischen den Bäumen, und er war verschwunden.

General Sir James Blundell lehnte sich in einen von Bolithos Stühlen zurück und hielt seinem Burschen ein Bein hin.

»Um Himmels willen, ziehen Sie mir diese verdammten Stiefel aus.« Er starrte zur Kajütslampe hinauf und fügte hinzu: »Ich könnte was zum Trinken vertragen. Mir ist staubtrocken zumute!« Er verfluchte seinen Burschen und stieß ihm seinen Stiefel zwischen die Schultern. »Langsam, Sie verdammter Trottel!«

Foley wandte sich ab und blickte Bolitho an, der an der Tür stand. Zorn und Überraschung waren aus seinen Augen zu lesen.

»Könnten Sie für den General irgend etwas herrichten lassen?« Bolitho nickte und sah Fitch hinweghuschen, um Wein zu holen. Alles kam ihm wie ein Alptraum vor.

Als der letzte Schimmer des Tageslichts verschwand, waren die Soldaten, die den General begleiteten, am Ufer erschienen.

Sogar die Seeleute, die Augenblicke zuvor noch Witze gerissen und plaudernd ihre außergewöhnliche Freiheit auf festem Boden genossen hatten, waren still und schweigsam geworden.

Abgerissen und verdreckt hatten sich die Infanteristen wie gehorsame Tiere in Reihen aufgestellt. Ihre roten Röcke waren durch Gewaltmärsche und kurze Ruhepausen im Unterholz arg mitgenommen. Andere Soldaten folgten mit den Packtieren, die so überladen waren, daß es allen wie ein Wunder vorkam, daß sie nicht längst zusammengebrochen waren.

Bolitho war mit Dalkeith am Ufer gewesen und hatte die Versorgung und die ersten Vorbereitungen für diese vielen Leute erläutert. Schweigend hatte er das versteinerte Gesicht Foleys beobachtet, als ein Leutnant auf ihn zutaumelte, um Meldung zu erstatten. Er hatte die Regimentsfahne um die Schultern gebunden, sein Degen baumelte an einem Strick von seinem Handgelenk. Foley brachte kein Wort heraus. Er klopfte dem Leutnant nur leicht auf die Schulter und nickte den stumpfäugigen Soldaten am Waldrand zu. Dann hatte er sich an Bolitho gewandt.

»Um Himmels willen, tun Sie, was möglich ist, für diese armen Teufel.« Als die Seeleute herbeikamen, um den Soldaten in die Boote zu helfen, war die letzte Widerstandskraft der Infanteristen gebrochen. Entlang der schwankenden Linie roter Röcke waren Männer zusammengebrochen wie leblose Körper. Andere starrten die sonnengebräunten Seemänner sprachlos an. Über ihre schmutzigen Gesichter rannen Tränen, und als ob sie Boten des Heils sähen, streckten sie ihnen ihre zerschundenen Hände entgegen.

Bewegt und voll Mitleid hatte Bolitho zugesehen, wie sie durch das seichte Wasser zu den Booten torkelten. Der Leutnant trug die Farben seines Regiments um die Schultern, wie er es wohl schon den ganzen weiten Weg von Philadelphia her getan hatte. Er versuchte, einen Rest von Selbstbeherrschung zu zeigen, aber Verzweiflung und Ungläubigkeit straften seine Haltung Lügen.

Nun in der Kajüte, da Bolitho den General beobachtete, fiel es ihm schwer, die Gegensätze miteinander in Verbindung zu bringen. Blundell war ein rundlicher, doch kraftvoll gebauter Mann. Von etwas Schmutz an seinen Stiefeln abgesehen, sah seine Uniform sauber und wie frisch gebügelt aus. Sein eisengraues Haar war ordentlich gekämmt, und sein wuchtiges, rosiges Gesicht mußte noch am selben Tag rasiert worden sein.

Bis jetzt hatte er für Bolitho kaum mehr als einen nachlässigen Blick übrig gehabt und sich damit begnügt, seine Ansprüche durch Foley ausrichten zu lassen.

Er versuchte den Wein auf der Zunge und schnitt eine Grimasse. »Ich nehme an, daß man auf einem so kleinen Schiff nicht allzuviel erwarten kann, was?«

Foley blickte Bolitho an. Sein verzweifelter Gesichtsausdruck verriet fast physischen Schmerz.

An Deck und tief im Rumpf drinnen wimmelte es auf dem Schiff voll Leben. Stiefel trampelten, rauhe Befehle erklangen, und über den Booten knarrten und quietschten die Taljen.

»Sie hätten die Männer zur Arbeit einteilen sollen, Foley. Es ist widersinnig, sie wie Gutsherren herumlungern zu lassen.«

»Meine Leute können mit dem Laden allein fertig werden, Sir«, meinte Bolitho.

»Hm.« Der General schien ihn zum ersten Mal zu bemerken. »Schön, vergewissern Sie sich, daß jedes Maultier genau überprüft wird. Irgendeinem blödsinnigen oder habgierigen Trottel könnte es einfallen, etwas aus den Lasten zu stehlen. In diesen Packtaschen steckt eine Riesensumme. Bedenken Sie das alles, bevor Sie mir melden, daß Sie klar zum Absegeln sind.«

Graves erschien in der Tür. »Alle Soldaten an Bord, Sir. Einigen geht es ziemlich schlecht.«

Bolitho riß seine Augen von dem General los, auf dessen Lippen einige Weintropfen glänzten.

»Der Koch soll die Kombüsenfeuer anzünden, Mr. Graves. Die französische Fregatte wird es selbst dann, wenn Wind aufkommt, nicht wagen, in der Dunkelheit Anker zu lichten. Ich möchte, daß diese Leute etwas Warmes zu essen bekommen. Während sie warten, sollen sie auch etwas Rum haben. Sagen Sie Mr. Lock, er soll alles bereitstellen.«

Er dachte an die taumelnden Männer, an die zusammengesunkenen Rotröcke am Ufer. Und dies war die Abteilung der »gesunden« Leute!«

Foley fragte ruhig: »Wann werden Sie Anker lichten, Kapitän?«

Bolitho fiel die Qual in seinen Augen auf und das Zögern, mit dem er die Frage widerwillig hindehnte.

»Wie mir mitgeteilt wurde, stehen Tide und Strömung eine Stunde nach der Morgendämmerung günstig für uns.«

Der General machte mit dem erhobenen Weinglas eine plötzliche Bewegung, so daß der Bursche den Wein aus der Karaffe über die Planken goß.

»Zum Teufel, von was reden Sie eigentlich?« Er rappelte sich im Stuhl hoch. »Sie können sofort segeln. Ich hörte, wie Ihre Leute sagten, die Zeit sei jetzt ebensogut zum Auslaufen.«

Bolitho blickte ihm kalt ins Gesicht. »Das ist nur teilweise richtig, Sir. Aber wenn ich zu warten habe, bis die Verwundeten und Kranken die Bucht erreichen, so muß ich mich auf die nächste Tide einstellen.« Seine Stimme wurde härter. »Ich habe meinen Ersten Leutnant mit vierzig Mann losgeschickt, um ihnen auf dem Marsch hierher zu helfen. Ich bete zu Gott, daß wir ihnen noch mehr Leiden ersparen können.«

Der General kam wankend auf seine Füße, seine

Augen blitzten zornig. »Foley, sagen Sie diesem jungen Emporkömmling folgendes: Weiter oben im Fahrwasser liegt ein feindliches Schiff, und es darf keine Zeit vertan werden. Ich habe in den letzten paar Tagen genug mitgemacht, und ich befehle Ihnen, daß Sie . . .«

Bolitho fiel ihm ins Wort: »Meine Befehle, Sir, lauten, daß ich bei diesem Unternehmen das Kommando über den Transport habe. Diese Befehle machen keinen Unterschied zwischen Goldbarren und Menschen.«

Der Zorn rumorte ihm im Magen wie Brandy. »Das bezieht sich auch auf die Leute, die zu schwach und krank sind, um für sich selbst zu sorgen. Ist es nicht so, Oberst?«

Foley starrte ihn an. Seine Augen lagen im Schatten. Als er zu sprechen anfing, war seine Stimme verändert, heiser.

»Es ist wahr, Kapitän. Sie haben das Kommando.« Er fuhr herum und wandte sich gegen seinen erstaunten Vorgesetzten. »Wir, Sir James, sind ebenso Fracht.«

Bolitho drehte sich um und verließ die Kajüte. An Deck schien ihm die Luft reiner zu sein, und er blieb an der Reling über einen Zwölfpfünder gelehnt einige Minuten regungslos stehen.

Unten auf dem Geschützdeck bewegten sich überall Leute, und von der Kombüse wehte der Geruch geschmorten Fleisches herüber. Sogar Lock mußte wohl von dem Anblick der abgerissenen, erschöpften Soldaten so überwältigt sein, daß er den Koch nicht zurückhalten mochte.

Bolitho hörte Foleys Stiefel neben sich, aber er wandte sich nicht um.

»Vielen Dank, Kapitän, von mir und meinen Männern. Und von jenen, die ihr Leben Ihrer Menschlichkeit verdanken – und Ihrem Mut.« Als Bolitho sich umdrehte, hielt er ihm seine Hand hin. »Wegen dieser Haltung können Sie Ihre ganze Laufbahn aufs Spiel setzen. Sie wissen das sehr gut.«

Bolitho zuckte die Achseln. »Lieber das, als mit einer üblen Erinnerung leben.«

Irgendwo im Finstern erscholl ein Ruf, und ein Kutter wurde auf die Küste zugerudert.

»Ich konnte diese Männer nicht zurücklassen.« Er schritt zu den Wanten. »Wenn notwendig, werde ich eher das Geld über Bord werfen lassen.«

»Ja, Kapitän, ich glaube Ihnen.«

Aber Foley hatte in die leere Finsternis gesprochen. Als er die Reling erreichte, sah er die Gig schon unterwegs zum Ufer. Und Bolitho saß neben Stockdale an der Pinne. Der Oberst spähte aufs Geschützdeck hinunter. Wo würden all die Leute untergebracht werden? Er hörte das Quietschen der Riemen, als das erste Boot von der Küste ablegte. Eines schien ihm sicher. Bolitho würde irgendwo Platz schaffen, und wenn es ihn seinen Rang kosten sollte.

VII Wagen oder sterben

Bolitho öffnete seine Augen und starrte auf die Schale dampfenden Kaffees, die Stockdale ihm über die Kojenkante reichte. Mühsam setzte er sich auf. Seine Gedanken versuchten mit den außergewöhnlichen Umständen zurechtzukommen. Draußen begann es bereits zu dämmern. Er befand sich in der kleinen Kajüte Tyrells, die durch eine Stellwand vom Meßraum abgetrennt war, und als er die Tasse an seine Lippen hielt, konnte er sich noch immer nicht erinnern, wie er hierher gekommen war.

Stockdale wisperte leise: »Sie haben eine gute Stunde lang geschlafen, Sir. Ich wecke Sie nur sehr ungern auf.« Er zuckte schwerfällig die Achseln. »Aber Ihr letzter Befehl war, alle Männer vor Dämmerung zu wekken.«

Bolithos wirre Gedanken klärten sich plötzlich. Er spürte jetzt die ungleichmäßige Bewegung um sich, das Ächzen von Stagen und Wanten.

»Der Wind, wie ist er?« Er warf seine Beine über die Kojenkante und versuchte, ein Gefühl der Unsauberkeit und Zerschlagenheit zu überwinden.

»Legt zu, Sir.« Stockdales Stimme klang unglücklich. »Aus West.«

»Verdammt.« Bolitho hielt die Tasse noch in der Hand, als er sich aus der Kajüte stürzte. Beinahe wäre er über eine Reihe schlafender Soldaten gestolpert. Obwohl er sich so rasch wie möglich ein Bild von der Lage machen mußte, blieb er einen Augenblick bewegungslos stehen und starrte sie an. Er erinnerte sich an die langen Nachtstunden, an den Strom kranker und verwundeter Soldaten, den seine Seeleute an Bord geleitet hatten. Einige würden den nächsten Tag nicht mehr erleben, andere, von Fieber oder der Qual faulender Wunden gepeinigt, waren zu Skeletten abgemagert.

Immer noch fühlte er in sich jenen kalten Zorn und die Scham, als ihm bewußt geworden war, daß die meisten dieser Männer auf den Maultieren hätten transportiert werden können, anstatt in der Nacht Schritt für Schritt hinter ihren Kameraden hertaumeln zu müssen. Dieser General!

Er stieg über die erschöpften Menschen zum Achterdeck hinauf. Tyrell kam sofort auf ihn zu.

»Sie wissen schon über den Wind Bescheid, Sir?«

Bolitho nickte und ging zu den Wanten. Die Bucht lag im blassen Morgenlicht wie aufgerauhter Stahl. Kleine Wellen schlugen gegen den Schiffsrumpf und schoben sanft, doch stetig, so daß die Ankertrossen straff gespannt waren.

Buckle erschien an seiner Seite. Sein Gesicht war grau vor Müdigkeit. »Wir können nicht einmal den kleinsten Fetzen Segel setzen, Sir. Wir haben die Küste genau in Lee.«

Bolitho starrte über die Backbordseite zu dem dunklen Landstreifen, der sich in der Dämmerung immer deutlicher abzeichnete, dann zu dem Vorsprung, um den der Fluß und das tiefe Fahrwasser herumströmten.

»Wir werden bleiben müssen, wo wir sind, und können nur hoffen, daß der Franzmann das gleiche im Sinn hat«, meinte Graves. Aber seine Stimme war voller Zweifel.

Bolitho schüttelte den Kopf. Leise sprach er seine Gedanken aus. »Der Franzose wird denken, daß wir hier sind, auch wenn er unsre Stärke nicht genau kennt. In jedem Fall wird er bald Anker lichten und in offenes Wasser auslaufen. Wenn er uns im Vorbeisegeln sieht, wird er ohne Zögern seine Breitseiten auf uns abfeuern.«

Er spähte zu den Rahen hinauf, wo einige Toppsgasten die letzten Reste der Laubtarnung über Bord warfen. Über ihren Köpfen deutete die Spitze des Standers auf das Ufer zu, und die Bucht enthüllte im fahlen Licht wieder ihre Formen. Bolitho sah die vielen Fußstapfen, die kleinen Erdhügel, wo einige Soldaten, die Rettung bereits vor Augen, gestorben waren und begraben lagen. Rettung! Er rieb sich das Kinn und versuchte, folgerichtig zu denken.

Waren sie erst draußen in der Delaware Bay, konnten sie Segel setzen und zur Ausfahrt in die offene See hinauskreuzen. Andererseits lag der Franzose günstiger zur Windrichtung. Er konnte, wenn er wollte, sogar ankern und die *Sparrow*, die hilflos in der kleinen Bucht lag, zu einem Wrack zusammenschießen. Wenn sie sank, würden ihre Masten über die Wasseroberfläche ragen. Eine grausige Vorstellung!

Bolitho kam zu einem Entschluß. »Mr. Tyrell, lassen Sie den Warpanker ausbrechen und alle Boote an Bord hieven.«

Er blickte auf die Laschings mit den langen Riemen. »Wir werden sehen, was wir heute damit ausrichten können.«

Sobald das Schiff vom Warpanker frei war, schwoite er achteraus auf die Küste zu. Die Strömung wirbelte um seinen Bug, als ob es schon in Fahrt wäre.

Auf dem Geschützdeck drängten sich viele Männer, und Bolitho wußte, daß unter Deck jeder freie Platz von erschöpften Soldaten belegt war. Er sah, wie die Gig über das Schanzkleid gehievt und dann sauber auf ihre Bettung zwischen den Kuttern gesetzt wurde. Die Seeleute arbeiteten ungewöhnlich schweigsam und blickten gelegentlich zu ihm herauf, als ob sie seine Pläne erraten wollten.

Im wachsenden Tageslicht konnte er bereits die Gesichter erkennen, und er stellte fest, daß er nun die meisten Männer mit ihren Namen kannte. Die Zuverlässigen und die Faulen, die Unzufriedenen und jene, deren Pflichtbewußtsein zwischen verschiedenen Graden hin und her pendelte. Er erinnerte sich an jenen Tag, da ihm alle fremd waren und Graves die Abwesenheit Tyrells entschuldigte. Es schien ihm schon eine Ewigkeit seitdem vergangen zu sein.

»Die Boote sind festgezurrt, Sir«, meldete Tyrell.

Bolitho lehnte sich über die Reling. Das Holz war feucht und klamm, aber in ein paar Stunden würde es heiß wie ein Schürhaken sein – falls es noch über Wasser war.

»Leute, ihr alle wißt von dieser Fregatte«, begann Bolitho. »Sie liegt dort flußaufwärts und läßt sich eine Menge Zeit, wie es die Franzosen am frühen Morgen gewöhnt sind!«

Er machte eine kleine Pause und bemerkte, daß sich einige ältere Leute zunickten und über seinen matten Scherz grinsten.

»Ihr könnt auch leicht sehen, daß wir die Segel nicht setzen können, ohne auf die Küste getrieben zu werden. Aber wenn Soldaten den weiten Weg über Land bis zu uns marschieren können, dann meine ich, bringen wir es auch fertig, sie nach Hause zu fahren. Was meint ihr dazu?«

Einen endlos langen Augenblick sprach und bewegte sich niemand, und er fühlte, wie Verzweiflung in ihm aufstieg. Warum auch sollten sie sich einsetzen? Nach seiner abweisenden Haltung nach dem Gefecht mit der Brigg mochten sie seine Worte nur wieder als eine neue Abfuhr betrachten.

Überraschenderweise war es der Bootsmann, der als erster das Schweigen brach. Er sprang auf das Backbordschanzkleid und brüllte mit einem Gesicht, das grotesk wie eine erhitzte Kanonenkugel glühte: »Auf was wartet ihr noch, meine Lieblinge? Ein Hurra für den Käptn und ein Hurra für die *Sparrow*!«

Das Hurragebrüll breitete sich über das Deck und bis zu den Toppsgasten auf den Rahen aus. Es pflanzte sich fort zu den verwirrten Soldaten unter Deck, die auf jedem Fußbreit in den überfüllten Räumen zusammengepfercht lagen.

Tilby grölte weiter: »Und zum Teufel mit diesen Scheißfranzosen!« Er schnitt bereits die Laschen vom nächstbesten Riemen, stieß die Männer an die Arbeit, jagte andere das Schanzkleid entlang, um die Pforten zu öffnen.

Als sich Bolitho umdrehte, sah er das breite Grinsen Tyrells und Buckle, der über das ganze Gesicht strahlte, als sie bereits auf hoher See unter vollen Segeln dahinrauschten. Sogar Graves lächelte.

»Klar bei Ankerspill«, sagte Bolitho. Er wünschte, daß sie jetzt mit ihrem Hurragebrüll aufhörten, daß Tyrell seinen Befehl weitergeben würde und ihn seinen Gedanken überließ. »Lassen Sie bitte die Riemen auslegen.«

Tyrell rief die Befehle aufs Geschützdeck hinunter. Die Rudergänger bezogen Posten am Ruderrad, das Ankerspill fing an, sich langsam zu drehen. Dann wandte er sich an Bolitho: »Die Kerls werden Sie nicht im Stich lassen, jetzt, da sie gesehen haben, was Sie für diese armen Rotröcke getan haben. Jetzt nicht, niemals, Käptn!«

Bolitho brachte es nicht fertig, ihn anzusehen. Statt dessen starrte er an der Backbordseite über die schwankende Reihe der Riemen hin, die über dem wirbelnden Wasser in der Schwebe gehalten wurden wie die Ruder einer alten Galeere. Es würde einer gewaltigen Kraftanstrengung bedürfen, die *Sparrow* in die Bay hinauszurudern. Bei diesem Gegenwind und mit der toten Last all ihrer Kanonen und ihrer zusätzlichen Passagiere könnte es vielleicht gar unmöglich sein.

»Riemen bei!«

Die Riemen schwangen vorsichtig nach vorn. Die Seeleute hielten die Rundhölzer fest gepackt und suchten mit ihren nackten Zehen Halt auf dem Deck.

»Anker frei!« Graves rannte zwischen den Seeleuten nach achtern und schrie: »Schiff treibt ab, Sir!«

»Ruder an!« Tilby warf sein ganzes Gewicht auf den letzten Riemen. Seine vorspringenden Muskeln zeigten seine ungeheure Kraftanstrengung.

»Hievt! Vorwärts, Kerls! Hievt! Und noch einmal!«

Im Takt hoben und senkten sich die Riemen, schlugen und peitschten das Wasser, um die Abtrift zur Küste aufzuhalten. Und dann, qualvoll langsam, kam die *Sparrow* unter Kontrolle und nahm Fahrt auf.

»Mr. Buckle, übernehmen Sie das Ruder!« schrie Bolitho. Dann wandte er sich an Tyrell: »Alle Offiziere, alle Mann an die Riemen! Alle!«

Als der Anker verkattet war, führte auch Graves seine Abteilung an die Riemen. Andere glitten an den Backstagen aus dem Rigg oder kamen von ihren Stationen gerannt, um den Ruderern zu helfen.

Bolitho versuchte, nicht nach der Landzunge zu sehen, die sich im Morgenlicht jetzt grün und braun färbte.

Die Peilung stand, und die Korvette kam kaum voran. Doch schon schnappten die Männer nach Luft. Nur Buckle und Bolitho selbst halfen nicht an den Riemen. Der Wind war zu stark, die Strömung zu stetig.

Tyrells Stimme klang wie eine Trompete. »Hievt! Hievt! Und noch einmal, Leute!« Aber es war umsonst.

Mit matter Stimme rief Buckle: »Wir werden wieder ankern müssen, Sir. Wir schaffen's nicht.«

Schon verloren einige Seeleute ihren Halt und fielen fast aus der Reihe der Ruderer. Da ertönte plötzlich über dem Quietschen und Platschen der Riemen eine starke, durchdringende Stimme: »Hierher, schnell! Verteilt euch unter die Seeleute!«

Bolitho starrte ungläubig. Foley sprang an Deck, und hinter ihm folgten in Zweierreihen – einige hinkend, andere mit verbundenen Augen – die Reste seiner Kompanie.

Foley blickte zu Bolitho hinauf. »Die Einundfünfziger haben es nie versäumt, die Marine auszustechen, Kapitän!«

Er stützte einen Mann, der hinter ihm hertastete. »Kürzlich haben Sie von Wundern gesprochen. Aber manchmal brauchen auch diese eine kleine Hilfe.«

Er wandte sich ab und packte neben einem Bootsmannsmaat das Ende eines Riemens.

Bolithos Hände umklammerten die Reling. Er versuchte sein Gesicht zu verbergen, aber er konnte seine Augen nicht von den vereinten Anstrengungen der Männer losreißen.

»Ich kann jetzt steuern, Sir«, rief Buckle heiser. »Das Ruder spricht an.«

Leise sagte Bolitho: »Der Oberst hat mir gesagt, er könne mit den richtigen Männern den halben Kontinent erobern. Mit diesen Leuten da könnte er die Welt gewinnen.«

Als er über das Schanzkleid schaute, sah er, daß die Landzunge langsam an der Steuerbordseite vorbeizog, und als Buckle sehr vorsichtig Ruder legte, wies der Klüverbaum allmählich ins freie Fahrwasser hinaus.

Da und dort fiel ein Mann erschöpft und ausgepumpt von den Riemen, doch der Schlag geriet kaum ins Stocken.

Als sich die Sonnenscheibe schließlich über die fernen Hügel erhob, war die *Sparrow* draußen in der Bay.

»Toppsgasten aufentern! Klar zum Segelsetzen!«

Der Klüver knatterte und flappte zornig, spannte sich dann zu einem straffen Bogen, und als die langen Riemen durch die Pforten eingeholt wurden, neigte sich das Deck in leichtem, doch befriedigendem Winkel.

»Gehen Sie auf Steuerbordbug, Mr. Buckle. So hoch an den Wind, wie Sie können. Wir brauchen möglichst viel Leerraum, um an Kap May vorbeizuschlüpfen.«

Tyrell kam aufs Achterdeck und stellte sich neben den Kompaß. Seine Augen beobachteten gespannt die Küstenlinie. Er sah sonderbar zufrieden aus.

Er bemerkte, wie Bolitho ihn beobachtete. »Es war ein gutes Gefühl, wieder an Land gewesen zu sein. In England würden Sie das gleiche empfinden.«

Bolitho nickte ernst. Vielleicht war Tyrell doch in Versuchung geraten. Aber er war zurückgekommen, und das allein zählte.

»Sie haben gute Arbeit geleistet, Mr. Tyrell, alle taten, was sie konnten!«

Tyrell grinste träge. »Wenn Sie mir die Freiheit verzeihen wollen, Sir, Sie selbst sind auch kein huflahmer Gaul.«

»Wahrschau an Deck! Segel steuerbord querab!«

Bolitho blickte Buckle an. »Der Franzmann ist schneller hinter uns her, als ich dachte. Lassen Sie bitte die Royals setzen!« Er ging über das schräg geneigte Deck zur Reling und beschattete seine Augen. »Wir werden ihm schon etwas bieten für sein Geld.«

Tyrell grinste immer noch. »Sie meinen wohl für des Generals Geld?«

Bolitho schaute an seinen schmutzigen Hosen hinunter. »Ich gehe jetzt und laß mich rasieren.« Auch in ihm steckte immer noch die fröhliche Stimmung. »Für den Fall, daß wir heute morgen noch Besuch bekommen, eh?«

Buckle sah ihn gehen. »Den kann aber auch nichts aus der Ruhe bringen!«

Tyrell spähte mit kritischem Blick zu den Toppsgasten hinauf. Er erinnerte sich an Bolithos Gesicht, als die verwundeten Soldaten an Deck getaumelt waren, um den Seeleuten an den Riemen zu helfen. In diesen wenigen Minuten hatte er hinter die zerbrechliche Gelassenheit geblickt und hinter der äußeren Hülle des Kommandanten den wirklichen Menschen entdeckt.

Er murmelte vor sich hin: »Sie sollten dessen nicht so sicher sein, Mr. Buckle. Er fühlt alles genauso wie jeder Mann an Bord . . .«

Bolitho schob das Teleskop zusammen und lehnte sich gegen ein Belegnagelbrett.

»Ändern Sie Kurs um zwei Strich, Mr. Buckle. Steuern Sie genau Ost.«

Vom Sichten der Fregatte bis zu dem Augenblick, da sie Kap May gefährlich nahe umrundet hatten, waren zwei Stunden vergangen. Der äußerste Sporn dieser elenden Landzunge lag kaum zwei Kabellängen entfernt in Lee, als sie in die freie See hinausbrausten. Sie waren so dicht unter der Küste gesegelt, daß sie den

Rauch eines Feuers an Land und das Blitzen eines verborgenen Fensters oder eines Fernglases in der Sonne gesehen hatten.

Es war Bolitho recht schwergefallen, still in einem Meßraumstuhl zu sitzen, während Stockdale ihn rasierte und ein sauberes Hemd herauslegte.

Nun endlich stand er wieder an Deck, beobachtete die Seeleute, die an die Brassen eilten, sah, wie sich das Bugspriet vor dem straff gespannten Rigg hob und senkte. Er fragte sich, warum er sich gezwungen hatte, so viel Zeit unter Deck zu vergeuden. War es Stolz oder Selbstgefälligkeit oder das Bedürfnis, sich wenigstens für ein paar Minuten zu entspannen? Oder fühlte er die Notwendigkeit, auf seine Männer solch einen ruhigen Eindruck zu machen, daß er an seine Bequemlichkeit denken konnte?

Als die Korvette nun immer mehr abfallen konnte, bis die Brise genau von achtern einfiel, fühlte er, wie sich jede Spiere, jede Planke der Bewegung anpaßte. Er sah, wie die Großrah sich über dem Achterdeck wie ein riesiger Bogen spannte. Die Toppsgasten, die mit gespreizten Beinen in den Fußpferden standen, kümmerten sich nicht um das Vibrieren der Takelage. Sie dachten nicht an Vorsicht, obwohl doch jeder falsche Tritt augenblicklichen Tod bedeutete oder auch die furchtbare Qual, zusehen zu müssen, wie das Schiff davonpflügte und den Gestürzten in der weiten Wüste des Meeres allein ertrinken ließ.

»Kurs liegt an, Sir, genau Ost!«

Bolitho warf einen Blick auf den Kompaß und prüfte sorgfältig den Trimm der Segel. Jeder Zoll des Tuchs war voll gespannt, die Wölbungen so rund und straff, daß sie zu bersten schienen.

Er winkte mit dem Fernglas. »Noch einen Pull an der Backbordbrasse der Fock, Mr. Tyrell. Lassen Sie dann belegen!«

Während die Männer herbeiliefen, um den Befehl auszuführen, blickte er wieder zurück. Schon als sie noch aus der Bucht herauskreuzten, hatte der Feind aufgeholt. Die *Sparrow* hatte viel Zeit verloren, um sich von der Landspitze freizusegeln. Bolitho legte sein Fernglas auf der Reling auf. Ihr Verfolger stob und stampfte über die sprühenden Wellenkämme. Die Fregatte war in fliegenden Gischt gehüllt, und die See wuchs bis zu ihren Geschützpforten hinauf, während sie auf Steuerbordbug dahinraste und ihren schlanken Rumpf und die Pyramiden ihrer vollen Segel zeigte. Sobald sie die offene See erreicht hatte, setzte sie die Royals und hielt nun auf tieferes Wasser zu, bevor sie die Jagd wieder aufnahm.

Tyrell kam nach achtern und schüttelte die Salzwasserspritzer von seinen Armen und aus seinem Gesicht.

»Wir liegen genau vorm Wind, im Augenblick können wir nichts weiter tun.«

Bolitho antwortete nicht. Vom Achterdeck aus blickte er über die unregelmäßigen Reihen verwundeter Soldaten hin. Andere, die weniger schwer verletzt waren, halfen beim Verbinden der Wunden und schleppten Essen herbei. Zwei Assistenten Dalkeiths stiegen an Deck, warfen ein Bündel über Bord und verschwanden wieder in einem Niedergang, ohne sich umzusehen. Bolitho sah das Bündel im Schaum des Kielwassers davontreiben. Sein Magen zog sich schmerzhaft zusammen. Es hatte wie durchblutete Verbände ausgesehen, doch war es wohl ein amputiertes Glied irgendeines glücklosen Soldaten gewesen. Seit die Korvette Anker gelichtet hatte, war Dalkeith nicht aus seinem behelfsmäßigen Schiffslazarett aufgetaucht. In fast völliger Dunkelheit arbeitete er mit Tupfern und Säge, während das Schiff stampfte und rollte.

Durch das Brausen des Windes gellte Graves' Stimme: »Der Franzose hat geschiftet, Sir!«

Die Fregatte lag nun ungefähr acht Kabellängen steuerbord querab, mehr waren es bestimmt nicht. Sie segelte parallel zur *Sparrow.* Ihre Royals waren vierkant gebraßt und zerrten in ihren Lieken wie bleiche Brustpanzer.

»Sie holt auf, Mr. Tyrell«, sagte Bolitho, »zwar nicht sehr schnell, aber doch genug, um uns in Verlegenheit zu bringen.«

Tyrell stützte sich auf die Reling. Seine Augen waren nach vorn gerichtet, ohne sich um den Feind zu kümmern.

»Soll ich klar Schiff zum Gefecht befehlen, Sir?«

Bolitho schüttelte seinen Kopf. »Wir können nicht. Jeder freie Platz im Schiff ist von Soldaten belegt. Auf dem Geschützdeck ist kaum Platz für den Rückstoß eines Zwölfpfünders.« Er dachte an die großen Zweiunddreißigpfünder, die zu beiden Seiten des Bugs aufgestellt waren.

Da der Feind von achtern auflief, waren sie nutzlos und nur eine zusätzliche Belastung für das Schiff. Wäre der Feind in ihrem Schußbereich gefahren, so hätten sie ihn wenigstens vorübergehend in Schach halten können, so lange, bis ein Schiff des Küstengeschwaders zu Hilfe gekommen wäre.

Tyrell schaute ihn besorgt an. »Sie haben die Wahl, Sir. Entweder Sie fahren jetzt an der Küste entlang und riskieren, daß der Wind Sie vollkommen im Stich läßt, oder Sie ändern in etwa einer Stunde den Kurs seewärts.«

Er stemmte die Hüfte gegen die Reling, als die *Sparrow* stark rollte. Der Gischt stob über die Decks und prasselte gegen die untersten Segel wie Bleischrot.

»Es verläuft hier ein langer Rücken von Sandbänken von Nord nach Süd. Sie können auf der äußeren oder inneren Seite entlangsegeln. Aber in einer Stunde müssen Sie sich entscheiden.«

Bolitho nickte. Selbst die mangelhafte Kenntnis des Seegebietes, die er aus seinen Karten entnommen hatte, bewies, daß Tyrell nur zu recht hatte. Die Untiefen erstreckten sich wie ungleichmäßige Buckel auf etwa zwanzig Meilen quer über seine Kursrichtung. Würde er über Stag gehen, um die Sandbänke zu meiden, bedeutete dies Zeitverlust, und da der Feind schon so nahe kam, war es zu gefährlich.

Tyrell rieb sein Kinn. »Wir könnten abwarten, was der Franzose zu tun gedenkt. Aber für uns wäre es dann zu spät.« Hilflos zuckte er die Achseln. »Es tut mir leid, Sir. Ich bin auch keine große Hilfe für Sie.«

Bolitho starrte an ihm vorbei zum Land hinüber. Die Küste fiel, sich nach Nordost wendend, zurück. Die Entfernung, etwa zehn oder fünfzehn Meilen, war im hellen Sonnenglanz und tieftreibenden Seedunst schwer abzuschätzen.

»Sie haben schon sehr viel geholfen.«

Er kehrte zum Kompaß zurück und bemerkte, daß Buckle ihn grimmig anblickte. Das Gelächter, die plötzliche Entspannung, als sie von Land freikamen, waren vorbei. Aus dem Gerücht von einem irgendwo liegenden Schiff war eine wirkliche, tödliche Bedrohung durch die Reihe feindlicher Geschützpforten geworden.

»Wahrschau an Deck! Segel steuerbord voraus!«

Aufgeregt zischte Graves: »Das Geschwader, bei Gott, jetzt wird es besser!«

Ein paar Augenblicke später: »Deck! Es ist ein Lugger, Sir. Läuft ab!«

Bolitho verschränkte die Hände hinter seinem Rükken. Irgendein furchtsamer Kauffahrer. Kein Zweifel! Bliebe er in Sicht, würde er innerhalb einer Stunde Zeuge eines ungleichen, einseitigen Kampfes sein.

»Der Franzose hat seinen Kurs etwas geändert!« Buckle spähte durch sein Teleskop achteraus. »Er braßt seine Rahen an.«

Bolitho zählte die Sekunden und wartete. Die Fregatte war aus ihrem ursprünglichen Kurs gelaufen. In jagender Geschwindigkeit drehte sie ganz leicht vom Parallelkurs ab. Bolithos Körper spannte sich, als er den Puff braunen Rauches sah, der sofort im achterlichen Wind davontrieb.

Das schwere Geschoß klatschte etwa eine Kabellänge zu kurz in die See. Eine Wasserfontäne stob auf wie von einem blasenden Wal.

Bolitho wollte das Freudengebrüll seiner Leute nicht hören. Was immer sie glauben mochten, es war ein einwandfreier Schuß. Die Fregatte hatte mit einem schweren Geschütz, das etwa seinen eigenen Buggeschützen gleichen mochte, fast zwei Meilen weit geschossen.

Foley tauchte an seiner Seite auf. »Ich habe den Abschuß gehört.« Er beschattete seine Augen und spähte über das Schanzkleid. »Er will Sie entnerven.«

Bolitho lächelte ernst. »Oh, er will noch viel mehr, Oberst.«

Er hörte schwere Schritte auf dem Achterdeck und entdeckte Dalkeith, der mit trüben Augen in die Sonne blinzelte und sich mit einem großen Taschentuch den Schweiß aus dem Gesicht wischte. Der Arzt hatte seine schwere Schürze abgelegt, aber Beine und Schuhe waren voll dunkler, noch feuchter Flecken.

Mit ein paar kurzen Worten gab er Bolitho seinen Bericht. »Das wär's für den Augenblick, Sir. Zehn Mann sind gestorben, aber ich fürchte, daß ihnen noch einige folgen werden.«

Voll Bewunderung sagte Foley: »Danke, Mr. Dalkeith, besser, als ich zu hoffen wagte.«

Alle drehten sich um, als wieder ein dumpfer Knall über die weißen Wogenkämme hallte. Der Einschlag lag näher und auf gleicher Höhe mit der Steuerbordseite.

Dalkeith zuckte die Achseln. »Auf festem Boden hätte ich vielleicht mehr retten können, Oberst.« Er wandte sich ab und ging zur Reling. Seine Schultern waren wie unter einer großen Last gebeugt, und die Perücke saß ihm schief auf dem Kopf.

»Ein guter Chirurg«, sagte Bolitho. »Gewöhnlich heuern nur Taugenichtse oder Trunkenbolde an. Er ist keines von beiden.«

Foley betrachtete die Fregatte durch ein Fernglas. »Vielleicht hat ihn eine Frau auf die See getrieben.« Er duckte sich unwillkürlich, als der Feind feuerte und die Kugel hoch über ihre Köpfe wimmerte, bevor sie auf der anderen Seite eine Fontäne aus Gischt aufwarf.

»Er hat sich jetzt auf uns eingeschossen, Mr. Tyrell. Lassen Sie die Flagge setzen.«

Bolitho sah, wie die scharlachrote Flagge sich an der Gaffel entfaltete.

»Mr. Dalkeith, Ihre Gehilfen sollen die Verwundeten auf die Backbordseite tragen.« Er schnitt den unausgesprochenen Protest des Arztes ab. »Besser jetzt als später, wenn wir wirklich in Schwierigkeiten sind.«

Graves kam nach achtern gerannt.

»Geschütze ausrennen, Sir?«

»Nein.« Er blickte auf, als wieder ein Geschoß über das Deck heulte. »Lassen Sie die Steuerbordbatterie laden. Kartätschen mit doppelter Ladung.«

Er beachtete nicht den verwirrten Gesichtsausdruck des Leutnants und wandte sich an Foley.

»Wenn wir feuern müssen, dann wird es nur diese eine Breitseite sein. Sie sind selbst unter Deck gewesen. Mit dem Schiff, das randvoll mit Kranken beladen ist, können wir uns nicht in einen Nahkampf einlassen.«

Foley schaute weg. »Es tut mir leid, Kapitän.«

Bolitho sah ihn ernst an. »Es soll Ihnen nicht leid tun. In meinen Befehlen steht wenig von Kämpfen geschrieben. Mein Auftrag befaßt sich nur mit Beförderung.« Er lächelte mühsam. »Leider hat ihn der Franzmann nicht gelesen.« Er blickte aufs Geschützdeck hinunter, wo die Verwundeten auf die andere Seite getragen wurden. Inzwischen überwachten Graves und Yule, der Batterieführer, das sorgfältige Laden aller Steuerbordgeschütze.

Schließlich erschien Graves an der Leiter zum Achterdeck und meldete, daß außer vieren alle Kanonen geladen und schußbereit seien. Er brach mit heiserem Keuchen ab, als ein langgezogenes Kreischen die Luft erfüllte. Es klang, als ob plötzlich tausende Teufel aus der See gestiegen seien.

Die Wanten, das ganze Rigg zuckte wild. Männer duckten sich nieder und hielten die Hände über die

Köpfe. Zerfetztes Tauwerk und abgerissene Blöcke prasselten auf sie nieder.

Bolitho preßte die Hände hinter seinem Rücken noch fester zusammen, bis der Schmerz ihm half, sich wieder zu beruhigen. Drahtkugeln, wie sie die große *Bonaventure* verwendet hatte! Sie waren bösartig und gefährlich und bestanden aus Eisenteilen, die miteinander verbunden waren. Mit Leichtigkeit konnten sie Teile des Riggs und Spieren abtrennen. Aber im Gegensatz zu Kettenkugeln, die sonst meist benützt wurden, konnten sie Männer, die nicht durch Reling oder Schanzkleid gedeckt waren, oft grauenhaft zurichten. Offensichtlich beabsichtigte der Franzose, die *Sparrow* zu entmasten und sie dann ohne allzu große Beschädigungen mitsamt ihrer Last als Prise zu nehmen. Mit dem Gold konnten viele künftige Ausgaben beglichen werden, und die *Sparrow* würde eine wertvolle Verstärkung für die feindliche Flotte abgeben. All das war früher schon oft geschehen. In der nächsten Stunde würde er es selbst erleiden.

Das Buggeschütz spuckte wieder eine Rauchwolke aus, und das Großsegel der *Sparrow* platzte in einer sirrenden Explosion auseinander. Durch den Winddruck riß sich das getroffene Segel von selbst in tausend Fetzen, bevor noch das Geschoß ins Wasser geplatscht war.

Bolitho spürte den Unterschied sofort. Die Schiffsbewegungen in den Wellen wurden schwerfälliger, und die Rudergänger mußten mit verstärktem Drehen des Rades hart kämpfen, um das Schiff auf Kurs zu halten.

Schon wieder das dämonische Aufkreischen wirbelnder Eisenteile, das Klatschen und Klappern heruntergerissener Taue und Fallen. Hoch über Deck arbeiteten die Toppsgasten fieberhaft, um das zerrissene Rigg wieder auszubessern, aber inzwischen war die Fregatte viel näher gekommen, und Bolitho sah deutlich, wie ihre drei vordersten Geschütze Feuer und Rauch ausspien. Er wußte, daß der Feind immer mehr aufholte und bald seine ganze Artillerie zum Tragen bringen konnte.

Geschosse winselten und heulten über das Schiff, und eines fetzte durch das Besanbramsegel. Es klang wie ein auf Holz klatschender Peitschenschlag. Schreiend und fluchend versuchten die Seeleute das beschädigte Segel zu bergen, doch der Wind schlitzte es mit einem Knall von oben bis unten auseinander.

Bolithos Hände krampften sich um die Reling. Wenn doch nur ein britisches Segel in Sicht käme oder irgend etwas, das der Fregatte den Mut nehmen würde und sie zwänge, wenigstens für ein paar Augenblicke den Bug zu wechseln.

Er sah, wie eine Kugel über die Wellenkämme daherschlitterte. Die hochstäubenden Federn aus Gischt markierten deutlich ihre Flugbahn. Unter Bolithos Füßen zuckte das Deck, als das Geschoß in die Wasserlinie krachte.

Aus der Tiefe des Schiffsrumpfes erklang gedämpftes Geschrei, und in Bolithos Gedanken tauchten grauenhafte Bilder auf. Er sah die Kranken und Verwundeten, einige, denen soeben erst von Dalkeith ein Glied amputiert worden war und die nun das drohende Kanonengebrüll und die von Schuß zu Schuß sich steigernde Genauigkeit des feindlichen Feuers ertragen mußten.

Bethune kam vom Niedergang her gerannt.

»Herr Kapitän, der General wünscht laufend Meldung ...« Er bückte sich, als ein Geschoß durch die Reling schmetterte und zwei Seeleute in einem Durcheinander von zerfetzten Gliedern und sprudelndem Blut über das Deck schleuderte.

Bolitho wandte sich ab. Vor wenigen Minuten erst hatte er mit einem von ihnen gesprochen. Nun war er nur noch ein zerrissenes, blutiges Bündel.

»Sagen Sie dem General, er soll unter Deck bleiben und ...«

Er brach ab, als mit splitterndem Krachen die Großbramstenge überkippte. Das Segel peitschte wild im Gewebe zerrissenen Tauwerks. Die Rah selbst zerbrach in zwei gleiche Teile, bevor sie aufs Deck polterte. Männer rannten in panischer Verwirrung davon. Dann polterte die Lawine aus Holz und Tauen über die Backbordreling und schleppte im wirbelnden Gischt längsseits nach. Ein Mann, es mußte der Ausguck gewesen sein, wurde zur Großmastrah geschleudert. Sogar über all dem Lärm hörte Bolitho seine schrillen Schreie, bevor er überkippte und auf das Geschützdeck aufschlug.

Wieder blitzten die Mündungsfeuer auf. Tilby sprang zwischen seine strauchelnden Leute. Er schwang seine Arme wie Dreschflegel und schob und trieb sie an, damit sie das Schiff mit den Äxten vom zerfetzten Rigg befreiten.

»Wir werden Kurs ändern müssen, Sir«, schrie Tyrell. Er büllte laut, um sich Gehör zu verschaffen. Mit maskenhaft verzerrten Gesichtern rannten die Männer an ihm vorbei, sie sahen nicht einmal die blutigen Leichen in den Speigatten.

Bolitho starrte ihn an. »Wieviel Wasser steht dort über den Sandbänken?«

Tyrell glaubte, falsch verstanden zu haben. »Zu dieser Stunde? So gut wie nichts!« Er spähte mit wilden Augen zu den Segeln hinauf, als wieder eine Eisenladung heulend durch die Takelage fuhr. Ein Toppsgast hatte den Halt verloren. Zwei seiner Kameraden hielten seine Hände gepackt, während seine Beine hilflos in der Luft strampelten. Schweiß, Angst oder ein sausender Splitter mochten schuld sein, daß ihn die beiden plötzlich fallen ließen. Mit einem kurzen Schrei stürzte der Mann kopfüber, scheinbar ganz langsam, bis er neben dem Schiffsrumpf in die See platschte. Bolitho sah ihn mit ausgebreiteten Armen wie ein Schatten am Achterdeck vorbeihuschen. Seine Augen waren verdreht, so daß man das Weiße sehen konnte. Dann schlossen sich die Wogen über ihm.

»Ich muß es wagen!« brüllte Bolitho laut. Er merkte nicht, daß es in dem wilden Getöse nur wie Gemurmel klang. »Welchen Kurs wir ausfahren, immer kann uns die Fregatte mit ihren Geschützen bestreichen.«

Tyrell nickte heftig. »Sie haben recht. Ich werde einen Mann mit der Lotleine ...«

Bolitho packte ihn am Arm. »Nein, wenn Sie das tun oder Segel reffen lassen, dann wird der verfluchte Hund merken, was wir vorhaben.« Er schüttelte ihn heftig. »Sollte ich fallen, müssen Sie versuchen, mit dem Schiff durchzukommen.«

Ein Geschoß krachte hinter ihm in die Reling. Splitter und Holzteile flogen durch die Luft, und Bolitho sah, wie Foley mit einer Hand nach seiner Schulter griff, wo die Epaulette sauber herausgetrennt worden war.

»Heiße Arbeit heute, Kapitän!«

Bolitho starrte ihn an. Er fühlte, daß sein Mund sich

zu demselben grausigen Grinsen verspannte. Gleich seinen Gesichtszügen verhielt sich auch das Schiff wie ein unbeherrschbares Ding. Die übriggebliebenen Segel trieben es ständig auf die verborgene Gefahr der Sandbänke zu. Er baute seinen Plan ganz auf Tyrells Kenntnis und auf die Hoffnung, daß der Franzose sich der Gefahr nicht bewußt war oder daß er in blindwütiger Verfolgung nur noch an raschen Sieg zu denken vermochte.

Bolitho brachte es fertig, trotz des ununterbrochenen Geschützfeuers, des Krachens und Splitterns, mit dem die Geschosse ihr Ziel trafen, alle kleinen, aber wichtigen Einzelheiten auf beiden Seiten wahrzunehmen.

Ein schrecklich verwundeter Seemann, dessen Schulter zu blutigem Brei zerschmettert war, lag in den Armen eines Soldaten mit verbundenem Gesicht, der bei einem früheren Gefecht geblendet worden war. Doch seine Hände kümmerten sich nicht um das schreckliche Durcheinander. Beruhigend hielten und beschirmten sie den Seemann und tasteten nach einer Wasserflasche, um seine Schmerzen zu lindern. Und Dalkeith! Er hatte seine Perücke in eine Tasche gestopft und kniete neben einem Verwundeten. Mit seinen blutigen Fingern, die roten Klauen glichen, tastete er die Verletzung ab, während seine Augen bereits auf dem nächsten und übernächsten Opfer ruhten.

Und durch all das schritt Graves hinter den geladenen Geschützen auf und ab. Sein Kinn hatte er gegen die Brust gepreßt. Er unterbrach seine Wanderung nur, um eine Geschützbedienung zu überprüfen oder um über einen Toten oder über niedergebrochene Teile des Riggs hinwegzusteigen.

Vom Bug her erscholl ein verzweifelter Schrei: »Ich kann den Grund sehen!«

Bolitho beugte sich über das Schanzkleid. Im blendenden Licht sprühte der Gischt am Rumpf hoch. Tauwerk und ein zerschmetterter Kutter schleppten längsseits im Wasser. Dann bemerkte er die in der Tiefe vorbeiflitzenden schattenhaften Gebilde. Algen und Felsrippen, von denen sich einige wie aufgescheuchte Ungeheuer gegen den Kiel aufzubäumen schienen.

Wenn das Schiff nun auf Grund rannte, dann würden ihm die Masten fortgerissen werden. Knirschend und berstend würde es in die See sinken.

Er wandte sich um und suchte den Feind. Wie nahe er schon war! Weniger als drei Kabellängen querab! Seine ganze Batterie hatte er ausgerannt, um den ungleichen Kampf mit einer vollen Breitseite zu beenden.

Mit heiserer Stimme murmelte Buckle: »Beim allmächtigen Gott, der Franzose hat einen sicheren Kanal gefunden.« Seine Stimme klang wie zerbrochen. »Die Hunde haben uns erledigt.«

Bolitho schaute Tyrell an. »Lassen Sie die Bramsegel wegnehmen.« Er konnte die Verzweiflung in der Stimme nicht mehr verbergen.

»Sie hatten keine andere Wahl, Sir . . .«

Er brach plötzlich ab, als Buckle und Fähnrich Heyward gleichzeitig aufschrien.

»Er ist aufgefahren!«

Bolitho sprang zwischen sie und starrte wie irr und voll Unglauben auf das feindliche Schiff.

Es hatte gerade auf den anderen Bug gehen wollen. Entweder hatte sein Kapitän die furchtbare Gefahr bemerkt, oder er wollte die Korvette jetzt mit der ersten vollen Breitseite bestreichen. In diesem Augenblick war die Fregatte mit großer Geschwindigkeit auf die Klippen gerannt.

Über die See her konnten sie das berstende Krachen und das fürchterliche Gerumpel hören, als der Rumpf am Grund aufschlug. Dann warf sich das Schiff zur Seite, und gleichzeitig kam in einem mächtigen Vorhang aufschäumenden Gischtes sein Fockmast, verheddert mit den Groß- und Besanstengen von oben.

Bolitho mußte mehrmals rufen, um das Hurra- und Freudengebrüll seiner Leute zum Schweigen zu bringen. Ihnen selbst drohte doch dieselbe Gefahr!

»Ändern Sie den Kurs fünf Strich steuerbord!«

Er wischte sich den Schweiß aus den Augen und blickte auf den Kompaß. Seine Gedanken waren vom Krachen der Spieren und Ächzen der Planken wie benommen.

»Steuern Sie Südsüdost!«

Nur unter der zerrissenen Fock und den Marssegeln schwenkte die *Sparrow* träge ein, als ob auch sie ohne Vernunft und Verstand wäre. Das Tauwerk ächzte, Blöcke klapperten, und im Bemühen, den Befehlen zu gehorchen, kletterten die Männer wie verwirrte Tiere über die Trümmer.

Bolitho hob seine Hände an den Mund.

»Mr. Graves, Geschütze ausrennen!«

Die Pforten öffneten sich knarrend, und die Kanonen wurden auf ihren Rollen ins blitzende Sonnenlicht geschoben. Auf dem neuen Kurs legte sich die Korvette etwas über. Die Kanonen rumpelten schnell über die Decksplanken.

»Geschütze ausgerannt!« meldete Graves und blickte zu Bolitho hinauf.

Mit zusammengekniffenen Augen hob Bolitho die Hand. Er zwang sich, das feindliche Schiff als Ziel zu betrachten und nicht als ein vor kurzem noch lebendiges Geschöpf, das sich nun in Todesqualen wand.

»Geschütze richten, Mr. Graves. Volle Erhöhung!«

Er peilte die entmastete Fregatte, die hinter dem Steuerbordbug der *Sparrow* zurückfiel. Der aufgewühlte Sand rings um das Wrack zeigte die Gewalt, mit der es aufgerammt war.

Seine Hand zuckte nach unten. »Feuer!«

Der Schiffsrumpf bebte und bockte, als Geschütz nach Geschütz seine doppelte Ladung über die Wellenkämme spie und in den hilflosen Feind schmetterte. Die Fregatte beantwortete das Feuer aus einigen Drehbassen. Als ihr aber die ersten schweren Geschosse zusammen mit den Kartätschen in die Flanken und über das Deck fuhren, schwiegen auch diese.

Bolitho hob wieder die Hand. »Feuer einstellen! Geschütze sichern!« Dann wandte er sich an Buckle: »Wir gehen sofort über Stag. Kurs Nordost zu Nord!« Er blickte zum rauchenden Wrack zurück. »Es wird dort liegen bleiben, bis jemand kommt. Freund oder Feind, es macht keinen Unterschied mehr.«

Tyrell sah ihn ernst an. »Aye, Aye, Sir!« Er schien noch auf irgend etwas zu warten.

Bolitho ging zur Reling und blickte auf die Leute hinunter. Sie zurrten die Kanonen fest, begannen die Schäden zu flicken und das durcheinandergebrachte Rigg zu klarieren. Überall wurde gearbeitet, um die *Sparrow* für die nächste Herausforderung bereitzumachen. Es gab kein Freudengebrüll. Alles ging sehr still vonstatten. Nur ein paar Seeleute grinsten, als sie Freunde noch lebend antrafen. Hier ein Nicken, dort ein Schulterklopfen. All dies erzählte Bolitho mehr, als Worte es vermocht hätten.

»Die Männer haben eine Menge gelernt, Mr. Tyrell.«

Er sah Dalkeith aufs Achterdeck heraufsteigen und nahm all seinen Mut zusammen, um die Liste der Toten und Sterbenden in Empfang zu nehmen.

»Von diesem Tag an werden sie zu allem bereit sein.«

Er übergab seinen Degen an Stockdale. Obwohl er sich nicht erinnern konnte, ihn bemerkt zu haben, hatte er sich doch die ganze Zeit in seiner Nähe gehalten.

»Bereit, wie ich es will.«

VIII Des Kapitäns Entscheidung

Der Aufenthalt der *Sparrow* in New York war die enttäuschendste und langweiligste Zeit, an die sich Bolitho erinnern konnte. Er hatte gehofft, mit einigen Wochen für Reparaturarbeiten und Auffüllen der Vorräte davonzukommen. Statt dessen aber mußte er mit wachsender Ungeduld warten und zusehen, wie alle anderen Schiffe vor ihm klar gemacht würden. Jedenfalls kam es ihm so vor.

Als sich die Zeit in den zweiten Wartemonat hineinschleppte, war er bereit, eher zu verhandeln als zu fordern, ja die ihm zustehende Unterstützung von den Hafenbehörden eher zu erbitten als zu erwarten. Und den Gerüchten nach, die er da und dort aufschnappte, waren alle kleineren Schiffe in derselben Lage.

Die Arbeiten an Bord schritten ständig voran. Schon

glich die *Sparrow* einem erprobten Veteran. Die Segel wurden sorgfältig geflickt und keineswegs großzügig erneuert. Anscheinend wußte niemand, wann Nachschub aus England eintreffen würde, und was bereits in New York lagerte, wurde eifersüchtig bewacht, oder, wie Bolitho befürchtete, für entsprechende Trinkgelder gehortet. Die zerbrochene Großbramstenge war aus dem Wasser gefischt und repariert worden. Von Deck aus schien sie so gut wie neuwertig zu sein. Ob sie aber einem wirklichen Sturm widerstehen oder wie sie sich bei der Jagd auf einen Blockadebrecher bewähren würde, beschäftigte oft Bolithos Gedanken. Dazu kamen noch der ständige Strom fälliger Berichte, die Ersatzteil- und Lebensmittellisten, die endlos mit den Leuten der Ausrüstungsdepots besprochen werden mußten. Schließlich fing er an zu glauben, daß weder er noch sein Schiff jemals diesen Hafen wieder verlassen würden.

Der Stolz und die Erregung, eine französische Fregatte auf Grund gejagt und die geretteten Soldaten sicher an Land abgesetzt zu haben, waren düsterer Niedergeschlagenheit gewichen. Tag um Tag ertrug die Schiffsbesatzung die Arbeit in glühender Hitze, obwohl sie wußte, daß sie keine Möglichkeit hatte, an Land zu gehen, es sei denn unter strenger Aufsicht und nur in dienstlichen Angelegenheiten. Bolitho wußte, daß die Gründe für diese Vorschrift bis zu einem gewissen Grade gesund und vernünftig waren. Jedes Schiff, das einlief oder ausreiste, war unterbemannt, und es war bekannt, daß skrupellose Kapitäne darauf aus waren, Seeleute anderer Schiffe zu stehlen, wann immer sich eine Gelegenheit bot.

Auch Bolitho fehlten, seitdem er das Kommando

übernommen hatte, fünfzehn Mann, die entweder gefallen oder so schwer verletzt waren, daß sie für weiteren Dienst nicht mehr in Frage kamen.

Und die Neuigkeiten waren wenig ermutigend. Überall auf dem Festland befanden sich die britischen Truppen in Schwierigkeiten. Im Juni wurde eine ganze Armee durch die Angriffe General Washingtons in der Schlacht von Monmouth zum Rückzug gezwungen, und den Berichten nach, die bis zu den ankernden Schiffen durchsickerten, war keine Besserung der Lage zu erhoffen.

Hinzu kam eine weitere Sorge für die Flotte. Der erste Hurrikan der Saison war über die See gefegt. Wie eine Sichel durch das Korn war er von der Karibischen See heraufgezogen und hatte auf seinem Weg etliche Schiffe zerstört, andere so zugerichtet, daß sie nun, da sie so dringend gebraucht wurden, nicht einsatzbereit waren. Bolitho konnte die Sorgen des Admirals gut verstehen, denn die ganze Strategie an der amerikanischen Küste hing von der Wachsamkeit der Patrouillen und der einsam kreuzenden Fregatten ab. Sie waren seine Augen und die Verlängerung seines Willens.

Nur für eines war Bolitho sehr dankbar. Sein Schiff war unter der Wasserlinie nicht so schwer beschädigt worden, wie er zuerst befürchtet hatte. Garby, der Schiffszimmermann, hatte recht, als er sagte, die Korvette sei wie eine kleine Festung.

Bei seinen regelmäßigen Inspektionsgängen unter Deck hatte er den Stolz des Zimmermanns verstehen gelernt, denn die *Sparrow* war als Kriegsschiff gebaut worden. Sie war nicht, wie viele andere Einheiten, von der Handelsmarine, die geringere Ansprüche stellte, sondern durch die Kriegsflotte angekauft worden. Die kräftigen Spanten der Korvette waren in ihren Krümmungen gewachsen und nicht mit der Säge ausgeschnitten worden, so daß der Rumpf die ganze zusätzliche Sicherheit natürlicher Stärke besaß. Abgesehen von einigen zerfaserten Einschußlöchern unter dem Achterdeck, welche die Werkzeuge und Hilfe der New Yorker Werften erforderten, konnte sein Schiff segeln und kämpfen wie zuvor. Dies machte die Verzögerung im Hafen um so unerträglicher.

Bolitho hatte den Konteradmiral Christie an Bord des Flaggschiffs besuchen dürfen, hatte aber dabei nicht viel darüber erfahren, wann sein Schiff wieder auslaufen könne. Ironisch hatte der Admiral bemerkt: »Wenn Sie mit General Blundell weniger Scherereien gehabt hätten, stünden die Dinge vielleicht anders.«

Als Bolitho versucht hatte, mehr aus ihm herauszubringen, hatte er ärgerlich geantwortet: »Ich weiß, der General war im Unrecht, als er sich so verhielt, wie er es tat. Ganz New York weiß das inzwischen. Vielleicht wird er sogar zur Rechenschaft gezogen werden, wenn er nach England zurückkehrt. Da ich aber seinen Einfluß in gewissen Kreisen kenne, muß ich das bezweifeln. Es ist Ihre Sache, Bolitho, daß Sie ihn gedemütigt haben. Sie haben recht gehandelt, und ich habe bereits einen Bericht abgefaßt, der mein Vertrauen in Sie bezeugt. Aber man macht sich mit dem rechten Weg nicht immer beliebt.«

Eine besondere Nachricht aber hing über Bolitho wie eine dunkle Wolke. Sie schien ihn zu quälen, während er Tag um Tag versuchte, sein Schiff seeklar zu machen. Eine einlaufende Brigg hatte Neuigkeiten von dem Kaperschiff *Bonaventure* gebracht. Es hatte einigen Versorgungs- und Kriegsschiffen Gefechte geliefert, zwei Prisen genommen und eine Korvette, ein Geleitschiff, versenkt. Genau, wie er es geahnt hatte. Aber das Schlimmste für ihn war, daß der Freibeuter an die Stelle des damaligen Seegefechtes zurückgekehrt war und die zerschossene Fregatte *Miranda* gefunden hatte.

Eine Handvoll Überlebender war in einem kleinen treibenden Boot entdeckt worden. Einige waren verwundet oder vor Durst halb irr, die anderen niedergeschlagen und wie betäubt, da sie doch so viel gearbeitet hatten, um ihr Schiff zu retten.

Immer und immer wieder zergrübelte sich Bolitho sein Gehirn, prüfte sein Verhalten und fragte sich, was er damals sonst noch hätte tun können. Er hatte seine Befehle ausgeführt. Lieber hätte er der Fregatte geholfen. Aber er hatte der Pflicht den Vorrang eingeräumt. Und so hatte er das beschädigte Schiff wie ein hilfloses Tier dem Tiger ausgeliefert.

In seinem Herzen wußte er, daß er keine andere Entscheidung hatte treffen können. Er wußte auch, daß er anders gehandelt hätte, wäre er sich nicht darüber im klaren gewesen, wie notwendig die beiden Transportschiffe gebraucht wurden. Als er dies dem Kapitän der Brigg eingestanden hatte, schüttelte der den Kopf.

»Dann läge jetzt auch Ihre *Sparrow* auf dem Grund des Meeres. Die *Bonaventure* ist allem außer einem Linienschiff gewachsen.«

Bolitho ging nur in dienstlichen Angelegenheiten, zu Besorgungen und Zahlungen an die Werftleute an Land. Er hielt es für unfair, von seinen Vorrechten Gebrauch zu machen, wenn seine Leute auf ihrem Schiff, dessen Größe jeden Tag zu schrumpfen schien, eingesperrt waren. Auch widerten ihn die Dinge, die er in

New York zu sehen bekam, an. Es gab allerlei langweilige militärische Vorbereitungen dort. Artillerie wurde gedrillt. Zum Vergnügen von Tagedieben und schreienden Kindern rückten bespannte Geschütze vor. Fußsoldaten rannten schwitzend in der brütenden Hitze, verschiedentlich hatte er sogar Kavallerie gesehen.

Aber seine eigentliche Abneigung saß viel tiefer. Die Auswirkungen der immer schlechteren Nachrichten reichten nur bis zu einer bestimmten Grenze. In den großen Häusern verging kaum eine Nacht ohne Empfänge oder Bälle. Stabsoffiziere und reiche Kaufleute, Damen in großer Robe und blitzenden Juwelen – es war kaum zu glauben, daß in der Nähe so blutige Kampfhandlungen stattfanden. Bolitho wußte aber auch, daß ein Teil seines Abscheus auf seiner eigenen Ungeschicklichkeit, in solchen Kreisen aufzutreten, beruhte. In seiner Heimatstadt Falmouth war seine Familie stets geachtet worden, aber eher als Seefahrer denn als ansässige Einwohner. Schon mit zwölf Jahren war er in die Marine eingetreten, doch seine Erziehung hatte eher der Navigation gegolten und dem Umgang mit Tauwerk, Schäkel und Augbolzen als der Kunst, Konversation zu machen.

Es schien ihm unmöglich, sich unter die perückentragenden Dandies zu mischen, wie er sie nun bei seinen Landgängen in New York sah. Auch die Frauen waren ihm fremd, unerreichbar. Im Gegensatz zu den ausgesprochen ländlichen Frauen in Cornwall oder zu den Frauen und Töchtern seiner Offizierskameraden schienen sie eine eigenartige Macht auszustrahlen, eine gewisse Kühnheit und belustigte Geringschätzung, die ihn reizte und verwirrte, wann immer er mit ihrer parfümierten, privilegierten Welt zu tun hatte.

Sooft wie möglich hatte er Tyrell erlaubt, an Land zu gehen, aber die Veränderung, die in seinem Leutnant vor sich ging, überraschte ihn. Er konnte an ihm weder Freude noch Erleichterung entdecken, obwohl er doch mit Landsleuten sprechen und Gegenden aufsuchen konnte, die er so oft mit dem Schoner seines Vaters angelaufen hatte. Er zog sich immer mehr zurück, ja er vermied es, von Bord zu gehen, wenn ihn sein Dienst nicht dazu zwang. Bolitho wußte, daß er über den Verbleib seiner Familie nachgeforscht hatte. Auch glaubte er, Tyrell würde ihm in einer guten Stunde erzählen, ob alles so stand, wie er gehofft hatte.

Und dann endlich, fast auf den Tag genau drei Monate nachdem sie zugesehen hatten, wie die französische Fregatte auf das Riff rannte, war die *Sparrow* wieder seeklar. Mit argwöhnischen Blicken beobachteten die Seeleute den letzten Werftarbeiter, ob er nicht mehr von Bord mitnahm, als er gebracht hatte, dann wurde er an Land gerudert. Nachdem die letzten Wasserleichter und Werftbarken von der Korvette abgelegt hatten, schrieb Bolitho seinen Bericht an den Admiral. Es kümmerte ihn wenig, wie seine nächsten Befehle lauten würden. Ob es sich wieder um einen besonderen Auftrag handelte, ob er Depeschen befördern oder einfach zu Colquhouns Flottille zurückkehren sollte, war ihm gleichgültig. Er wollte nur endlich wieder auf See sein, unabhängig von geschniegelten Flaggoffizieren und umständlichen Schreibereien.

Als Tyrell die Kapitänskajüte betrat und meldete, daß alle Werftarbeiter von Bord seien, fragte Bolitho: »Wollen Sie heute abend mit mir essen? Vielleicht werden wir in den nächsten Wochen keine Gelegenheit mehr dazu haben.«

Tyrell blickte ihn düster an. »Mit Vergnügen, Sir.« Seine Stimme klang matt und erschöpft.

Bolitho starrte durch die geöffneten Heckfenster auf die vor Anker liegenden Schiffe und die fahlen Häuser im Hintergrund. »Sie können Ihre Sorgen mit mir teilen, wenn Sie wollen, Mr. Tyrell.« Er hatte mehr gesagt, als er beabsichtigte, aber die Verzweiflung in den Augen des Leutnants hatte ihn alle Vorsicht vergessen lassen.

Tyrell beobachtete ihn vom Fenster aus. Seine Augen lagen im Schatten. »Ich habe Nachrichten erhalten. Mein Vater hat seine Schoner verloren, aber das war zu erwarten. Die eine oder die andere Seite hat sie beschlagnahmt. Es ist gleichgültig. Außerdem besaß mein Vater eine kleine Farm. Er sagte immer, die sähe seinem Hof in England sehr ähnlich.«

Bolitho wandte sich langsam ab. »Ist auch die Farm verloren?«

Tyrell zuckte die Achseln. »Der Krieg hat vor einigen Monaten dieses Gebiet erreicht.« Seine Stimme klang tonlos wie aus weiter Ferne. »Wir hatten einen Nachbarn, Luke Mason. Er und ich, wir wuchsen zusammen auf. Wie Brüder. Als der Aufstand anfing, war Luke im Norden und verkaufte Rinder. Und ich war auf See. Luke war immer ein bißchen ungezügelt, und ich glaube, daß ihn all das Durcheinander mitgerissen hat. Jedenfalls, er meldete sich, um gegen die Briten zu kämpfen. Aber für seine Kompanie ging die Sache schlecht aus. Sie wurde im Kampf aufgerieben. Luke entschloß sich, nach Hause zu gehen. Ich glaube, er hatte genug vom Krieg.«

Bolitho biß sich die Lippen. »Er ging zu Ihrem Vater?«

»Aye. Das Unglück war, daß mein Vater offensichtlich die englischen Soldaten mit Remonten und Futter versorgte. Aber er mochte Luke sehr gern. Er gehörte fast zu unsrer Familie.« Der Leutnant seufzte. »Der Oberst des Standorts hörte davon durch irgendeinen verdammten Spitzel. Er ließ meinen Vater an einen Baum hängen und das Haus vollständig niederbrennen.«

Bolitho konnte sich nicht zurückhalten. »Mein Gott, das tut mir sehr leid.«

Tyrell schien nicht zu hören. »Dann griffen die Amerikaner an, und die Rotröcke zogen sich zurück.« Er schaute zu den Decksbalken hinauf und fügte hitzig hinzu: »Aber Luke war in Sicherheit. Er konnte aus dem brennenden Haus entkommen. Und wissen Sie, was? Der amerikanische Oberst hängte Luke als Deserteur auf!« Er sank auf einen Stuhl und stützte sich gegen den Tisch. »Wo, zur Hölle, wo nur ist der gottverdammte Sinn in all dem?«

»Und Ihre Mutter?« Er beobachtete Tyrells gesenkten Kopf. Die Qual schien ihn zu zerbrechen.

»Sie ist vor zwei Jahren gestorben, so ist ihr all das erspart geblieben. Jetzt bin nur ich noch übrig – und meine Schwester Jane.« Er blickte auf. Seine Augen warfen das Sonnenlicht wie Funken zurück. »Nachdem Käptn Ransome genug von ihr hatte, ist sie verschwunden – Gott allein weiß, wo sie jetzt ist.«

In dem plötzlichen Schweigen überlegte Bolitho, wie ihm wohl zumute wäre, wenn er so furchtbare Nachrichten erhalten hätte wie Tyrell. Soweit seine Erinnerung zurückreichte, war ihn gelehrt worden, mit der ständigen Möglichkeit des Todes zu rechnen und ihr nicht aus dem Wege zu gehen. Fast alle seine Vorfahren waren auf irgendeine Weise auf See umgekommen. Das Seemannsdasein war gefährlich. Wenn man von dem brutalen Ende im Kanonenfeuer und einem Degenstoß des Feindes absah, gab es immer noch zahllose Fallen für den Unachtsamen. Wie oft starben Seefahrer durch einen Sturz aus der Takelage, durch Ertrinken oder am Fieber. Sein Bruder Hugh war Leutnant in der Kanalflotte gewesen, als er ihn zum letzten Mal gesehen hatte. Vielleicht kommandierte er jetzt ein Schiff gegen die Franzosen, vielleicht lag er aber auch schon mit seinen Männer viele Faden tief auf dem Grund des Meeres. Aber die Wurzeln würden weiterleben. Das Haus in Falmouth, sein Vater, seine verheirateten Schwestern. Wie verzweifelt wäre er, wenn er wie Tyrell wüßte, daß all das zerbrochen und ausgemerzt wäre, wenn seine Familie ausgelöscht wäre in einem Land, wo Bruder gegen Bruder kämpfte und die Männer sich beim Kämpfen und Sterben in der gleichen Sprache verfluchten. Nun war für Tyrell und für viele andere Amerikaner nichts mehr geblieben. Nicht einmal ein Vaterland.

Es klopfte, und Graves betrat die Kajüte. Er hielt ihm einen Leinenumschlag hin. »Das ist soeben vom Wachboot übergeben worden, Sir.«

Bolitho ging wieder zum Fenster und öffnete den Umschlag mit einem Messer. Er hoffte, daß Graves Tyrells elende Verfassung nicht bemerken würde, daß die kurze Zeit, die er zum Lesen brauchte, dem Leutnant genügte, sich wieder zu fassen.

Die Order war sehr kurz. Bolitho sagte rasch: »Wir haben Befehl, morgen mit der ersten Morgendämmerung Anker zu lichten. Wir werden wichtige Depeschen für den Admiral in Antigua mit uns führen.«

In seinen Gedanken zogen all die vielen Seemeilen vorbei, die lange Reise nach English Harbour und zu Colquhoun zurück.

»Mir macht es nichts aus, Sir«, sagte Graves. »Diesmal können wir auf etwas stolz sein.«

Bolitho forschte in seinen Zügen. Was für ein phantasieloser Mensch er doch war.

»Eine Empfehlung an den Steuermann. Sagen Sie ihm, er soll sofort alle Vorbereitungen treffen.«

Als Graves gegangen war, fügte Bolitho hinzu: »Vielleicht wollen Sie das Abendessen mit mir doch lieber etwas aufschieben?«

Tyrell stand auf. Seine Finger berührten die Tischplatte, als ob er sein eigenes Gleichgewicht prüfen wollte.

»Nein, Sir, ich würde gerne kommen.« Er schaute sich in der Kajüte um. »Hier habe ich Jane zum letzten Mal gesehen. Es hilft mir jetzt ein bißchen.«

Bolitho sah ihn hinausgehen und hörte, wie eine Kabinentür zugeworfen wurde. Dann setzte er sich mit einem Seufzer an den Tisch und begann seine Eintragungen ins Logbuch zu machen.

Schon seit sieben sorglosen Tagen stampfte der Bugspriet der *Sparrow* südwärts. Die Korvette nützte alle Vorteile eines stetigen Windes, der sich in Richtung und Stärke kaum änderte, voll aus. Die Brise schien allen Überdruß und die brütende Hoffnungslosigkeit, unter der die meisten Männer der Besatzung in New York gelitten hatten, weggeweht zu haben. Die geblähten Segel unter wolkenlosem Himmel strahlten ein Gefühl neuer Freiheit aus. Sogar die Erinnerung an den letzten Kampf, an die Gesichter jener Kameraden, die gefallen waren oder nun als Krüppel auf die Heimreise warteten, war ein Teil der Vergangenheit geworden, wie alte Narben, die eine gewisse Zeit zum Verheilen brauchen.

Bolitho studierte seine Karten und überprüfte die täglichen Bestecksrechnungen. Er hatte allen Grund, mit den Eigenschaften seines Schiffes zufrieden zu sein. Die *Sparrow* hatte bereits über tausend Meilen zurückgelegt und schien wie ihr Kapitän von dem Wunsch getrieben zu sein, das Festland so weit als möglich hinter sich zu lassen. Bisher war auf der Reise noch kein einziges Segel davongeflogen. Die Routine an Bord eines so kleinen Kriegsschiffes war regelmäßig und sehr sorgfältig geplant, so daß die Umstände so erträglich wie möglich gehalten werden konnten. Wenn die Leute nicht hoch über Deck an den Segeln oder im Rigg arbeiteten, verbrachten sie viel Zeit beim Geschützdrill oder mit harmlosen Ringerwettkämpfen und Kämpfen mit Stöcken unter Stockdales kundigem Auge.

Auch auf dem Achterdeck gab es gewöhnlich einigen Zeitvertreib, um die Monotonie des leeren Horizonts zu unterbrechen, und Bolitho lernte seine Offiziere noch besser kennen. Fähnrich Heyward hatte sich als ausgezeichneter Degenfechter erwiesen und verbrachte manch eine Hundewache, indem er Bethune und die Steuermannsmaaten in der Fechtkunst unterwies. Die größte Überraschung allerdings lieferte Dalkeith. Eines Tages war der plumpe Schiffsarzt mit dem schönsten Paar Pistolen, das Bolitho je gesehen hatte, an Deck erschienen. Sie paßten wunderbar zusammen, waren von Dodson in London hergestellt worden und mußten ein kleines Vermögen gekostet haben. Während einer der Schiffsjungen Holzstückchen über Bord warf, wartete Dalkeith an der Reling, bis sie vorbeigetrieben waren. Dann knallte er sie ab, scheinbar ohne überhaupt zu zielen. Solche Zielsicherheit war unter Schiffsärzten höchst selten. Dies und der Wert der Pistolen ließ Bolitho mehr über Dalkeiths Vergangenheit nachdenken.

Gegen Ende des siebten Tages bemerkte Bolitho die ersten Anzeichen einer Wetterverschlechterung. Der Himmel, der bisher klar und blaßblau gestrahlt hatte, bezog sich mit verwischten Wolkenzungen, und das Schiff stampfte immer heftiger in einer hohen Dünung. Das Barometer schwankte unruhig, doch war es eher ein unbestimmtes Gefühl, das ihm verriet, daß ihnen ein rechter Sturm bevorstand. Der Wind hatte auf Nordwest zurückgedreht und wies alle Anzeichen weiterer Verschlechterung auf. Bolitho konnte seine Feuchtigkeit und seine zunehmende Kraft deutlich im Gesicht fühlen.

Buckle nickte. »Vielleicht wieder ein Hurrikan.«

»Kann sein.« Bolitho ging zum Kompaß. »Fallen Sie einen Strich ab.« Dann gesellte er sich zu Tyrell an der Achterdecksreling. »Die Ausläufer eines Sturmes, vielleicht. Jedenfalls werden wir vor Einbruch der Dunkelheit Segel reffen müssen. Möglicherweise auch schon früher.«

Tyrell nickte. Seine Augen beobachteten die bauchigen Segel. »Das Großbramsegel scheint gut zu ziehen. Die Leute haben in der Takelage gute Arbeit geleistet, während wir vor Anker lagen.« Er sah, wie der Stander im Masttopp sich drehte und dann immer deutlicher zum Backbordbug hin auswehte. »Verdammter Wind, sieht aus, als wolle er noch mehr zurückdrehen.«

Buckle grinste mürrisch. »Kurs Südsüdost, Sir.«

Er fluchte, als das Deck sich stark überlegte und ein heftiger Gischtschauer über das Schanzkleid prasselte.

Bolitho überlegte, was als nächstes zu tun sei. Bis jetzt hatten sie eine schnelle Reise gehabt. Es gab keinen Grund, sich die Segel von den Rahen reißen zu lassen, nur um dem Wind zu trotzen. Er seufzte. Vielleicht würde der Wind bald wieder nachlassen. »Lassen Sie Bramsegel wegnehmen, Mr. Tyrell. Die Bö wird gleich einfallen.«

Er machte Tyrell Platz, der nach seinem Schalltrichter rannte. Vom rollenden Schiff aus konnte er jetzt sehen, wie der sprichwörtliche Regenvorhang über die unregelmäßige Dünung heranzog und den Horizont mit einem engmaschigen eisengrauen Gespinst auslöschte.

Nach einer Stunde hatte der Wind weiter zurückgedreht und war zu Sturmstärke angewachsen. See und Himmel vereinigten sich in zerstiebenden Wogenkämmen und strömendem Regen. Es war sinnlos, dagegen ankämpfen zu wollen. Unter jagenden Wolkenwalzen drehte die *Sparrow* mit niedergepreßten Toppen ab und lenzte vor dem Sturm. Die Toppsgasten kämpften hart, um ein weiteres Reff in die durchnäßten Segel einzustecken. Von Regen und fliegendem Gischt halb geblendet, tasteten sie mit ihren Füßen nach sicherem Stand. Fluchend und brüllend setzten sie all ihre Kraft ein, um die störrischen Segel in ihre Gewalt zu bekommen.

Die Nacht brach vorzeitig herein, und unter dicht gerefften Marssegeln jagte die Korvette durch die Finsternis. Die kleine, begrenzte Welt des Schiffes war von riesigen Wogenkämmen umbrandet, das Leben der

Männer war bei jedem Schritt von der See bedroht, die über die Reling hereinbrach und brodelnd wie ein hochgehender Fluß über die Decks rauschte. Selbst wenn die Freiwache zeitweise nach unten geschickt wurde, gab es für die Männer kaum eine Möglichkeit, sich zu erholen. Alles war tropfnaß oder feucht, und der Koch hatte schon lange jeden Gedanken, warmes Essen zu machen, aufgegeben.

Bolitho blieb an Deck. Der heulende, jammernde Wind preßte sein Ölzeug wie ein Leichentuch gegen seinen Körper. Wanten und Tauwerk schrien wie die Saiten der Instrumente in einem irrsinnigen Orchester, und hoch über dem Deck, in Dunkelheit verborgen, knatterten und knallten die Segel. Dann und wann schien der Sturm in kleinen Ruhepausen nachzulassen, doch er hielt nur den Atem an, um aufs neue über das kämpfende Schiff herzufallen. In diesen kurzen Augenblicken konnte Bolitho fühlen, wie die Salzkruste in seinem Gesicht warm wurde. Er hörte das Klanken der Pumpen, die gedämpften Schreie unter Deck und auf der Back, wo unsichtbare Seeleute Laschings festzurrten, beschädigte Taue erneuerten oder sich auch nur vergewissern wollten, ob die Kameraden noch lebten.

Die ganze Nacht lang peitschte der Wind über sie hin und trieb sie mehr und mehr nach Südosten ab.

Stunde um Stunde starrte Bolitho auf den Kompaß, oder er taumelte unter Deck, um den Schiffsort auf der Seekarte einzutragen. Es gab für ihn weder Ruhe noch Erleichterung. Er fühlte sich so zerschlagen und krank, als ob er im Gefecht gestanden hätte oder halb ertrunken aus der See gefischt worden wäre. Trotz seiner Erschöpfung dankte er Gott, daß er nicht versucht hatte, nur unter einem Marssegel beizuliegen und den Sturm abzureiten. Bei dieser Wucht von Wind und See hätte sich die *Sparrow* niemals halten können. Vielleicht wäre sie backgeworfen und entmastet worden, bevor noch jemand begriffen hätte, wie stark der Sturm tatsächlich war.

Doch in all dem Toben brachte es Bolitho fertig, die Seetauglichkeit der Korvette zu bewundern. Allerdings war das Schiff für jedermann höchst ungemütlich. Ob die Leute mit den schlagenden Segeln kämpften oder ob sie wie Ratten in der Kloake im wirbelnden Bilgenwasser an den Pumpen arbeiteten, die Schiffsbewegungen machten ihr Leben fast unerträglich. Höher, immer höher schraubte sich der Rumpf und krachte dann donnernd hinunter in die nächste Woge. Jede Spiere, jede Planke bebte, als ob sie sich aus dem Schiff losreißen wollten. Lebensmittel, geliebte Souvenirs der Seeleute, Kleidungsstücke, all das brandete in wilder Ausgelassenheit die Decks entlang. Aber nicht ein Geschütz riß sich aus seiner Lasching los, kein Bolzen brach, und nicht ein einziges Luk wurde durch überkommende Seen eingedrückt. Die *Sparrow* ertrug alles und begegnete jedem Angriff mit der taumelnden Rauflust eines betrunkenen Matrosen. Um die Zeit der ersten grauen Morgendämmerung begann der Seegang nachzulassen, und als die Sonne kraftlos über den Horizont stieg, hatte sich das Meer schon so beruhigt, daß die Stunden der Nacht nur noch wie ein vergangener Alptraum erschienen.

Der Wind war wieder auf Nordwest umgesprungen. Aus salzverkrusteten Augen starrten die Seeleute auf die Flecken blauen Himmels, die zwischen den Wolken auftauchten. Sie wußten, daß sie wieder einmal das Schlimmste überstanden hatten

Bolitho war sich darüber im klaren, daß seine Leute sich stundenlang nicht mehr rühren konnten, wenn er ihnen jetzt eine Ruhepause gönnte. Er schaute auf das Geschützdeck hinunter und sah ihre übermüdeten Gesichter und zerrissenen Kleider. Die Toppsgasten hatten vom wiederholten Aufentern und vom Kampf mit den starr gewordenen Segeln klauenartig verkrampfte Hände.

»Das Kombüsenfeuer soll angezündet werden«, sagte Bolitho. »Die Leute müssen sofort etwas Warmes zum Essen bekommen.«

Er schaute auf, als ein Sonnenstrahl die oberen Rahen streifte, so daß sie über der schwindenden Dunkelheit wie ein dreifaches Kruzifix aufleuchteten. »Es wird wohl bald wieder heiß werden, Mr. Tyrell. Lassen Sie über jedem Luk Windsegel aufriggen und die Geschützpforten in Luv öffnen.«

Seine salzverklebten Lippen verzogen sich zu einem mühseligen Lächeln.

»Ich nehme an, daß Sie heute Ihre üblichen Sorgen um das Aussehen des Schiffes vergessen und den Leuten erlauben, ihre Kleider zum Austrocknen aufzuheißen.«

Graves kam aufs Achterdeck und tippte an seinen Hut.

»Seemann Marsh ist verschwunden.« Er schwankte und fügte bekümmert hinzu: »Vortoppsgast, Sir.«

Bolithos Augen schweiften über den Horizont. Der Mann mußte während der Nacht über Bord geschleudert worden sein, und sie hatten nicht einmal einen Schrei gehört. Aber das war ohnehin gleichgültig, sie hätten ja doch nichts unternehmen können, um ihn zu retten.

»Danke, Mr. Graves. Tragen Sie es bitte ins Logbuch ein.«

Er beobachtete immer noch die See, über die sich die Nacht vor dem ersten Goldschimmer des Morgens wie ein Mörder zurückzog. Der Seemann war irgendwo draußen, er war tot, und kaum jemand dachte an ihn. Seine Kameraden vielleicht und ein paar Angehörige daheim, die er vor langer Zeit verlassen hatte.

Er schüttelte sich und wandte sich an den Steuermann. »Mr. Buckle, ich hoffe, daß wir heute unseren Schiffsort bestimmen können. Irgendwo südwestlich der Bermudas wahrscheinlich.« Er lächelte freundlich über Buckles düsteres Aussehen. »Aber ich weiß nicht, ob fünfzig oder fünfhundert Meilen.«

Bolitho wartete noch eine Stunde, dann ließ er das Schiff wenden. Der Klüverbaum zeigte nun auf den südlichen Horizont zu. Deck und Aufbauten dampften im frühen Sonnenlicht, als ob sie schwelten. Dann nickte er Tyrell zu. »Ich gehe jetzt frühstücken.«

Er schnüffelte nach dem fettigen Aroma aus dem Kombüsenrohr. »Schon dieser Geruch allein macht mich hungrig.«

Er schloß die Kajütentür hinter sich. Während Stockdale mit frischem Kaffee und einer Zinnplatte voll geröstetem Speck um den Tisch tappte, konnte sich Bolitho endlich entspannen und Wert und Kosten der nächtlichen Arbeit abwägen. Er hatte seit seiner Kommandierung auf die *Sparrow* den ersten Sturm überstanden. Ein Mann war ertrunken, aber alle anderen hatten überlebt. Und sein Schiff schlingerte und stampfte wieder wie früher, als ob sich nichts Besonderes ereignet hätte.

Stockdale stellte einen Teller mit altbackenem Brot

und einen Topf voll gelber Butter auf den Tisch. Es war das letzte Brot, das sie noch in New York an Bord genommen hatten, die Butter kam sicher ranzig aus dem Faß. Aber als sich Bolitho in seinem Stuhl zurücklehnte, fühlte er sich wie ein König, und das ärmliche Frühstück kam ihm vor wie ein Festmahl.

Er schaute sich behaglich in der Kajüte um. In so kurzer Zeit hatte er viele Gefahren überstanden. Er hatte mehr Glück gehabt, als er verlangen konnte.

»Wo steckt Fitch?«

Stockdale zeigte seine Zähne. »Er trocknet Ihr Bettzeug, Sir.« Er sprach nur selten, wenn Bolitho aß oder nachdachte. Schon längst hatte er alle besonderen Gewohnheiten seines Kapitäns erkannt. »Weiberarbeit«, fügte er noch hinzu.

Bolithos Lachen klang durch das geöffnete Skylight an Deck, wo Tyrell die Wache hatte und Buckle neben dem Kompaßhaus auf seiner Schiefertafel kritzelte.

Buckle schüttelte den Kopf. »Was habe ich Ihnen gesagt? Er macht sich um nichts Sorgen.«

»Wahrschau an Deck!« Tyrell starrte nach oben zum Masttopp, von wo der Ruf kam.

»Segel in Sicht! Steuerbord querab!«

Füße klapperten auf der Niedergangsleiter, und Bolitho erschien neben ihm. Seine Kiefer bearbeiteten noch ein Stück Butterbrot.

»Ich hab' so ein seltsames Gefühl heute morgen.« Er sah einen Steuermannsmaat beim Großmast stehen und rief ihn an. »Mr. Raven, hinauf mit Ihnen!«

Mit erhobener Hand hielt er den Mann an, als er zu den Wanten rannte. »Erinnern Sie sich an Ihre Lektion ebenso wie ich?«

Auch Graves, halb rasiert und nackt bis zur Hüfte,

war an Deck gesprungen. Bolitho blickte auf die wartenden Seeleute hinunter, betrachtete jeden einzelnen, um seine Ungeduld zu verbergen. Sie hatten sich in irgendeiner Weise verändert. Sie waren zäher geworden, vielleicht hatten sie mehr Selbstvertrauen gewonnen. Sie sahen aus wie sonnverbrannte Piraten und wurden durch ihren Beruf – er zögerte –, vielleicht durch ihre Treue zusammengehalten.

»Wahrschau an Deck!« Wieder das quälende Warten. Und dann schrie Raven hinunter: »Die *Bonaventure*, ich bin ganz sicher!«

Unter den Seeleuten erhob sich ein böses Knurren. Einer schrie auf: »Die verdammte *Bonaventure* ist es? Mit diesem Hund werden wir heute abrechnen, was?«

Einige andere brüllten beifällig, und sogar Bethune schrie aufgeregt: »Hurra, Leute!«

Bolitho wandte sich wieder seinen Männern zu. Sein Herz war plötzlich schwer, der vielversprechende Morgen vergällt und verdorben. »Lassen Sie die Bramsegel setzen, Mr. Tyrell. Auch die Royals, wenn der Wind so freundlich bleibt.«

Er sah Tyrells bekümmerte, ja sogar traurige Augen und sagte kurz angebunden: »Wir haben unsre Order. Depeschen für unseren Admiral.« Ärgerlich deutete er über die See hin. »Wollen Sie sich mit ihr herumschießen?« Er wandte sich ab und fügte heftig hinzu: »Bei Gott, nichts wäre mir lieber, als wenn sie uns angreifen würde.«

Tyrell griff nach seinem Sprachrohr und schrie: »Alle Mann an Deck, alle Mann klar zum Segel setzen!«

Er warf einen kurzen Blick auf Bolitho, der über das Schanzkleid hinausstarrte. Das Kaperschiff war nur vom Masttopp aus zu sehen. Aber wie gebannt schaute der Kapitän dorthin, wo es sein mußte, so, als ob er jedes einzelne Geschütz sähe, jede gähnende Kanonenmündung, genau wie an jenem Tag, an dem die *Bonaventure* den Widerstand der *Miranda* zur Seite gefegt hatte wie einen Abfallhaufen.

Graves trat auf Tyrell zu. Seine Augen ruhten auf den Seeleuten, die von den Befehlen noch immer verwirrt schienen.

»Es ist nicht leicht, vor einem Feind davonzulaufen«, sagte Tyrell.

Graves zuckte die Achseln. »Und wie steht es mit Ihnen? Ich dachte, Sie sollten mit diesem Ausgang zufrieden sein!« Er fuhr vor dem kalten Blick Tyrells zurück, fügte aber geschmeidig hinzu: »Für Sie wäre es doch wohl schwer, gegen einen Amerikaner zu kämpfen, oder?« Dann eilte er die Leiter hinunter zu seinen Leuten beim Fockmast.

Tyrells Augen verfolgten ihn. »Bastard!« Er sprach nur zu sich selbst und war von seiner eigenen Ruhe überrascht. »Bastard!«

Als er sich abwandte, sah er, daß Bolitho das Deck verlassen hatte.

Buckle deutete mit dem Daumen auf das Skylight. »Jetzt lacht er nicht mehr, Mr. Tyrell.« Seine Stimme klang grimmig. »Ich möchte sein Kommando nicht haben, nicht für alle Huren in Plymouth.«

Tyrell tippte an das Halbstundenglas und sagte nichts.

Wie anders ist er als Kapitän Ransome, dachte der Leutnant. Der würde weder Hoffnung noch Befürchtungen mit jemand von ihnen geteilt haben. Und dieselben Seeleute, die nun bereits an den Wanten aufentern, wären keineswegs überrascht gewesen, wenn er eine ähnliche Entscheidung wie Bolitho gefällt hätte. Aber sie glaubten, Bolitho könnte sie überallhin und gegen alle Chancen führen. Deshalb waren sie nun von seiner Entscheidung so verwirrt. Die plötzliche Erkenntnis bekümmerte Tyrell. Teilweise, weil Bolitho nicht verstand, vor allem aber, weil er derjenige war, der Bolitho hätte klarmachen sollen, wie fest sie alle zu ihm standen.

Ransome hatte sie immer benützt, aber nie geführt. Statt ein Beispiel zu geben, hatte er Regeln aufgestellt. Er dagegen . . . Tyrell blickte auf das Skylight, das jetzt geschlossen war, und in Gedanken hörte er wieder eine Mädchenstimme.

Graves kam nach achtern und tippte an seinen Hut. Angesichts der vielen beobachtenden Augen blieb sein Ton formell.

»Erlauben Sie, daß ich die Freiwache unter Deck entlasse, Sir?«

»Aye, nur zu, Mr. Graves.« Ihre Blicke kreuzten sich, dann wandte sich Tyrell ab.

Er schritt zur Reling und starrte zu den sorgfältig getrimmten Segeln, zu den sonnenverbrannten Toppsgasten auf den Rahen hinauf.

Der Freibeuter konnte sie jetzt unmöglich fangen, selbst wenn er sich noch so sehr anstrengte. Ein anderes Schiff vielleicht, einen Kauffahrer oder einen ahnungslosen Händler von den Bahamas, aber niemals die *Sparrow*.

Er sah den Bootsführer des Kapitäns bei den Wanten stehen. »Wie geht es ihm, Stockdale?«

Stockdale schaute ihn prüfend an, wie ein Wachhund einen möglichen Eindringling. Dann entspannte er sich ein wenig. Seine großen Hände hingen lose an beiden Seiten herunter.

»Er kommt sich vor wie an die Kette gelegt, Sir.« Zornig blickte er auf das blaue Wasser hinaus. »Aber wir haben schon Schlimmeres erlebt, sehr viel Schlimmeres.«

Tyrell nickte. Aus Stockdales Augen war deutlich zu lesen, daß er die Wahrheit sprach. »Er hat in Ihnen einen guten Freund, Stockdale?«

Der Bootsführer wandte sein zerhauenes Gesicht ab. »Aye, ich habe ihn Dinge tun sehen, bei denen die meisten dieser Burschen hier zu ihren Müttern laufen und beten würden.«

Tyrell schwieg und rührte sich nicht. Er beobachtete das Profil des Mannes, in dessen Gehirn Erinnerungen auftauchten, Ereignisse, die so lebensnah waren, als ob sie erst gestern geschehen wären.

Stockdale sprach mit seiner wispernden Stimme: »Ich habe ihn wie ein Kind getragen. Ich habe ihn so außer sich vor Zorn gesehen, daß sich kein Totschläger in seine Nähe getraut hätte. Ein anderes Mal habe ich zugeschaut, wie er einen alten Mann in seinen Armen hielt, bis er starb, obwohl man für den armen Teufel wirklich nichts mehr tun konnte.« Er drehte sich um. Seine Augen blitzten erregt. »Mir fallen die rechten Worte nicht ein, sonst würden mir alle Leute zuhören wollen.«

Tyrell streckte eine Hand aus und berührte seinen muskulösen Arm. »Sie irren sich, Sie haben die rechten Worte gefunden. Danke, daß Sie mir etwas erzählt haben.«

Stockdale grunzte und ging schwerfällig zum Niedergang. Nie zuvor hatte er so gesprochen, aber irgendwie traute er Tyrell. Er war wie Bolitho ein Mann, nicht nur ein Offizier. Das genügte ihm.

Den ganzen Tag über rauschte die *Sparrow* in gischtsprühender Freiheit dem leeren Horizont entgegen. Die Wachen wechselten, Geschützübungen fanden statt, und ein Mann wurde ausgepeitscht, weil er nach einem Wortwechsel sein Messer gegen einen Kameraden gezückt hatte. Aber es gab keine Wettkämpfe an Deck, und als Heyward mit seinem Degen erschien, um eine neue Übungsreihe zu beginnen, fand er keine Teilnehmer. Auch Dalkeith kam nicht aus seinem Lazarett herauf, um ein paar Pistolenschüsse abzufeuern.

Bolitho blieb allein mit seinen Gedanken in der Kajüte. Er fragte sich, warum sein Befehl über den Kurs der *Sparrow* so schwer zu ertragen war. Kommando, Führerschaft, Befehlsgewalt waren nur leere Worte. Sie erklärten nicht seine wirklichen Gefühle, noch konnten sie böse Ahnungen wegwischen.

Wie der Konteradmiral es gesagt hatte, war der rechte Weg nicht immer beliebt oder am leichtesten zu gehen.

Als die Glocke die erste Hundewache ausläutete, hörte er wieder einen Schrei aus dem Masttopp.

»Wahrschau an Deck! Segel in Lee voraus!«

Bolitho zwang sich, am Tisch sitzen zu bleiben, bis Fähnrich Bethune nach unten kam und berichtete, daß sich das Segel kaum von der Stelle rührte. Das Schiff schien beigedreht zu liegen.

Auch jetzt noch zögerte er, bevor er an Deck erschien. Gab es eine neue Enttäuschung? Oder wieder die Notwendigkeit, einem Gefecht auszuweichen?

Nur die Zeit und die Entfernung würden ihm Aufschluß geben können.

Graves hatte die Wache. »Wäre es eine unsrer Fregatten, Sir, könnten wir dann nicht umkehren und die *Bonaventure* angreifen?«

Heyward fügte hinzu: »Vielleicht könnten wir sie dann als Prise nehmen?«

Bolitho sah sie kalt an. »Und wenn es eine französische Fregatte ist, was dann?«

Er bemerkte, wie sie unter seinem Blick erstarrten. »Ich schlage vor, daß Sie Ihre Gedanken bei sich behalten.«

Aber das einsame Segel gehörte weder zu einem Freibeuter noch zu einem patrouillierenden Kriegsschiff. Als die *Sparrow* auf sie zuhielt, beobachtete Bolitho das fremde Schiff durch sein Glas. Er sah die Lücke in seinem Rigg, wo die Großstenge heruntergebrochen war wie ein Ast vom Baum. Die riesigen Schrammen an seinen Flanken bewiesen, wie hart Wind und See ihm zugesetzt hatten.

Buckle sagte leise: »Bei Gott, es muß den vollen Sturm abbekommen haben. Ich glaube, es ist ziemlich übel dran.«

Tyrell, der zur Großstengenrah hinaufgeklettert war, glitt an einer Backstage herunter auf Deck und berichtete. »Das Schiff kenne ich. Es ist die *Royal Anne*, ein Westindienfahrer.«

Buckle stimmte zu: »Aye, Sie haben recht. Sie setzte drei Tage vor uns Segel in Sandy Hook. Soll nach Bristol bestimmt sein, wie ich hörte.«

»Heißen Sie die Flagge.«

Bolitho schwenkte sein Glas langsam über die Decks des Schiffes. Er bemerkte die winzigen Figuren, die dort in Gruppen umherstanden, das zerbrochene Schanzkleid, wo eine riesige See wie ein stürzender Felsen an Bord gedonnert war. Ein trauriger Anblick! Spieren fehlten, Segel hingen in Fetzen. Der Kauffahrer mußte den ganzen Sturm ausgeritten haben, an dessen Rand sie in der Nacht entlanggesegelt waren.

»Das Schiff ist in meinem Buch verzeichnet, Sir«, meldete Bethune. »Es steht unter dem Befehl des Oberkommandierenden.«

Aber Bolitho hörte kaum hin. Er sah, wie die Leute dort auf dem Oberdeck zur *Sparrow* herüberstarrten. Da und dort winkte ein Mann. Vielleicht stieß er ein Freudengeschrei aus, weil er eine eigene Flagge sah.

Bolitho straffte sich. »Es sind Frauen an Bord.« Er senkte sein Glas und blickte Tyrell fragend an. »Sie fährt unter besonderem Befehl?«

Tyrell nickte langsam. »Indienfahrer segeln gelegentlich unter Charter der Regierung, Sir.« Er schaute weg. »Die *Royal Anne* bringt wahrscheinlich Zivilisten von New York nach England, weg vom Kriegsschauplatz.«

Bolitho hob wieder sein Fernglas. Seine Gedanken beschäftigten sich mit Tyrells Worten.

»Wir werden nahe heranfahren und ihr Leeschutz geben. Lassen Sie den Steuerbordkutter klar machen. Der Arzt wird mich hinüberbegleiten.« Er blickte Bethune an. »Signalisieren Sie das. Wenn es nicht verstanden wird, dann rufen Sie, sobald wir nahe genug sind.«

Er verließ die Reling, als die Flaggen an der Leine hochsausten.

Tyrell folgte ihm und sagte ernst: »Sie kann der *Bonaventure* unmöglich entkommen, Sir. Selbst dann nicht, wenn sie unbeschädigt wäre.«

Bolitho schaute ihm ins Gesicht. »Ich weiß.«

Trotz seiner jagenden Gedanken versuchte er, ruhig zu erscheinen. Mußte er umkehren und das große Kaperschiff angreifen? Die Tatsachen hatten sich nicht geändert. Die *Sparrow* würde von der *Bonaventure* immer noch mit Leichtigkeit zusammengeschossen und versenkt werden. Die *Royal Anne* war so beschädigt, daß der Aufschub, den er durch die Aufopferung seines Schiffes und seiner Besatzung erreichen konnte, die Lage nicht wesentlich ändern würde. Sollte er wieder ausreißen? Aber der Gedanke, den Indienfahrer hilflos dem Feind zu überlassen, war zu grausam, um in Erwägung gezogen zu werden.

Aber er mußte ihn erwägen. Es war seine Entscheidung, ganz allein sein Entschluß.

»Die *Royal Anne* wartet auf uns, Sir. Sollen wir die Fahrt aus unserm Schiff nehmen?« rief Buckle.

»Recht so.«

Bolitho ging langsam am Schanzkleid entlang. »Lassen Sie die Royals und die Bramsegel bergen, Mr. Tyrell. Wir werden sofort beidrehen. Er sah Stockdale mit seinem Rock und Degen auf ihn zueilen. In fünf Stunden würde es dunkel sein. Wenn sie irgend etwas unternehmen wollten, so mußten sie sich beeilen. Und sie mußten viel Glück haben!

Er schlüpfte in seinen Rock. »Mr. Tyrell, Sie kommen mit mir.«

Während das Boot über das Schanzkleid gefiert wurde, blickte er zurück, fast so, als erwarte er, dort ein Segel schimmern zu sehen.

»Kutter liegt längsseits, Sir!«

Er nickte und schritt zum Schanzkleid. »Sehen wir, was wir tun können.«

Und ohne irgend jemanden anzuschauen, folgte er Tyrell in den Kutter.

IX Klar zum Entern

Als sich Bolitho an einer schwankenden Jakobsleiter zum plumpen Schanzkleid der *Royal Anne* emporzog, war er sich der Schwierigkeiten, die ihn erwarteten, vollkommen bewußt. Auf dem Ober- und Achterdeck standen viele Passagiere und Matrosen einzeln oder in großen Gruppen beisammen. Aber alle drängten sich zusammen, während sie Bolitho und die Seeleute, die ihm aus dem Kutter nachfolgten, anstarrten.

Bolitho blieb stehen, um seine Gedanken zu sammeln, und während er den Degen an seiner Seite zurechtrückte und Tyrell seine Mannschaft in einer Reihe antreten ließ, schätzte er das Schiff und seinen Zustand langsam ab. Heruntergefallene Riggteile und zerbrochene Spieren, große Fetzen zerrissenen Segeltuchs und Tauwerk lagen auf Deck unordentlich herum, und die schwerfälligen Schiffsbewegungen verrieten ihm, daß in den Bilgen viel Wasser schwappte.

Ein großer, schlaksiger Mann in einem blauen Rock trat hervor und tippte an seine Stirn.

»Ich heiße Jennis, Sir.« Er schluckte stark. »Steuermann und dienstältester Offizier.«

»Wo ist der Kapitän?«

Jennis zeigte bekümmert auf die Reling. »Im Sturm über Bord gegangen. Und mit ihm zwanzig Mann.«

Stiefel stapften auf einer Niedergangsleiter, und Bolitho erstarrte, als eine wohlbekannte Person die anderen beiseite stieß und auf ihn zuschritt. Es war General

Blundell, untadelig wie immer, aber mit zwei Pistolen an seinem Gürtel.

Bolitho grüßte. »Es überrascht mich, Sie hier zu sehen, Sir James.« Er versuchte, seine Abneigung zu verbergen. »Sie scheinen sich in Schwierigkeiten zu befinden?«

Der General blickte sich um, spähte dann zur *Sparrow* hinüber, die sich mit lose flappenden Segeln in der Dünung wiegte, als ob sie schliefe.

»Und in Eile!« bellte er. »Dieses verdammte Schiff hätte den Hafen überhaupt nicht verlassen dürfen.« Er deutete auf den Steuermann. »Dieser Trottel kann nicht einmal Ordnung unter seinen Leuten halten.«

Bolitho blickte Tyrell an. »Nehmen Sie Ihre Leute und inspizieren Sie den Schiffsrumpf und alle Schäden. So schnell wie möglich, bitte.«

Mit zusammengekniffenen Augen musterte er eine Gruppe von Seeleuten, die am vorderen Niedergang herumlümmelten. Sie kümmerten sich weder um seine Ankunft noch um die Unordnung auf dem Schiff.

Der Steuermann begann eilig zu berichten: »Wir mußten unsere Pistolen benützen, Sir. Einige Leute verloren die Vernunft, als der Sturm losbrach. Wir haben Rum und andere alkoholische Getränke sowie Sirup und Kaffee geladen. Während wir das Schiff retteten, brach ein Teil der Mannschaft mit einigen Passagieren zusammen die Laderäume auf und fing zu saufen an.« Er schauderte. »Die Weiber schrien und kreischten, das Schiff schien auseinanderzubrechen, Kapitän Harper wurde über Bord gespült. Es war mir nicht möglich, alles gleichzeitig zu überwachen.«

Blundell fuhr ihn an: »Sie sind verdammt unbrauchbar. Ich sollte Sie wegen Verantwortungslosigkeit erschießen lassen!«

Als sich der erste Seemann der *Sparrow* dem vorderen Luk näherte, kam Leben in die betrunkenen Kerle. Mit Gejohle und höhnischem Geschrei versperrten sie den Weg über das Deck, und von rechts vorn schleuderte eine unsichtbare Hand eine Flasche, die an einem Ringbolzen zerschellte und einen Seemann verletzte. Blutstropfen rannen über seine Brust.

»Vorwärts, Mr. Tyrell!« sagte Bolitho scharf.

Der Leutnant nickte. »Zieht eure Entermesser, Leute.« Er nahm seine Pistole und richtete sie auf die Linie der schwankenden Matrosen. »Schlagt jeden tot, der sich zur Wehr setzt. Bootsmannsmaat, führen Sie die Kerle nach unten ab und stellen Sie sie an die Pumpen!«

Einer der Betrunkenen machte Anstalten, auf die Männer der *Sparrow* loszugehen, aber er fiel bewußtlos aufs Deck, als ihn der Bootsmannsmaat mit flacher Klinge hart gegen den Schädel schlug.

»Mr. Jennis, es gibt viel zu tun«, sagte Bolitho. »Teilen Sie Ihre Leute ein und lassen Sie neue Vorsegel anschlagen. Lassen Sie diesen Wirrwarr losschneiden und über Bord werfen, so daß die Verletzten an Deck niedergelegt werden können. Mein Schiffsarzt soll sich um sie kümmern.«

Er wartete, bis der Steuermann seine Befehle weitergegeben hatte. Dann fügte er hinzu: »Wie ist das Schiff bewaffnet?«

Mit einer unbestimmten Bewegung winkte Jennis über das Schiff hin. »Nicht gut, Sir. Zwanzig Sechspfünder und ein paar Drehbassen. Wir versuchen, Gefechten möglichst auszuweichen. Diese Geschütze genügen, um uns die Bukaniers oder Gelegenheitspiraten vom Leib zu halten.« Er blickte überrascht auf. »Warum fragen Sie?«

General Blundell mischte sich ein. »Zum Teufel, soll ich hier vielleicht herumstehen, während Sie sich über die Ausrüstung dieses verdammten Schiffes unterhalten? Ich habe schon genug mitgemacht und . . .«

»Sir James, nördlich von hier kreuzt ein feindliches Kaperschiff«, sagte Bolitho kurz. »Wahrscheinlich folgt es unserm Kurs. Die Ausrüstung, wie Sie es nennen, werden wir dringend brauchen, wenn uns dieser Feind in die Quere kommt.«

Er wandte sich ab und horchte auf, als das Klanken der Pumpen ihm bewies, daß Tyrell die Meuterer in den Griff bekommen hatte.

»Gehen Sie nach achtern und schauen Sie nach, was dort los ist«, sagte er zu Stockdale.

Blundells Stimme klang jetzt weniger zuversichtlich. »Kaperschiff? Uns angreifen?«

Bolitho antwortete: »Die *Sparrow* ist sehr klein, Sir. Der Feind ist zweimal so stark wie wir!«

»Besser als nichts«, grunzte der General. »Wenn Sie kämpfen müssen, tun Sie es aus verdienstvollen Gründen.«

Bolitho beachtete ihn nicht mehr, als Tyrell an Deck erschien.

»Ich habe das Bilgenwasser ausgelotet. Das Schiff macht ständig Wasser, aber die Pumpen scheinen es fassen zu können. Unter Deck ist der Teufel los. Kabinen sind aufgebrochen, Besoffene, zwei Mann mit Messern umgebracht.« Mit gerunzelter Stirn blickte er zum Steuermann hin, der seine Leute aufforderte, die heruntergerissenen Spiere wegzuräumen. »Er muß verrückt gewesen sein vor Verzweiflung.« Dann schaute er Bolitho fragend an. »Was wollen wir machen?«

»Ihr Kapitän wird seine Pflicht tun«, warf Blundell ein. »Wenn wir angegriffen werden, wird er dieses Schiff und die Passagiere verteidigen. Muß Ihnen das etwa noch erklärt werden, Mann?«

Tyrell blickte ihn kalt an. »Nicht von Ihnen, General!«

»Wie viele Frauen sind an Bord?« fragte Bolitho kurz angebunden. Er beobachtete Stockdale, der die Passagiere vom Achterschiff herführte. Seine Stimme, mit der er versuchte, sie zu beruhigen, war kaum zu hören.

Es waren auch viele Kinder dabei, mehr als Bolitho vermutet hatte.

»Um Himmels willen, wie lange wollen Sie denn noch so herumstehen?« Der General brüllte, sein Gesicht war fast so rot wie sein Waffenrock. »Was spielt es denn für eine Rolle, wie viele von diesen und jenen an Bord sind und welche Farbe ihre Augen haben?« Er konnte sein Geschrei nicht fortsetzen.

Tyrell trat dicht an ihn heran. Er hatte den Kopf gesenkt, so daß sich ihre Gesichter fast berührten.

»Hören Sie zu, General, was der Käptn sagt, ist richtig. Der Feind ist allem, was wir ihm entgegensetzen können, weit überlegen, und dieser Indienfahrer hier ist noch verdammt viel schlimmer dran.«

»Das geht mich nichts an, und ich warne Sie, achten Sie auf Ihr Benehmen!«

»Sie mich warnen, General?« Tyrell lachte lautlos. »Hätten Sie die Reparaturarbeiten der *Sparrow* in Sandy Hook nicht hinausgezögert, wären wir schon seit einem Monat wieder auf See. Und dann wären Sie nun allein hier draußen und säßen da wie eine fette

Ente, die darauf wartet, für den Kochtopf abgeknallt zu werden.« Sein Ton wurde härter. »Achten Sie also auf Ihr eigenes verdammtes Benehmen!«

Bolitho stand etwas abseits und hörte nur halb auf ihre Zornausbrüche. Wiederum sollte Blundells Erscheinen ihn und sein Schiff in wirkliche Gefahr bringen. Es blieb ihm nur noch zu hoffen, daß die *Bonaventure* ihn nicht finden würde, daß er den angeschlagenen Westindienfahrer wieder seeklar machen und dieses Gebiet mit größtmöglicher Eile verlassen könnte.

Jennis kam wieder nach achtern. »Ich habe die Leute dazu bringen können, ein neues Vorsegel anzuschlagen, Sir. Aber sonst haben wir kaum noch zusätzliches Segeltuch an Bord. Dies hier ist ein Kompanieschiff, und es sollte, sobald es Bristol erreicht hat, vollkommen überholt werden. Deshalb segelten wir unterbemannt und ohne genügend Offiziere.«

Er strich mit der Hand über sein zerfurchtes Gesicht. »Wenn Sie uns nicht gefunden hätten, so wären wohl noch mehr Leute verrückt geworden und zu den Meuterern übergelaufen. Neben etlichen Anständigen haben wir unter den Passagieren einen ziemlich großen Haufen von Gaunern an Bord.«

Bolitho blickte auf, als ein pendelnder Block gegen die Besanstenge klapperte. Er sah die zerrissenen Segel wie zerfetzte Fahnen flappen und bemerkte, daß die helle Kompaniefahne anfing, lustig zu wehen. Er runzelte die Stirn. Der Wind frischte auf, ganz leicht nur, aber es erschwerte die Umstände, wenn er vor der Entscheidung stand, die unerbittlich auf ihn zukam.

Und dennoch, es gab immer noch eine Chance, daß er sich irrte. In diesem Fall entstanden lediglich mehr

Unannehmlichkeiten und Entbehrungen für die Passagiere.

Er zog seine Uhr und klickte den Deckel auf. Keine vier Stunden mehr Tageslicht.

»Mr. Tyrell, lassen Sie sofort alle Boote der *Royal Anne* zu Wasser. Schicken Sie eine Botschaft an Graves, daß ohne Verzögerung unsere Boote mit fünfzig Mann herüberkommen sollen. Wir müssen wie die Teufel arbeiten, wenn wir dieses Schiff so weit reparieren wollen, daß es wieder Segel setzen kann.«

Er wartete, bis Tyrell und der unglückliche Steuermann weggeeilt waren. Dann wandte er sich an den General: »Nun, Sir James, ich werde sehen, daß ich das Nötigste tun kann.«

Der General rief hinter ihm her: »Und wenn, wie Sie befürchten, der Feind aufkreuzt, wollen Sie sich dann davonstehlen und uns allein lassen?« Seine Stimme klang heiser vor unterdrücktem Zorn. »Werden Ihre schriftlichen Befehle Sie vor der Schande bewahren können, wenn Sie das vorhaben?«

Bolitho blieb stehen und blickte ihn an. »Nein, Sir James, wenn es uns die Zeit erlaubt, werde ich alle Passagiere und Seeleute der *Royal Anne* auf mein Schiff bringen lassen.«

Dem General quollen fast die Augen aus dem Kopf. »Was? Die Ladung zurücklassen und ohne sie absegeln?« Er schien vor Ungläubigkeit fast gelähmt zu sein.

Bolitho ließ seine Augen über die See gleiten. Er sah die Boote längsseits dümpeln und bemerkte, wie allmählich die Ordnung zurückkehrte, da seine eigenen Leute alles beaufsichtigten.

Natürlich, das hätte er sich gleich denken sollen. Die

Beute des Generals war ebenfalls hier an Bord. Zu seiner Überraschung half ihm dieser Gedanke, seine Gelassenheit wiederzugewinnen. Er konnte sogar lächeln, als er zu sich selbst sprach: »Sie, General, werden die Notwendigkeit größter Eile wohl zu schätzen wissen. In beiderseitigem Interesse.«

Tyrell trat an seine Seite. »Das hat ihm den Wind aus den Segeln genommen.«

»Es war kein Scherz, Tyrell. Wenn wir zusammen mit dem Kauffahrer bei Einbruch der Dunkelheit weitersegeln können, haben wir ganz gute Chancen. Es könnte ja sein, daß die *Bonaventure* schließlich ihren Kurs geändert hat, nachdem sie uns aus den Augen verlor. Vielleicht ist sie nun schon viele Seemeilen weit weg.«

Tyrell blickte ihn ernst an. »Aber Sie glauben selbst nicht so recht daran, Sir?«

»Nein.« Er trat zur Seite, als zerrissene Riggteile wie schwarze Schlangen von einem umgestürzten Kutter weggezerrt wurden. »Das Wann macht mir eher Sorgen als das Ob.«

Tyrell deutete über das Schanzkleid hinaus. »Graves schickt soeben die ersten Leute herüber.« Er zog eine Grimasse. »Auf der *Sparrow* ist nun nicht genug Besatzung. Das Schiff kann so kaum unter Segeln gehalten werden.«

Bolitho zuckte die Achseln. »Wenn die Hälfte der Besatzung durch Fieber umgekommen wäre, dann müßte es der Rest auch irgendwie schaffen.« Dann fügte er hinzu: »Gehen wir jetzt zu den Damen. Sie werden wohl noch verzweifelter sein als der General. Glauben Sie nicht auch?«

Es waren etwa fünfzig Frauen an Bord. Sie waren unter den hohen Aufbauten des Achterdecks zusammengedrängt, doch nach Rang und Stellung in jener anderen Welt auf dem Festland voneinander getrennt. Ob alt oder jung, häßlich oder schön, sie betrachteten Bolitho schweigend, als ob er aus der See gestiegen sei wie ein Bote Neptuns.

»Meine Damen!« Er leckte seine Lippen, als ein aufregend schönes Mädchen in einem gelbseidenen Gewand ihn anlächelte. Er versuchte es noch einmal. »Meine Damen, ich muß bedauern, Ihnen Ungelegenheiten zu bereiten, aber es gibt noch sehr viel zu tun, bevor Sie sicher weiterreisen können.«

Sie lächelte immer noch, unverhohlen, belustigt, genau in der Art, die ihn immer in Verwirrung gebracht hatte.

»Sollte jemand von Ihnen verletzt sein, so wird mein Schiffsarzt das Beste für Sie tun. Gerade wird eine Mahlzeit bereitet, und meine eigenen Leute werden vor Ihren Quartieren Posten beziehen.«

Das schöne Mädchen fragte: »Glauben Sie, daß der Feind kommen wird, Kapitän?«

Sie hatte eine kühle, selbstbewußte Stimme, der Erziehung und gute Herkunft anzuhören waren.

Er zögerte. »Das ist immer möglich.«

Sie zeigte ihre ebenmäßigen Zähne. »Nun, was für tiefschürfende Worte von solch einem jungen Offizier des Königs!«

Einige andere lächelten, manche lachten sogar laut.

»Wollen Sie mich bitte entschuldigen, meine Damen«, er warf einen zornigen Blick auf das Mädchen, »ich habe zu tun.«

Tyrell verbarg ein Lächeln, als er hinter ihm herging. Er mußte an Stockdales Worte denken. »So zornig, daß kein Totschläger sich in seine Nähe getraut hätte.« Jetzt war er zornig, in heller Wut!

Es ist gut so, dachte Tyrell. Es würde seine Gedanken von der wirklichen Gefahr ablenken.

Eine Bedienstete berührte Bolithos Arm. »Bitte um Verzeihung, Sir. Aber unten in einer Kajüte ist eine Dame ziemlich übel dran. Fieber!«

Bolitho blieb stehen und schaute zurück. »Holen Sie den Arzt!« Er spannte sich, als das schöne Mädchen wieder auf ihn zutrat. Ihr Gesicht war plötzlich ernst.

»Es tut mir leid, daß ich Sie so zornig gemacht habe, Kapitän. Es ist unverzeihlich.«

»Zornig?« Bolitho zerrte an seinem Gürtel. »Ich kann mich nicht erinnern ...«

Sie berührte seine Hand. »Das ist jetzt unter Ihrer Würde, Kapitän. Vielleicht etwas unsicher, aber hochfahrend sind Sie nicht. Ich sehe Sie ganz anders.«

»Wenn Sie endlich ausgeredet haben ...«

Wieder hielt sie ihn auf, ohne auch nur die Stimme zu erheben. »Die anderen Frauen waren der Hysterie ziemlich nahe, Kapitän. Der Sturm warf uns durcheinander wie zerlumpte Puppen. Dann ertönte das Geschrei der Aufrührer und Meuterer. Männer kämpften miteinander um Rum oder um das, was sie uns in ihrer Tollheit abnehmen wollten.«

Sie senkte den Blick. »Es war fürchterlich. Grauenhaft.«

Dann sah sie Bolitho wieder ins Gesicht. Ihre Augen hatten die Farbe von Veilchen. »Plötzlich schrie jemand: ›Ein Schiff! Ein Schiff des Königs!‹, und wir rannten trotz der Gefahr an Deck.«

Sie wandte sich ab und schaute über die Reling. »Und da waren Sie, die kleine *Sparrow*. Für uns alle war das fast zuviel. Hätte ich nicht diesen dummen Scherz auf Ihre Kosten gemacht, so wären vielleicht einige Frauen zusammengebrochen.«

Seine Abwehr geriet ins Wanken. »Eh, ja, gewiß.« Er spielte mit seinem Degengriff. Dalkeith warf ihm im Vorübergehen einen sonderbaren Blick zu.

Bolitho fuhr fort: »Sie haben sehr geistesgegenwärtig gedacht, meine Dame.«

»Ich weiß über manche Dinge gut Bescheid, Kapitän! Ich sah Ihre Augen, als Sie mit Ihrem Leutnant und Sir James sprachen. Es ist noch Schlimmeres im Anzug, nicht wahr?«

Bolitho zuckte die Achseln. »Ehrlich gesagt, ich weiß es nicht.«

Er hörte die Stimme des Generals, der einen Seemann anbrüllte, und fuhr fort: »Dieser Mann macht mir immer Schwierigkeiten.«

Sie lächelte und machte einen spöttischen Knicks. »Sir James kann recht schwierig sein, das gebe ich zu.«

»Kennen Sie ihn?«

Sie ging zu den anderen Frauen zurück. »Mein Onkel, Kapitän«, sagte sie lachend. »Sie müssen wirklich versuchen, Ihre Gefühlsausbrüche besser zu verbergen. Sonst werden Sie nie Admiral!«

Tyrell trat wieder heraus. »Diese Frau unten in der Kajüte ist krank. Aber Dalkeith weiß gut genug Bescheid in solchen Dingen.« Er runzelte die Stirn. »Und wie sieht es mit Ihnen aus, Sir?«

Bolitho räusperte sich. »In Gottes Namen, hören Sie auf, mich so dumm zu fragen!«

»Aye, Sir.« Er grinste, als er das Mädchen an der Reling und Bolithos Verwirrung bemerkte. »Ich verstehe Sir.«

Ein dumpfer Knall erschütterte die Luft. Alle wandten sich um, und Bolitho sah ein Rauchwölkchen von einem der Backbordgeschütze der *Sparrow* wegtreiben.

Der General kam keuchend die Leiter herauf und schrie: »Was war das?«

»Das verabredete Signal, Sir«, antwortete Bolitho. »Mein Ausguck hat den Feind gesichtet.«

Er betrachtete weder den General noch die Leute um ihn herum. Seine Gedanken erfaßten diese eine wichtige Tatsache. In gewisser Hinsicht war es fast eine Erleichterung, nun die Entscheidung endgültig treffen zu müssen.

»Mr. Tyrell, die *Bonaventure* wird noch einige Stunden brauchen, bis sie hier ist und ihre Absichten zu erkennen geben kann. Dann dürfte es für ihren Kapitän zu spät zum Angriff sein. Warum sollte er auch? Er braucht nur die Morgendämmerung abzuwarten, um dann zuzuschlagen.«

Tyrell beobachtete ihn und war beeindruckt von seinem ruhigen Ton.

Bolitho fuhr fort: »Wenn der Wind uns keinen Strich durch die Rechnung macht, werden wir die Passagiere zur *Sparrow* übersetzen können. Ich möchte jedes Boot im Einsatz haben und verlange, daß alle Mann, die nicht verletzt oder krank sind, die Befehle mit aller Kraft ausführen.«

»Ich verstehe.« Tyrell musterte ihn ungerührt. »Etwas anderes können Sie nicht tun. Manch einer würde die *Royal Anne* mit allen Seeleuten und Passagieren ihrem Schicksal überlassen.«

Bolitho schüttelte seinen Kopf. »Sie haben nicht verstanden, Tyrell. Ich habe nicht vor, die *Royal Anne* im Stich zu lassen oder zu versenken, damit sie nicht in die

Hände der Feinde fällt.« Er sah, wie sich Tyrells Kiefer zusammenpreßten, bemerkte die plötzliche Spannung in seinen Augen.

»Ich beabsichtige, mit sechzig Freiwilligen hier an Bord zu bleiben. Was später geschehen wird, hängt hauptsächlich vom Kapitän der *Bonaventure* ab.«

Er hatte nicht bemerkt, daß sich die anderen um ihn zusammengedrängt hatten, aber er drehte sich nun um, als der General aufschrie: »Das können Sie nicht! Wagen Sie es nicht, dieses Schiff mit seiner Ladung aufs Spiel zu setzen! Verdammt, hier habe ich auch ein Wörtchen mitzureden.«

An Bolithos Arm raschelte Seide. Er hörte die ruhige Stimme des Mädchens: »Sei still, Onkel. Der Kapitän hat mehr vor, als nur etwas zu wagen.« Sie schaute Blundell unverwandt an. »Er hat vor, für uns zu sterben. Ist das nicht genug – selbst für dich?«

Bolitho nickte kurz und ging davon. Hinter sich hörte er Stockdales Stimme, der sich beeilte, seinen Rückzug zu decken. Er mußte jetzt nachdenken, jeden Augenblick bis zur endgültigen Sekunde des Todes verplanen. Er blieb stehen und lehnte sich gegen die verzierte Reling. Der Tod! Sollte er so bald schon über ihn kommen?

Er wandte sich zornig um. »Geben Sie Befehl an die Boote, sofort mit dem Übersetzen anzufangen! Zuerst Frauen und Kinder, dann die Verletzten.«

Er blickte dem davoneilenden Steuermann Jennis nach und bemerkte, wie ihn das Mädchen anstarrte. »Und keine Einwände, von niemandem!«

Er schritt über das Deck und betrachtete sein eigenes Schiff. Wie großartig es aussah, da es sich vorsichtig näher an den Indienfahrer heranschob. Jetzt würde er bald die Segel des Feindes am Horizont auftauchen sehen. Er würde heransegeln und sich wie der Jäger auf seine Beute stürzen. Es gab noch so viel zu tun. Befehle, welche die Korvette nach Antigua zu bringen hatte. Vielleicht sogar noch ein kurzer Brief an seinen Vater. Aber nicht sofort! Jetzt mußte er erst noch ein paar Augenblicke still stehenbleiben, um sein Schiff zu bewundern. Er mußte sich seine schnittigen Umrisse einprägen, bevor es ihm genommen wurde.

Bolitho starrte immer noch über das Wasser, als Tyrell meldete, daß alle verfügbaren Boote eingesetzt seien, um Besatzung und Passagiere der *Royal Anne* zur *Sparrow* zu bringen. »Sie wird noch schlimmer vollgestopft werden als damals, da wir die Rotröcke retteten, Sir.« Er zögerte und fuhr dann fort: »Ich würde gern bei Ihnen bleiben, Sir.«

Bolitho schaute ihn nicht an. »Sind Sie sich darüber im klaren, was Sie sagen? Hier steht mehr auf dem Spiel als Ihr Leben.«

Tyrell versuchte zu grinsen. »Hector Graves wird einen besseren Kommandanten abgeben, Sir.«

Jetzt wandte sich Bolitho ihm zu. »Sie werden gegen einige Ihrer eigenen Leute kämpfen müssen.«

Tyrell lächelte. »Ich wußte, daß es das war, was Sie dachten.« Er deutete auf einige Seeleute der *Sparrow*, die eben eine ältere Frau zu den Booten trugen. »Das dort sind meine Leute, kann ich also bleiben?«

Bolitho nickte. »Gerne!« Er zog den Hut vom Kopf und fuhr mit den Fingern durch sein Haar. »Ich will jetzt gehen und die Befehle für Graves niederschreiben.«

»Wahrschau an Deck! Segel backbord querab!«

Sie sahen sich in die Augen. Dann sagte Bolitho leise: »Treiben Sie die Leute an. Ich möchte nicht, daß der Feind sieht, was wir vorhaben.«

Als er wegging, starrte ihm Tyrell nach und murmelte: »So sei's denn, Käptn!«

Er hörte ein plötzliches Geschrei und bemerkte, wie das Mädchen, das Bolitho so zornig gemacht hatte, mit Stoßen und Schlagen die Absperrkette der Seeleute zu durchbrechen suchte.

Ein Bootsmannsmaat brüllte: »Sie will nicht von Bord, Sir!« Das Mädchen hämmerte mit ihren Fäusten auf dem nackten Arm des Seemanns herum, doch er schien es gar nicht zu spüren.

»Lassen Sie mich bleiben, ich will hier sein«, rief sie Tyrell zu.

Er grinste auf sie herunter und deutete auf ein längsseits liegendes Boot. Strampelnd und protestierend wurde sie hochgehoben und zur Reling getragen, dann ohne jede Feierlichkeit wie ein gelbseidenes Paket ins Boot hinunterbefördert.

Der Himmel war bereits viel dunkler, als Bolitho das Deck wieder betrat. In der Hand trug er einen versiegelten Umschlag. Sein Boot wartete am Bug angehakt. Alle anderen Boote waren bereits an Deck gehievt, und das Schiff schien leer und still in der Dünung zu rollen. Er hob ein Teleskop und richtete es querab über die See. In etwa sechs Meilen Entfernung konnte er jetzt die *Bonaventure* sehen. Aber sie hatte bereits ihre Segel gerefft und wartete, wie er vermutet hatte, auf den nächsten Tag.

Tyrell tippte an seinen Hut. »Unsere Leute sind an Bord, Sir.« Er deutete auf das Hauptdeck, wo Fähnrich Heyward mit einem Unteroffizier sprach. »Ich habe sie selbst ausgesucht, aber Sie hätten noch viel mehr Freiwillige haben können.«

Bolitho übergab einem Seemann den Umschlag. »Geben Sie das an unser Beiboot weiter.« Dann sagte er langsam zu Tyrell: »Gehen Sie unter Deck und ruhen Sie sich ein bißchen aus. Ich muß mir inzwischen verschiedenes durch den Kopf gehen lassen.«

Wenig später hatte sich Tyrell in einer verlassenen Kabine niedergelegt. Auf dem Fußboden lagen aufgebrochene Kisten und herausgerissene Kleidungsstücke. Über sich hörte er die ruhelosen Schritte Bolithos auf den Decksplanken. Hin und her, auf und ab. Vielleicht lag es an diesem gleichmäßigen Pochen, daß ihm die Augenlider herabsanken. Er fiel in tiefen, traumlosen Schlaf.

Bolitho stand mit gespreizten Beinen auf dem Achterdeck der *Royal Anne.* Soeben sah er zum ersten Mal an diesem Morgen seinen Schatten über das Schanzkleid fallen. Wie langsam war diese Nacht vergangen! Aber nun beim ersten Morgenschimmer schien alles gleichzeitig zu beginnen, wie bei einem schlecht einstudierten Drama. Backbord querab sah er die sich immer deutlicher abzeichnende Segelpyramide der *Bonaventure,* die sich zielbewußt vor dem Wind näherte. Sonderbarerweise war ihr Rumpf immer noch in Schatten gehüllt. Nur ein weiß schimmernder Schaumstreifen vor dem Bug verriet ihre wachsende Geschwindigkeit. Sie war jetzt etwa drei Meilen entfernt. Er schwenkte sein Glas nach der anderen Seite zu seiner kleinen Korvette hin. Die *Sparrow* lag viel näher, aber dennoch wirkte sie sehr viel kleiner als das Kaperschiff.

Tyrell trat an seine Seite. »Der Wind scheint ziemlich stetig zu sein, Sir. Nordwest zu Nord.« Er sprach mit verhaltener Stimme, als ob er fürchtete, die Schiffe in ihren bedächtigen Vorbereitungen zum Kampf zu stören.

Bolitho nickte. »Wir werden Südost steuern. Genau das erwartet der Feind von uns.«

Er riß seine Augen von dem Kaperschiff los und blickte über das Deck des Indienfahrers hin. Das neue Focksegel zog gut, ebenso das Besansegel und der Klüver. Der Rest war wenig besser als Lappen, und der Versuch, den Kurs mehr als einen Strich zu ändern, wäre reine Zeitverschwendung.

Tyrell seufzte. »Ich habe die Kanonen selbst nachgesehen, Sir. Sie sind geladen, wie befohlen.« Er kratzte sich den Bauch. »Einige sind so alt, daß sie zerspringen würden, wenn wir sie doppelt laden.«

Bolitho schaute wieder zurück und beobachtete die anderen Schiffe. Langsam führte er sein Fernglas über das Deck der *Sparrow*, sah die Leute hinter dem Schanzkleid und einen einzelnen Seemann auf der Großmastsaling. Dann, als ein verspielter Windstoß das Unterliek des Großsegels wie eine Müllerschürze anhob, entdeckte er Graves. Er stand neben dem Ruderrad, hatte die Arme verschränkt und glich in jedem Zoll einem Kapitän. Bolitho atmete langsam aus. So viel hing von Graves ab. Wenn er den Kopf verlor oder seine sorgfältig abgefaßten Anweisungen falsch auslegte, dann könnte der Feind immer noch mit einem Schlag zwei Fliegen fangen. Aber Graves hatte den ersten Teil der Befehle richtig erfaßt. Er trug Bolithos neue Uniform. Die Goldlitzen waren trotz des schwachen Lichtes deutlich zu sehen. Sicher würde der feindliche Kapitän vorsichtig und wachsam sein. Nichts durfte jetzt falsch anlaufen. Gott allein wußte, wie die vielen Passagiere unter Deck außer Sicht zusammengepfercht worden waren. Das Schiff mußte ihnen wie ein verriegeltes Grab vorkommen. Für die Frauen und Kinder mußte es ein Alptraum sein, sobald das Geschützfeuer einsetzte.

Fähnrich Heyward kam aufs Achterdreck und meldete: »Unsere Entermannschaft ist bereit, Sir.«

Wie Bolitho und Tyrell hatte auch er seine Uniform abgelegt und wirkte nun in Kniehosen und offenem Hemd noch jugendlicher.

»Danke.« Bolitho bemerkte, daß er statt des kurzen Säbels eines Fähnrichs einen seiner kostbaren Degen trug.

Ein Schuß krachte dumpf, und er sah, wie ein Geschoß von den eilig ziehenden Wellenkämmen abprallte und dann eine weiße Gischtfahne zwischen ihm und dem Bug der *Sparrow* hochwarf. Ein Probeschuß, eine Absichtserklärung? – Wahrscheinlich beides, dachte er grimmig. Trotz des Flatterns zerrissenen Segeltuchs klang von der *Sparrow* her das Wirbeln der Trommeln über das Wasser. Bolitho stellte sich vor, wie dort nun die Leute auf ihre Gefechtsstationen rannten. Die zweite Phase! Er sah den scharlachroten Fleck der Flagge, die übermütig an der Gaffel hochsauste, und fühlte ein Würgen in seiner Kehle, als die Geschützpforten sich öffneten und die Reihen der Kanonen enthüllten.

Graves hatte weniger als die Häfte der Besatzung zur Verfügung. Er mußte einige Leute des Indienfahrers zum Dienst gepreßt haben, da er die Geschütze so sauber ausrennen konnte. Aber es mußte alles vollkommen echt aussehen, so als ob sich die Korvette zum Widerstand vorbereitete und versuchen wollte, ihren schwerfälligen Genossen zu verteidigen.

Wieder ein Schuß! Die Kugel pflügte etwa eine Kabellänge vor der *Sparrow* durch die See.

Bolitho biß die Zähne aufeinander. Jetzt konnte es Graves gerade noch schaffen. Sollte der Wind in diesem Augenblick schralen, wäre es ihm nicht mehr möglich, rechtzeitig zu wenden. Er läge dann unter dem Geschoßhagel des Feindes, wenn er versuchte, abzufallen und das Manöver noch einmal einzuleiten.

Die Rahen der Korvette schwangen herum. Ihre Leereling tauchte schwer in die Dünung ein, und sie begann mit dichtgeholten Segeln auf den Backbordbug zu wenden. Jetzt passierte sie das Heck der *Royal Anne* wie ein kleiner Wachhund. Signalflaggen sausten an der Rah hoch, und Bolitho stellte sich vor, wie Bethune seinen Leuten zurief, sich zu beeilen und das sinnlose Signal aufzuhissen. Der Feind mußte glauben, daß sich die *Sparrow* auf ihren Todeskampf vorbereitete und dem Kompanieschiff befahl, Reißaus zu nehmen.

Geschützfeuer blitzte entlang der vordersten Batterie der *Bonaventure* auf, und die Einschläge tasteten sich immer näher an die stark überliegende *Sparrow* heran. Graves ließ jetzt die hinderlichen Segel über den Geschützen aufgeien, obwohl er kaum den vierten Teil der Kanonen bemannt haben konnte.

Zwischen zusammengebissenen Zähnen preßte Tyrell die Worte heraus: »Hector, das ist jetzt nahe genug! Um Himmels willen, laß dich nicht auffressen!«

Ein schwerer Schuß rollte über das haiblaue Wasser, und obwohl das Mündungsfeuer hinter dem Rumpf der *Sparrow* verborgen war, wußte Bolitho, daß eines der Buggeschütze abgefeuert worden war. Er sah, wie die Kugel kurz vor der Back des Feindes in den Gischt platschte, und dann das Vorschnellen orangefarbener Zungen, als die *Bonaventure* augenblicklich zurückfeuerte.

Auf der *Sparrow* bebte die Vorbramstenge, dann knickte sie ab und stürzte in den braunen Rauch hinunter. Das Segel verfing sich mehrmals im Tauwerk des Riggs, bevor es in die See eintauchte. In einigen Segeln zeigten sich jetzt Löcher, und Bolitho hielt den Atem an, als einige Wanten über dem Achterschiff in einem schweren Treffer ruckten und brachen.

Der Feind war jetzt schon sehr nahe. Sein Vormarssegel wölbte sich, und genau vorm Wind segelnd griff er die *Sparrow* an, die weniger als zwei Kabellängen von seinem Steuerbordbug entfernt lag.

»Er hat's geschafft«, rief Tyrell. »Verdammt, jetzt geht er über Stag!«

Die *Sparrow* wendete. Ihre Masten richteten sich auf, als sie gewaltsam herumkam. Das zunehmende Sonnenlicht ließ ihre Segel aufleuchten, die unter der Beanspruchung flappten und rüttelten.

Das Geschützfeuer hatte aufgehört, denn die Korvette bot nun, da sie ihr Heck gegen den Feind drehte, kein gutes Ziel. Jetzt wurde auf der *Sparrow* das Focksegel losgemacht, und während ihre Geschwindigkeit zunahm, sah Bolitho die Toppsgasten wie schwarze Insekten über die Rahen laufen. Immer mehr Segel blähten sich im Wind. Deutlich konnte er Buckle an der Achterdecksreling ausmachen. Seine Aufgabe hielt ihn so sehr in Spannung, daß er sich im Vorbeisegeln gar nicht um den schwerfälligen Kauffahrer kümmerte. Schon lag die *Sparrow* querab, und nach wenigen Minuten hatte sie bereits den Bug der

Royal Anne passiert. Sie fuhr den ersten Sonnenstrahlen entgegen, die über den weiten Horizont tauchten.

Bolithos Mund fühlte sich trocken an. Seine Arme und Beine erschienen ihm unsicher, als ob sie zu jemand anderem gehörten. Auf der *Bonaventure* wurde jetzt die Fock aufgegeit und enthüllte die ganze Breite der Achterdecks, die vielen Menschen, die an der Reling standen und der fliehenden Korvette nachdeuteten und winkten. Zweifellos stießen sie jetzt ein Freudengebrüll aus. Die ganze Wildheit des bevorstehenden Gefechts verlor sich jetzt in den verblüfften Reaktionen auf einen nicht erkämpften Sieg.

Bolitho wandte sich an Tyrell: »Denken Sie also daran. Wir müssen, wenn nur irgend möglich, die *Bonaventure* manövrierunfähig machen. Sollte eine patrouillierende Fregatte sie dann finden, kann sie vollenden, was wir begonnen haben.« Er packte sein Handgelenk. »Aber achten Sie darauf, daß unsre Leute ihre Rollen gut spielen. Wenn die *Bonaventure* jetzt abdreht, kann sie uns mit ihren Geschützen in einem Atemzug in Stücke schlagen.«

Das Kaperschiff hatte sich inzwischen näher herangeschoben. Es lief vor dem Wind auf das Heck der *Royal Anne* zu, als ob es an der Backbordseite überholen wollte. Sein Kapitän war ein hervorragender Seemann. Außer den Marssegeln war alles Tuch aufgegeit. Dennoch beherrschte er das schwere Schiff sicher und geschickt. Er würde zweifellos den Windvorteil halten, was immer Bolitho auch zu tun versuchte.

Ein Geschütz spie eine lange Feuerzunge aus, und Bolitho fühlte die Kugel in den Schiffsrumpf einschlagen. Die Planken unter seinen Füßen erbebten heftig.

Auf dem Achterdeck des feindlichen Schiffes hob

sich eine dunkle Menschengruppe von dem lichten Himmel ab. Die Sonne blitzte auf erhobenen Fernrohren. Sie würden jetzt ihr Opfer prüfen. Die *Royal Anne* sah ähnlich aus wie am Tag zuvor, als Bolitho an Bord gekommen war. Teile des Riggs hingen über das beschädigte Schanzkleid. Ein Luk war plangemäß offen gelassen, und einige seiner Leute rannten in scheinbarer Verwirrung über das Deck. Heyward stand unter der Back verborgen und dirigierte ihr Verhalten.

»Jetzt!« Bolitho winkte, und vom Hauptdeck aus spien zwei Sechspfünder ihre Herausforderung über den immer schmaler werdenden Wasserstreifen zwischen den Schiffen.

Vom Heck her tönte der scharfe Knall einer Drehbasse. Wahrscheinlich fiel die Kartätsche harmlos ins Meer, bevor sie die Flanke des Feindes treffen konnte.

Die Antwort erfolgte sofort. Die ganze Breitseite der *Bonaventure* entlang schickte Geschütz um Geschütz krachend seine Kugeln in den Rumpf der *Royal Anne.* Bolitho war froh, die meisten seiner Männer unter Deck geschickt zu haben. In diesem mörderischen Beschuß wären schon jetzt zu viele niedergemäht worden. Holzstücke und Planken flogen nach allen Richtungen, und er sah, wie ein Seemann mit wild zuckenden Beinen wie ein blutiger Fetzen zur Seite geschleudert wurde.

Stockdale blickte Bolitho an und sah ihn nicken. Mit einem Grunzen raste er, ein Entermesser schwenkend, über das Deck. Bolitho zog seine Pistole und schrie ihm nach. Als Stockdale weiterrannte, drückte er ab. Er dankte Gott, daß seine Hand ruhig gezielt hatte und der Schuß dicht über den Kopf des Bootsführers pfiff. Stockdale erreichte sein Ziel und durchtrennte mit einigen Hieben die Fallen. Die große Kompaniefahne taumelte wie ein helles Seidentuch auf die Luvreling nieder.

In einer Pause des Kanonendonners scholl, unwirklich und verstärkt durch ein Sprachrohr, eine Stimme über das Wasser.

»Drehen Sie bei, oder ich versenke Sie!«

Bolitho hörte, wie am Vorschiff Heyward seine Leute aufforderte, dem Anruf zu gehorchen, dann das plötzliche Aufseufzen der Planken, als das Schiff wie betrunken in den Wind schwankte. Die übriggebliebenen Segel knatterten und schlugen.

»Er macht klar zum Entern«, sagte Tyrell.

Die Rahen der *Bonaventure* waren jetzt von Männern besetzt, und als der mächtige Schiffsrumpf vorsichtig, dann nachdrücklicher längsseits glitt, sah Bolitho, wie von vielen Stellen aus gleichzeitig die Enterhaken flogen. Die Leute auf den Rahen machten eilig ihre Leinen an den Wanten und Spieren der *Royal Anne* fest, und nun, da beide Schiffe aneinandergefesselt schwankten und rollten, war für Bolitho der Augenblick des Handelns gekommen.

»Jetzt, Entermannschaft vorwärts!«

Mit einem Chorus von Gebrüll und Schreien stürzten die Seeleute aus beiden Luken hervor und sprangen auf das Schanzkleid. Bevor die Feinde erkannten, was geschah, waren schon mehrere von ihnen unter den Beilen und Entermessern der Angreifer gefallen. Einen Augenblick, wenige Sekunden zuvor noch, hatten sie die *Royal Anne* für eine hilflose Prise gehalten, für ein Schiff, das sich ergeben hatte und dessen Flagge von einem seiner eigenen Matrosen heruntergehackt worden war. Dann, wie aus dem Nichts, brach der brüllende Haufen fremder Seeleute hervor und sprang mit blitzenden Klingen und heiseren Stimmen, toll vor Kampfeswut, über das Schanzkleid.

Bolitho rannte zur Reling und riß an der Abzugsleine einer Drehbasse. Er sah, wie die Kartätsche durch einen Knäuel von Feinden mähte und sie mit einem mörderischen Hagel zur Seite fegte.

Dann griff er mit der zweiten Gruppe seiner Leute an, zog sich an den Wanten hoch und hieb zugleich mit seinem Degen in einen Arm, der einen Enterhaken hielt. Geschrei und Flüche, das Knallen der Pistolen, stählernes Klirren. Er war wie betäubt von diesem Getöse. Hinter ihm glitt ein Mann ab und wurde wie ein gemartertes Tier zwischen den Schiffen zerquetscht, die ihre Flanken aneinanderrieben. Sein Blut lief hellrot in die aufstiebenden Fahnen des Gischtes.

Jetzt stand er auf dem feindlichen Deck. Sein Arm zitterte, als er die Parade eines Mannes zur Seite schlug, ihm den Degenkorb gegen den Kiefer schmetterte und ihn in den Haufen kämpfender Leute zurückwarf. Ein anderer sprang ihn mit gezücktem Entermesser an, rutschte auf einem Blutflecken aus und wurde von Stockdales Klinge im Genick getroffen. Es klang, wie wenn eine Axt in einen Holzpflock getrieben wird.

»Zerhackt ihm das Rigg, Männer!« schrie Bolitho wild. »Macht den Hund zum Krüppel!«

Er fühlte eine Kugel heiß an seinem Gesicht vorbeifahren und duckte sich, als ein anderes Geschoß in die Brust des Seemannes neben ihm klatschte. Sein Todesschrei ging unter im tobenden Kampfeslärm.

Nun hatte er eine Leiter erreicht. Seine Schuhe waren schlüpfrig vom Blut, seine Finger tasteten sich an einem Geländer hinauf, dessen Holz von einem Geschoß zersplittert war.

Zwei Offiziere parierten die Beil- und Säbelhiebe und versuchten, ihren hart bedrängten Leuten zu Hilfe zu kommen. Bolitho sah, wie einer von ihnen seinen Degen in einen Bootsmannsmaat stieß, sah, wie sich dessen Augen im Todesschmerz verdrehten, bevor er auf das untere Deck hinunterstürzte.

Im nächsten Augenblick war Bolitho oben und stand dem Ersten Offizier des Kaperschiffes gegenüber. Mit Hieb und Parade tasteten sie die Stärken und Schwächen des Gegners ab.

»Fahr zum Teufel!« Der Feind duckte sich und stach nach Bolithos Kehle.

»Ergib dich, solange du noch lebst, du verrückter Hund!«

Bolitho wehrte die Klinge mit seinem Degenkorb ab und hebelte den Mann aus seinem Stand. Deutlich spürte er die Wärme seines Körpers, sein heftiges Atmen. »Verdammt, ergib dich«, schrie er zurück.

Ein Pistolenschuß krachte. Der Offizier ließ seinen Arm sinken und starrte verblüfft auf den Strom hellroten Blutes, der stoßweise durch sein Hemd quoll.

Im Vorbeispringen feuerte Tyrell dem Feind eine zweite Pistolenkugel in die Brust.

»Ich kenne den Lump, Käptn, war vor dem Krieg ein verdammter Sklavenhändler!«

Einen Augenblick später sank er stöhnend auf ein Knie nieder. Blut strömte aus seiner Hüfte. Bolitho zog ihn zur Seite, schlug gleichzeitig einen brüllenden Seemann nieder und stieß ihm seine Klinge durch die Brust.

»Ruhig Blut, Leute!«

Er starrte verzweifelt auf die nächsten seiner Leute. Viel Tauwerk des Riggs war durchhauen, doch letzten Endes hatte der Angriff nur wenig Eindruck gemacht. Und überall wichen seine Männer zurück. Ihr wilder Mut zum Kämpfen und Siegen nahm mit der schrumpfenden Mannschaftsstärke ab.

Von überallher, so schien es, feuerten Pistolen und Musketen in die zurückgehenden englischen Seeleute. Heyward stand breitbeinig vor einem Verwundeten, brüllte wie ein wildes Tier und schlug zwei Angreifer gleichzeitig zurück.

In unerreichbarer Ferne sah Bolitho den amerikanischen Kapitän regungslos auf dem Achterdeck stehen und das Gemetzel beobachten. Er war ein hochgewachsener, gutaussehender Mann. Entweder traute er den Fähigkeiten seiner Leute so sehr, oder er war so entsetzt über den Opfermut seiner Gegner, daß er seine Augen nicht von dem blutigen Schauspiel losreißen konnte.

Bolitho schlug ein Entermesser zur Seite und schluchzte laut auf, als seine Klinge wenige Zoll vor dem Griff brach. Er schleuderte den Rest seines Degens dem Mann an den Kopf und sah ihn gleichzeitig von einem Schuß durchbohrt mit zuckenden Beinen fallen.

Halb betäubt erinnerte er sich an den geschmeidigen Händler in English Harbour, der ihm die Waffe verkauft hatte. Er würde sein Geld jetzt nicht mehr bekommen, der verfluchte Kerl!

Mit krächzender Stimme rief er Stockdale zu: »Sie wissen, was Sie zu tun haben!« Er mußte ihn wegstoßen, und selbst dann noch, als er gehorchte und wegrannte, spähte er immer wieder mit besorgten Augen zurück.

Dann hörte er wieder die fremdartig verzerrte Stimme, und als er aufblickte, sah er, wie der amerikanische Kapitän sein Sprachrohr an den Mund hielt.

»Ergebt euch jetzt! Ihr habt mehr als genug geleistet. Ergebt euch oder sterbt!«

Bolitho fuhr herum, sein Herz schien ihm zu zerspringen, sein Geist war verstört, als er einen jungen Seemann aufs Deck fallen sah. Ein Entermesser hatte sein Gesicht vom Ohr bis zum Kinn gespalten.

Ächzend versuchte Tyrell, sich auf seinem verletzten Bein aufzurichten. Mit wildem Blick deutete er zurück: »Seht, Stockdale hat's geschafft!«

Aus dem Hauptdeck der *Royal Anne* quoll eine Fahne schwarzen Rauches. Sie breitete sich aus, wurde dichter, bis sie wie unter Druck aus allen Fugen und Ritzen strömte.

»Zurück, Männer! Zurück!« gellte Bolithos Stimme.

Dann hinkten und taumelten die Leute der *Sparrow* über das Schanzkleid, zerrten und schleppten die Verwundeten mit sich, trugen andere, die zu schwer verletzt waren, um sich zu bewegen. Es waren nicht viele übriggeblieben und fast alle verwundet.

Bolitho wischte mit dem Handrücken über seine tränenden Augen. Er hörte Tyrell qualvoll stöhnen, als er ihn mit sich zurückzerrte und das eigene Deck erreichte. Hinter ihnen erscholl rasendes Gebrüll, das Klingen stählerner Äxte, als die Feinde versuchten die Laschings durchzuhauen, die sie selbst so geschickt festgezurrt hatten, um die Schiffe aneinanderzufesseln. Aber es war zu spät. Schon von dem Augenblick an, da Stockdale den letzten und gefährlichsten Teil des Unternehmens eingeleitet hatte. Ein kurzes, helles Aufflackern! Dann brach das Feuer über die Ladung von Rum und Alkohol herein und breitete sich mit fürchterlicher Geschwindigkeit über den ganzen Schiffsrumpf aus.

Flammen leckten aus offenen Geschützpforten und liefen wie böse, glühende Zungen am geteerten Tauwerk der *Bonaventure* entlang. Segel zerfielen zu Asche, und dann loderte ein brüllendes Feuermeer zwischen den Schiffen auf und vereinigte sie zu einem einzigen Scheiterhaufen.

Bolitho spähte auf das Boot nieder, das unter dem Heck festgemacht worden war, nachdem es seine Befehle an Graves überbracht hatte.

»Alle Mann von Bord!«

Einige kletterten hinunter, andere stürzten sich kopfüber ins Wasser, packten schreiend das Dollbord, bis Kameraden ihnen ins Boot halfen.

Flammende Segel, Asche, Schauer sengender Funken trieben über ihre Köpfe, und gerade als ein Seemann die Leine loswarf und sie halb geblendet nach den Rudern griffen, hörte Bolitho wieder eine gewaltige Explosion. Es klang, als ob der Donner aus der Tiefe der See her käme.

Der Westindienfahrer begann sofort zusammenzusacken. Seine Masten und Spieren, die mit dem Rigg des Feindes verhakt waren, schleuderten Flammen und Funken einige hundert Fuß hoch in die rauchverhangene Luft.

Bolitho betrachtete seine Handvoll unverletzter Seeleute, die sich mit allen Kräften in die Riemen legten. Während er das Boot von den brennenden Schiffen wegsteuerte, fühlte er, wie die Hitze seinen Rücken versengte. Die Pulvervorräte gingen in die Luft, Masten stürzten. Der Laderaum der *Royal Anne* brach in einem Inferno von Lärm und fauchenden Flammen auseinander. Dann das Brausen einströmenden Wassers! Er hörte das alles und dachte sogar einen Augenblick lang an die Goldbarren des Generals, die vielleicht irgend jemand einmal auf dem Grund des Meeres entdecken mochte.

Aber all das berührte ihn nicht. Sie hatten das Unmögliche vollbracht. Die *Miranda* war gerächt!

Traurig schaute er seine Männer an, betrachtete ihre Gesichter, die jetzt so viel für ihn bedeuteten. Dort saß der junge Heyward, schmutzig und erschöpft. In seinem Schoß lehnte ein verletzter Seemann. Dort Tyrell mit einem blutigen Verband um den Oberschenkel. Die Augen hatte er im Schmerz geschlossen, aber er hatte seinen Kopf zurückgelegt, als ob er die ersten warmen Sonnenstrahlen suchte. Und Stockdale war überall. Er verband Wunden, lenzte das Boot aus, unterstützte einen ausgepumpten Seemann beim Rudern und half, einen Toten über das Dollbord zu heben. Er war unermüdlich, unzerstörbar.

Bolitho betrachtete seine ausgestreckte Hand. Sie war ganz ruhig, obwohl jeder Nerv, jeder Muskel zu beben schien. Er blickte seine leere Degenscheide an und lächelte traurig. Das war nun alles gleichgültig.

Bolitho konnte sich nicht erinnern, wie lange seine Leute an den Riemen pullten, wie lange es dauerte, bis die beiden brennenden Schiffe endlich sanken. Die Sonne brannte auf ihre schmerzenden, erschöpften Glieder nieder, der Riemenschlag wurde langsamer und zögernder. Einmal, als Bolitho sich umdrehte, sah er, daß die See weithin mit treibenden Überbleibseln der Schiffe und der Menschen, die auf ihnen gekämpft hatten, bedeckt war. Dem Freibeuter war es gelungen, wenigstens ein Boot abzusetzen, und bevor es im Dunst verschwand, sah er, daß es mit Überlebenden vollgepfropft war. Vielleicht würden auch jene dort jetzt dieselbe Verzweiflung wie die Männer der *Miranda* kennenlernen.

Dann streifte ein Schatten über sein Gesicht, und er blickte auf. Er hatte die *Sparrow* nicht bemerkt, deren Bramsegel jetzt fröhlich den Pfad der Sonnenstrahlen kreuzten.

Die Männer im Boot starrten schweigend ihr Schiff an. Sie konnten nicht einmal miteinander sprechen. Noch immer konnten sie es nicht fassen, daß sie überlebt hatten.

Bolitho stand an der Pinne. Seine Augen brannten, als er sein vorsichtig heransegelndes Schiff und die Köpfe über dem Schanzkleid sah. Die *Sparrow* hatte ihn gesucht. Trotz der Gefahr, trotz der Unwahrscheinlichkeit, daß sein Plan gelang, war sie zurückgekehrt. Eine Stimme klang über das Wasser. »Boot ahoi?«

Es mußte die Stimme des Steuermanns gewesen sein, der wohl besorgt war, ob noch jemand lebte.

Stockdale blickte Bolitho fragend an. Als er nicht antwortete, stand er auf und legte seine großen Hände an den Mund.

»*Sparrow* ahoi! Klar zum Empfang des Kapitäns!«

Bolitho sank zusammen. Die letzten Kräfte verließen ihn. Er war zurückgekehrt!